OVERLORD

1

不死者之王

OVERLORD [1] The undead king

丸山くがね 插畫◉so-bin

Kugane Maruyama | illustration by so-bin

Kadokawa Fantastic Novels

目錄 Contents

Prologue

在少女和一名更加幼小的少女面前，裝備全身鎧甲(Full Plate)的人舉起手上的長劍作勢揮下。
像是要慈悲地讓她們一劍斃命，死得毫無痛苦般高舉的長劍，在陽光照耀下閃閃發亮。
少女閉起雙眼，緊咬下唇的表情並非自己所願，只是無奈接受這個命運。如果少女擁有力量，或許她就能反抗眼前的敵人逃跑吧。
但是——少女沒有任何力量。
因此最終只有一種下場。
那就是少女即將死於此地。

長劍揮下——

——身上感覺不到任何疼痛。

少女睜開原本緊閉的雙眼。
首先看到正要揮下卻突然靜止的長劍。

接下來看到長劍的主人。

眼前的騎士彷彿遭到凍結的動作停在空中，眼神看向少女的身邊。對方毫無防備的模樣，強烈顯示出內心感覺異常恐懼。

受到騎士的目光吸引，少女不禁也將臉轉向同個方向。

於是——少女看見絕望。

只見得到黑暗。

薄薄地像是沒有終點的漆黑。半橢圓形的漆黑從地上浮現。這幅光景充滿神祕的色彩，同時也令人感到言語無法形容的強烈不安。

這是門嗎？

少女看著眼前的景象不禁如此覺得。

心臟跳了一下之後，少女的想法得到證明。

從那道黑暗之中，似乎冒出什麼東西。

就在看清楚的瞬間——

「噫——！」

——少女立刻發出嘶啞的慘叫。

那是人類絕對無法戰勝的對手。

在已經化為白骨的頭蓋骨，兩個空洞的眼窩閃爍有如火焰的紅光。那兩道紅光冷冷地注視著少女等人，就像緊盯眼前的獵物。在對方無肉無皮的枯骨手中，握著既神聖又令人畏懼，集世上之美於一身的法杖。

身上穿著點綴精緻裝飾的黑色長袍，就像是隨著黑暗從異界誕生的「死」之化身。

空氣瞬間凍結。

彷彿是對無上至尊的降臨，連時間也忘了轉動。

少女有如失魂落魄忘記呼吸。

就在這個有如世界靜止的狀況中，少女漸漸覺得呼吸困難，開始用力吸氣。

為了帶自己前往冥界，死亡使者才會現身。原本如此認為的少女立刻發現有些奇怪。就是原本後方打算殺死自己的騎士依然靜止不動。

「嘎啊……」

耳裡傳來不似哀號的慘叫聲。

這道聲音是從誰的口中發出？像是從自己，也像是從全身發抖的妹妹，或是從眼前的持劍騎士口中發出。

沒有任何血肉的白骨慢慢伸出手指——接著像是要抓住什麼而張開的手，越過少女往騎士的方向伸出。

明明想要轉開眼睛，還是因為害怕無法移動視線。總覺得如果移開目光，或許會出現更加可怕的景象。

「——心臟掌握（Grasp Heart）。」

死亡化身的手一握，少女便聽到身旁傳來響亮的金屬碰撞聲。

雖然目光不敢離開「死」，但是在好奇心的驅使之下，移開目光的少女看到騎士趴倒在地，一動也不動。

死了。

沒錯，他已經死了。

幾乎危及少女生命的危險，就這樣輕鬆化解。可是現在不是高興的時候。因為「死」只是變成另一種更加強烈的形式現身。

在恐懼的少女注視下，「死」接近少女。

視野中的黑暗不斷膨脹。

應該會就此將自己吞噬吧。

如此心想的少女，緊緊抱住自己的妹妹。

腦中早已不存在逃走這個念頭。

如果對方是人類，或許還能夠抱持些許希望掙扎一下。然而眼前的存在可以輕易粉碎這個希望。

希望至少能夠毫無痛苦地死去。

只能這樣期望。

全身發抖的妹妹抱住自己。想要保住她的性命卻無法做到，如此沒用的自己除非道歉別無他法。只能祈禱妹妹因為和自己一起走上黃泉路，不至於覺得寂寞。

於是——

第一章 開始與結束

Chapter 1 | End and beginning

在西元二一三八年的現在，出現名為ＤＭＭＯ－ＲＰＧ的新名詞。

這個名詞是「Dive Massively Multiplayer Online Role Playing Game」的簡稱，人們利用網路與奈米技術設計出腦內奈米電腦網路——這個網路和神經元奈米介面、專用控制介面連結在一起。如此一來，人們在虛擬遊戲當中遊玩時，就能夠像是身在真實世界一般，具有身歷其境的感受。

也就是可以讓玩家彷彿實際進入遊戲世界的體感型線上遊戲。

在不斷開發出來的眾多ＤＭＭＯ－ＲＰＧ之中，有一款特別引人矚目的遊戲。

ＹＧＧＤＲＡＳＩＬ。

那是在十二年前的二一二六年，由日本廠商充分準備、精心開發之後上市的遊戲。

「ＹＧＧＤＲＡＳＩＬ」和當時的其他ＤＭＭＯ－ＲＰＧ相比，是「玩家自由度異常寬廣」的遊戲。

基本的職業種類，包括基本職業和高階職業在內，輕鬆超過二千種。

每種職業的最高等級只到十五級，因此如果想要達到綜合等級的極限一百級，至少要練七種以上的職業。不過只要達成條件，還是有可能「多方涉獵」，只要有心，也能以相當沒有效率，每個職業都只有一級的方式練到一百級。因此在這個遊戲系統裡，只要不是特意為之，就不會出現一模一樣的角色。

關於視覺表現，也可以利用另外販售的編輯工具改變武器防具的外觀、內部資料、自己的外表，以及擁有住處等詳細設定。

等待玩家冒險的遊戲世界，擁有廣闊的舞台。共有阿斯嘉特、亞爾夫海爾、華納海爾、尼達維勒、米德加爾特、約頓海姆、尼福爾海姆、赫爾海姆、穆斯貝爾海姆等九個世界。

廣大的世界、眾多的職業，還有能夠隨意改變的外型。

這樣的設計就像是在日本人的創作意欲中注入燃油般一發不可收拾，到了後來甚至出現人稱造型風潮的現象。因為受到如此瘋狂的歡迎，所以在日本只要提到DMMO－RPG，大家直接聯想到的就是這款「ＹＧＧＤＲＡＳＩＬ」。

——不過這已經是很久以前的事了。

房間中央擺放散發黑曜石光輝的巨大圓桌，四周圍著四十一張豪華座椅。

不過幾乎都是空位。

過去曾經全部坐滿的椅子上，如今只有兩個身影。

坐在其中一張椅子的人，身披邊緣繡有紫金色裝飾，相當豪華的黑色學士袍。衣領部分看來有些過度裝飾，不過反而覺得十分相襯。

只是顯露在外的頭部，卻是沒有任何皮肉的骷髏頭。大大的空洞眼窩閃爍赤黑光芒，腦袋後面散發有如光環的黑色光芒。

坐在另一張椅子上的也不是人類，只是一團黏稠的黑色物體。有如焦油的表面不停蠕動，沒有一刻保持相同的模樣。

前者是在死者大魔法師(Elder Lich)——魔法吟唱者(Magic Caster)為了學習終極魔法而化身的不死者之中，位於最高階的死之統治者(Overlord)。後者則是古代漆黑黏體(Elder Black Ooze)，在史萊姆族當中擁有最強酸蝕能力的種族。

在難度最高的迷宮當中，偶爾可以發現這兩種魔物的身影，死之統治者可以使用最高階的強大魔法，古代漆黑黏體(Elder Black Ooze)具有劣化武器防具的能力，因此惡名昭彰。

不過他們並非遊戲當中的魔物。而是玩家。

在ＹＧＧＤＲＡＳＩＬ裡，玩家能選擇的種族大致分為人類、亞人類和異形類三種。人類的基本種族有人類、矮人、森林精靈等，外表醜陋，但是能力比人類強的亞人類有哥布林、半獸人、食人魔等。最後的異形類具有怪物的能力，雖然能力值高於其他種族，但是也有各種缺點。包括這些的高階種族在內，全部的種族高達七百種。

當然，死之統治者和古代漆黑黏體都是玩家可以扮演的異形類高階種族之一。

兩人之一的死之統治者，說話時嘴巴並沒有張開。因為即使是過去最頂尖的ＤＭＭＯ－ＲＰＧ，在技術上還是無法做到讓角色的表情根據對話產生變化。

「真的好久不見了，黑洛黑洛桑。雖說今天是ＹＧＧＤＲＡＳＩＬ的最後一天，但是老實說真沒想到你會出現。」

「嗯，真的好久不見了，飛鼠桑。」

兩人都以成人的語氣開口，但是與前者的聲音相比，後者的聲音感覺似乎沒什麼霸氣，或者該說沒什麼精神。

「在現實當中換了工作之後就沒上線了，所以大概有多久呢……大約有兩年了吧？」

「嗯──差不多那麼久吧──哇啊──已經那麼久了……真是糟糕，因為老是在加班，最近對時間概念已經變得有點奇怪。」

「這樣豈不是很不妙嗎？不要緊吧？」

「身體嗎？已經一塌糊塗了。雖然還不到看醫生的地步，不過也差不多了，相當不妙。超想逃避的，只是想要活下去還是得賺錢才行，所以才會像遭鞭打的奴隸般拚命工作。」

「哇啊——」

死之統治者——飛鼠做出仰頭感到受不了的動作。

「真的很慘呢。」

像是要對真心感到退縮的飛鼠火上加油，黑洛黑洛帶著難以置信的真實感陰沉開口。

兩人變本加厲地對現實生活中的工作大發牢騷。

完全不懂報告、聯絡、商量的部下；和前一天完全不同的規格表；沒有達成業績遭到上司責備；每天工作忙到無法回家；生活作息不正常導致體重異常增加；越吃越多的藥。

就像即將潰堤的水壩，黑洛黑洛不停抱怨，飛鼠則是化為傾聽的一方。

很多人都相當避諱在虛擬世界裡談論現實世界的事。會有這種在虛擬世界不願繼續談論現實生活的心情，其實也很正常。

不過，這兩人卻不這麼認為。

他們所屬的公會——由玩家共同建立，一起組織經營的團體——安茲．烏爾．恭，有兩項參與公會的成員必須遵守的規定。第一項是必須身為社會人士，另外一項則是必須以異形類種族加入。

因為有這種規定，大家談論的話題很多都圍繞在現實世界的工作上。公會的成員也都接受這樣的話題，因此兩人的對話，在安茲・烏爾・恭中可以說是司空見慣的日常光景。

過了好一陣子，從黑洛黑洛潰堤而出的濁流，已經慢慢轉變為清流。

「……抱歉，讓你一直聽我發牢騷。因為在現實世界中不太能夠抱怨。」

黑洛黑洛像是頭部的地方動了一下，似乎是在低頭道歉，飛鼠於是回應：

「不用在意，黑洛黑洛桑。這麼忙還要你上線，聽聽牢騷是應該的，不管你有多少牢騷我都會耐心傾聽。」

黑洛黑洛似乎恢復生氣，發出比剛才更有活力的笑聲回答：

「啊，真是多謝，飛鼠桑。登入之後能夠遇到久違的朋友，我也覺得很高興。」

「能聽到你這麼說，我也相當開心。」

「……不過我也差不多該下線了。」

黑洛黑洛的觸手在空中移動，似乎在操作什麼。沒錯，他正在操作控制介面。

「嗯，時間的確很晚了……」

「不好意思，飛鼠桑。」

飛鼠輕輕嘆了一口氣，似乎不想讓對方察覺內心的遺憾。

「這樣啊，那還真是可惜……快樂的時光總是那麼短暫。」
「我也很想和你一起待到最後，不過實在是睏得不得了。」
「啊——你好像真的很累了。那就早點登出，好好休息吧。」
「真的很抱歉……飛鼠桑。不過公會長打算待到什麼時候啊？」
「我打算一直待到結束營運時的強制登出為止。因為還有一些時間，或許在這段時間裡有人會再回來也說不定。」
「這樣啊……不過我真的沒想到這裡會保存到現在。」
這時真的很感謝沒有顯示表情的功能。如果有的話，對方會馬上看見他的扭曲表情吧。即使如此，聲音還是會表現情感，所以飛鼠沒有開口。因為他要壓抑瞬間湧上的感情。
正因為是和大家一同打造的公會，所以才一直努力維持至今，但是從其中一名成員口中聽到這樣的話，內心當然會產生難以形容的複雜情緒。不過這樣的情緒也因為黑洛黑洛接下來的話而瞬間煙消雲散。
「飛鼠桑以公會長的身分繼續維持公會，以便我們能夠隨時回來吧。多謝了。」
「……因為這是大家一起建立的公會，善加維持管理好讓成員能夠隨時回來，也是身為公會長的工作！」
「正因為是飛鼠桑擔任公會長，我們才能夠如此盡情享受這款遊戲吧……希望下次再見時，是在ＹＧＧＤＲＡＳＩＬⅡ的遊戲。」

「雖然沒有聽說有Ⅱ的消息……不過正如同你所說的，要是這樣就好了。」

「到時候還請務必繼續指教！我已經快要抵擋不住睡魔……先下線囉。最後能夠遇到你真的很高興，晚安。」

「──」飛鼠瞬間想要開口，不過愣了一下便說出最後一句話：

「我也非常高興能夠遇到你，晚安。」

黑洛黑洛的頭上冒出笑臉的感情圖示，在ＹＧＧＤＲＡＳＩＬ中角色無法顯示表情，因此想要表現感情時，就會利用感情圖示。

飛鼠也操作一下控制介面，冒出同樣的感情圖示。

黑洛黑洛最後一句話是：

「希望之後在哪裡再見了。」

──上線的三名公會成員當中，最後一人的身影也就此消失。

鴉雀無聲──像是不曾有人來過的寂靜再度降臨。沒有留下任何事物。

飛鼠看向剛才黑洛黑洛所在的座位，口中喃喃說著原本想說的最後一句話：

「今天是遊戲營運的最後一天，我也知道你已經累了，不過機會難得，要不要一起留到最後呢──」

當然沒有得到任何回應。因為黑洛黑洛已經返回現實世界。

「唉。」

飛鼠打從心裡發出嘆息。

還是不應該說出口。

從簡短的對話還有聲音，他很了解黑洛黑洛有多累。即使這麼累，他還是回應自己發送的郵件，在YGGDRASIL結束營運的最後一天上線。光是這樣就該深表感激了。如果拜託對方留下來，那麼已經不只是厚臉皮，而是在找麻煩了。

飛鼠凝視剛才黑洛黑洛坐的位子，然後移動目光，看向其他的三十九個座位。那是過去其他同伴坐過的位子。環視一圈之後，再次回到黑洛黑洛的座位。

「希望之後在哪裡再見……啊。」

希望之後在哪裡再見。再見了。

過去也聽過好幾次這種話，但是幾乎不曾實現。

沒有人再次回到YGGDRASIL。

「要在何時、何處再見呢——」

飛鼠的肩膀劇烈顫抖，過去不斷壓抑的真心話終於爆發：

「——開什麼玩笑！」

飛鼠用力地拍桌怒吼。

判斷這是攻擊的ＹＧＧＤＲＡＳＩＬ系統，開始計算飛鼠的空手攻擊能力與桌子的結構防禦值等複雜的數據資料。結果飛鼠用力拍打的地方冒出「０」這個數字。

「這裡可是大家共同打造的納薩力克地下大墳墓！為什麼你們可以這麼輕易拋棄！」

在激烈的憤怒情緒爆發之後，內心湧現空虛的寂莫感。

「……不，應該不是。他們並非輕易捨棄，只是面臨該選擇現實或虛擬的抉擇。這是不得已的事，沒有任何人背叛公會。大家都面臨痛苦的抉擇吧……」

飛鼠像是在說服自己一般不停自言自語，接著站了起來。他往牆壁的地方走去，那裡裝飾著一根法杖。

——模仿赫耳墨斯權杖（Kerykeion）的那根法杖纏繞著七條蛇。痛苦掙扎的蛇口中，各自銜著不同顏色的寶石。握柄材質像是晶瑩剔透的水晶散發藍白光芒。

任誰都會認為這是極為高級的法杖，正是各個公會只能擁有一件的公會武器，也可以說是安茲．烏爾．恭的象徵。

原本應該是公會長持有的寶物，不知為何會被裝飾在房間裡。

那是因為沒有其他可以用來代表公會的物品。

因為只要公會武器遭到破壞，就代表公會瓦解，所以公會武器通常不會拿來發揮它的強大性能，而是安置在最安全的地方。即使是最頂尖的公會安茲．烏爾．恭也不例外。

即使這根法杖是為了公會長飛鼠量身打造，飛鼠卻連一次也沒有拿過，只把它裝飾在這裡也是因為這個理由。

飛鼠往法杖的方向伸手，不過伸到一半就停了下來。因為在這個瞬間——在YGGDRASIL即將停止營運的最後瞬間，這麼做等於是將大家共同編織的光輝記憶全部拋棄，對此感到猶豫不決的緣故。

為了打造公會武器，大家每天同心協力一起冒險。

當時大家分組比賽收集材料，對於要讓武器呈現什麼外觀也起了不少爭執，慢慢整合大家的意見之後，一點一滴打造而成。

那段時間也是安茲．烏爾．恭最鼎盛——最光輝的時刻。

有人辛苦工作之後還拖著疲憊的身體上線，也有人玩到沒有照顧家庭而與妻子吵架，甚至有人笑著表示特地請了特休上線。

有時候光是閒聊就過了一整天。大家時而說些無聊的蠢事炒熱氣氛；時而籌備冒險的計畫；時而一起尋寶；也曾經向敵對公會的根據地發動奇襲，攻陷對方的城堡；還曾經遭到號稱世界級敵人的最強隱藏頭目怪物襲擊，公會差點就此毀滅；也找到許多未曾發現的資源；

為了抵禦入侵者在根據地設置各種魔物，解決入侵的玩家。

可是如今一個人也不剩。

四十一人中有三十七人離開公會。剩下的三人雖然以公會成員的名義留下，但是已經忘記在今天以前到底有多久沒來這裡了。

飛鼠開啟控制介面，連上官方資料庫，查看資料庫的公會排行。在現今不到八百個的公會裡，過去曾經高達第九名，現在也已落到第二十九名。這是在營運最後一天的名次，最差的時候曾經落到第四十八名。

名次不再下滑並非飛鼠的功勞，是托過去同伴遺留下來的道具——過去的遺物之福。

這個可以說是只剩下殘骸的公會，過去曾經有過輝煌的時代。

——當時的結晶。

就是這個公會武器——安茲．烏爾．恭之杖。

不想要讓這個具有光輝記憶的武器，留在這個只剩下殘骸的時代。不過相反的想法也在飛鼠的心裡蠢蠢欲動。

在安茲．烏爾．恭中，一直以來都是採用多數決定的作法。飛鼠雖然身為公會長，但是他所做的事大多是聯絡之類的雜務。

正因為如此，在沒有任何成員的現在，飛鼠第一次有了試著行使公會長權力的想法。

「這副模樣真是落魄。」

飛鼠一邊低語一邊操作控制介面。這是為了幫自己裝備和頂尖公會長相襯的武裝。

在ＹＧＧＤＲＡＳＩＬ的武裝裡，會根據資料大小來加以區分。資料越大的武器位階越高。從最低階開始依序為下級、中級、高級、最高級、遺產級、聖遺物級、傳說級等等，而飛鼠選擇的是最高階的神器級武裝。

在十根只有骨頭的手指上，戴上九個具有不同能力的戒指。還有項鍊、護手、靴子、披風、上衣、頭冠也都是神器級。如果以金錢的角度來看，全都是擁有驚人價值的極品。

護胸和護肩下方的飄逸錦袍，比起剛才的那些裝備更加華麗。

赤黑色靈氣從腳底緩緩升起，看起來極為邪惡不祥。這道靈氣並非飛鼠發動特殊技能。因為長袍的資料還有多餘的空間，因此這道靈氣只是因為注入「不祥靈氣」的特效資料所造成的。觸摸這道靈氣當然不會發生什麼事。

在飛鼠的視野角落，冒出好幾個代表能力值提升的圖示。

改變身上的裝備，全副武裝的飛鼠對自己身上這套與公會長身分相襯的裝備，以相當滿意的模樣點點頭。接著伸手抓起安茲．烏爾．恭之杖。

飛鼠將安茲．烏爾．恭之杖握在手上的瞬間，法杖發出搖曳的赤黑色光芒。光芒有時候會出現像是人臉的痛苦表情，然後崩落、消失。逼真的表現好像可以聽到痛苦的哀號。

「……這個設計未免太細了。」

製作出來之後不曾拿過的最高階法杖，終於在YGGDRASIL的營運迎向終點的此時，握在原本的主人手上。

飛鼠確認屬性急遽上升的圖示，在喜悅之餘也感到落寞。

「出發吧，公會象徵。不——我的公會象徵。」

2

飛鼠離開名為圓桌的房間。

這裡設定為只要戴著公會成員才擁有的戒指，進入遊戲之後除了特定條件之外，都會自動出現在這個房間。如果有成員回來，應該會待在這個房間吧。不過飛鼠也知道公會的其他成員不可能再回到這裡。在這個巨大的納薩力克地下大墳墓度過最後這段時間的玩家，只剩下飛鼠一個人。

壓抑有如洶湧潮水不斷湧出的情感，飛鼠默默漫步在城裡。

這裡是看似白堊城堡，充滿莊嚴氣氛的絢爛世界。
必須抬頭仰望的天花板上，每隔一定的距離垂吊華麗的水晶燈，發出溫暖的光芒。寬廣的道路鋪著磨亮的地板，像是大理石反射來自水晶燈的光芒，閃閃發亮的模樣有如鑲嵌星星。
如果將道路兩旁的門打開，目光應該會被裡面的奢華家具深深吸引吧。若是有第三者在場，應該會因此目瞪口呆。
這個惡名昭彰的納薩力克地下大墳墓，過去曾經遭到伺服器開啟以來最大規模的討伐軍進攻。共有八個公會聯軍和其他相關公會、傭兵玩家、傭兵NPC等合計一千五百人意圖攻略，結果卻以全滅收場。過去曾經創造傳說的地方，現在竟然是這副景象。
過去地下六層的納薩力克地下大墳墓，在安茲．烏爾．恭統治之後，整體有了戲劇性的轉變。目前已經變成地下十層，每層都有各自的特色。
地下一～三層──墳墓、地下四層──地底湖、地下五層──冰河、地下六層──叢林、地下七層──岩漿、地下八層──荒野。然而地下九層和地下十層是神城──也是過去曾在YGGDRASIL的數千公會中名列前十的安茲．烏爾．恭根據地。

在足以用神聖來形容的世界裡，響起飛鼠的腳步聲，還有隨之而來的法杖杵地聲。走在寬廣的通道上經過幾個轉角，飛鼠看到前方有名女性正朝自己的方向走來。

那是個茂密金髮披肩，五官深邃的美女。

身上穿著圍裙很大，裙子很長的沉穩女僕裝。

身高約一百七十公分，體型修長，豐滿的雙峰幾乎快從女僕裝的胸口部分湧出，十分引人矚目。整體給人溫柔優雅的感覺。

兩人的距離慢慢接近，前面的女生靠到路邊，向飛鼠深深鞠躬。

飛鼠則是稍微舉手致意。

女子的表情沒有任何變化，臉上和剛才一樣掛著若有似無的微笑。在ＹＧＧＤＲＡＳＩＬ中，外觀的表情不會改變。但是這名少女和表情不會出現變化的玩家角色又有點不同。

這個女僕是Non Player Character（NPC）。並非由玩家操控，而是根據設計好的ＡＩ程式行動。簡單來說就是會動的人偶。即使設計得栩栩如生，對方的鞠躬只不過是程式的動作而已。

剛才飛鼠的回禮可以說是愚蠢的舉動，因為對方只不過是人偶。然而對飛鼠來說，也有不想冷淡對待的理由。

在這個納薩力克地下大墳墓裡工作的四十一名女僕ＮＰＣ，都是根據不同的插畫設計而成。創作者是當時以插畫為生，目前在月刊雜誌連載漫畫的公會成員之一。

飛鼠目不轉睛注視女僕。除了長相之外，飛鼠也仔細觀察女僕的服裝。

精緻的設計令人驚嘆。特別是點綴圍裙的精美刺繡，已經到了嘆為觀止的地步。

正因為是發下豪語「女僕服是決戰兵器」的成員設計的插畫，因此整體的細緻設計超乎常軌。飛鼠看見女僕，想起負責製作女僕外型的成員還曾為此慘叫抱怨，不禁感到懷念。

「啊……對了。好像從那個時候開始，他就認為『女僕服是我的全部（正義）！』……這麼說來，他現在畫的漫畫女主角也是女僕。過度講究的設計會惹哭助手吧？白色髮飾桑。」

至於行動ＡＩ程式是由黑洛黑洛桑和其他五名程式設計師所設計。

也就是說，女僕同是過去在公會成員共同努力之下完成的心血結晶，不理會她似乎有點說不過去。因為和安茲．烏爾．恭之杖一樣，這名女僕也是光輝記憶的一部分。

正當飛鼠想著這些事時，抬頭的女僕像是發現什麼異樣，歪頭表現出詫異的模樣。

只要身處在她的附近超過一定的時間，女僕就會擺出這個姿勢。

飛鼠在記憶中搜索，對於黑洛黑洛如此細微的程式設計感到佩服。其他應該還有幾個隱藏的姿勢。雖然心裡想要看見所有的姿勢，可惜時間相當緊迫。

飛鼠的眼睛看向左手手腕的半透明手錶，確認目前的時間。

果然沒有多餘的時間可以悠悠哉哉了。

「工作辛苦了。」

飛鼠說出這句充滿感傷的道別，從女僕的身旁走過。對方當然沒有回答。即使對方沒有回應，不過因為這是最後一天，飛鼠認為還是應該這麼做。

離開女僕的飛鼠繼續前進。

過了不久，飛鼠的眼前出現讓十幾個人張開雙手一起走都沒問題的巨大樓梯，樓梯鋪設豪華的紅色地毯。飛鼠緩緩下樓，來到最底層——納薩力克地下大墳墓的第十層。

走下來的這個地方是個寬廣的大廳，裡面有幾個人影。

最先映入眼簾的是名身穿正統管家服的老人。

頭髮全白，就連嘴邊的鬍鬚也是一片白。不過老人的背挺得很直，就像鋼鐵打造的劍。有如白人的深邃臉上有明顯皺紋，看來和藹可親，不過銳利的眼神彷彿捕捉獵物的老鷹。

在管家的背後，有六名如影隨行的女僕。不過這些女僕的裝備和剛才的女僕大不相同。手腳分別戴著金、銀、黑等不同顏色的金屬護手、護膝，身穿以漫畫裡的女僕裝為概念所設計的鎧甲，頭上沒戴頭盔，而是白色頭飾。而且每名女僕手上都拿著不同類型的武器，是名符其實的女僕戰士裝扮。

髮型也相當多采多姿，包括挽起來綁成髮髻、馬尾、直髮、麻花辮、卷髮等等，不過共通點是清一色都是美女。同時美的類型也包括妖豔、健康美、和風美人等多種風格。

雖然他們也是ＮＰＣ，可是與剛才那名只是帶著玩心設計的女僕截然不同，他們存在的目的是為了抵禦外敵。

在ＹＧＧＤＲＡＳＩＬ這款遊戲裡，公會如果擁有比城堡更高階的根據地，可以獲得幾項特別的好處。

其中一項就是有擁有保護根據地的ＮＰＣ。

納薩力克地下大墳墓可以獲得的ＮＰＣ是不死魔物。這些自動出現的ＮＰＣ最高等級可到三十級，即使遭到消滅，經過一段時間便會自動復活，公會不需要支付任何費用。

不過這些自動出現的ＮＰＣ，無法讓玩家根據自己的喜好變更外型與ＡＩ程式。

因此對於抵禦入侵者——其他玩家來說，其實沒有什麼太大的作用。

另外還有一項是可以從頭開始打造完全原創的ＮＰＣ。如果占有城堡等級的根據地，占領的公會可以將至少七百級的等級隨意分配給ＮＰＣ。

因為ＹＧＧＤＲＡＳＩＬ的最高等級是一百級，因此如果按照剛才的規則，就可以打造出五個一百級的ＮＰＣ和四個五十級的ＮＰＣ。

在自行創造ＮＰＣ時，除了服裝、ＡＩ之外，還能夠在武裝方面下工夫。因此就能創造出遠比自動出現的ＮＰＣ更強的警備兵，配置在重要的據點。

只是也不需要全都為了戰鬥創造ＮＰＣ。某個占領城堡的公會，貓咪大王國便是把所有的NPC全都創造成貓或是其他貓科動物。

所以這也可以說是讓公會營造專屬形象與氣氛的權利。

「唔嗯。」

飛鼠將手撐在下巴，注視對自己行禮的管家們。一向利用傳送魔法在各房間穿梭的飛鼠，來到這裡的機會不太多，所以他對管家們的外表有些懷念。

飛鼠伸手操作控制介面，打開只有公會成員才能觀看的頁面。接著勾選其中一個選項。隨著他的動作，管家們的頭上冒出自己的名字。

「原來這就是他們的名字啊。」

飛鼠輕輕一笑。這是因為忘記對方名字的苦笑，也是感到懷念的微笑。這些從記憶角落再度浮現的名字，在當初命名時也和同伴發生不少爭執。

塞巴斯的設計是包括家事一手統括的管家。

身旁的六名女僕是直屬於塞巴斯的戰鬥女僕。隊伍名稱是「昴宿星團」。除了這些女僕之外，塞巴斯還有指揮男傭與管家助手。

文字欄裡應該有更加詳細的設定，不過現在沒有心情細看。時間所剩不多，在營運結束之時，他想去一個地方坐一下。

題外話，包含女僕在內的所有NPC都有這麼詳盡的設定，是因為安茲．烏爾．恭的成員全都是喜歡詳細設定的人。成員大多是插畫家、程式設計師，而且又有這種重視外型的遊戲環境可以任意打造，更是助長這個趨勢。

原本是將塞巴斯和女僕們當作抵禦外敵的最後一道防線。不過敵方玩家如果能夠侵入到這裡，他們根本不是對方的敵手，所以只不過是用來爭取時間的棄卒。只是到目前為止還沒有玩家能夠入侵至此，因此他們一直在這裡等待出場的機會。

沒有收到任何命令的他們，只是一直在這裡等待可能來襲的敵人。

飛鼠用力握緊拿在手裡的法杖。

替NPC感到可憐，這種想法實在太愚蠢了。NPC只不過是電磁資料，如果覺得他們具有情感，只是因為設計AI的人很優秀。

不過——

「身為公會長應該要指示NPC工作吧。」

對於這句裝模作樣的發言，飛鼠在內心稍微吐槽一下，接著下令：

「跟我來。」

塞巴斯和女僕們恭敬鞠躬，做出接受命令的動作。

讓他們離開這裡，和當初公會同伴設想的目的並不同。安茲．烏爾．恭是個尊重多數決定的公會。不準一個人擅自指揮這些由眾人一起創造的ＮＰＣ。

然而今天是一切都將落幕的日子。在這樣的日子，大家應該會允許吧。

飛鼠一邊想著這件事，一邊帶領跟在後頭的眾多腳步聲前進。

眾人來到的地方，是半球體造型的巨蛋大廳。天花板上的四色水晶閃耀白色光芒。牆上有七十二個洞，裡面大多擺放著雕像。

每個雕像都是模仿惡魔的外觀，總數是六十七個。

這個房間名叫所羅門之鑰（Lemegeton）。取自著名的魔法書書名。

擺在洞裡的雕像是根據魔法書中記載的所羅門七十二柱惡魔為概念，以超稀有的魔法金屬製作的哥雷姆。原本應該有七十二個的哥雷姆卻只有六十七個，是因為製作者還沒做完就感到厭倦了。

位於天花板上的四色水晶是種魔物，只要有敵人入侵，他們就會召喚地水風火等高階元素精靈，同時展開廣範圍攻擊的爆擊魔法。

如果這些水晶同時發動攻擊，強大的威力可以輕易打倒兩支一百級的玩家小隊，大約十二人左右。

這個房間可以說是保護納薩力克地下大墳墓核心的最後防線。

飛鼠帶領跟在後方的僕人們穿過魔法陣，面對眼前的巨門。

高達五公尺以上的雄偉雙開大門點綴著精雕細琢的雕像，右門是女神，左門則是惡魔雕像。設計得相當逼真，遠遠地就可以感覺到它們像是要從門裡襲來。

雖然看起來很生動，但是就飛鼠所知，這兩個雕像不曾動過。

——既然能夠攻到這裡，我們就盛大地歡迎那些勇者吧。雖然很多人在背地裡說我們的壞話，不過我們還是應該盡一下地主之誼，在裡面正大光明地迎接他們才對。

某人提出的提議根據少數服從多數的決定獲得通過。

「烏爾貝特桑……」

烏爾貝特・亞連・歐德爾，可以說是公會成員當中對「惡」這個字最執著的人。

「因為廚二病的緣故嗎……」

飛鼠環視大廳，深深這麼覺得。

「……那麼這兩個雕像不會發動攻擊吧？」

充滿不安的發言並沒有錯。

即使是飛鼠，也無法完全徹底掌握這個迷宮的所有機關。某個隱退的成員留下一些稀奇古怪的禮物也不奇怪。而設計這扇門的人就是那種類型。

因為他曾說過設計出很強的哥雷姆，不過在啟動之後卻發現戰鬥ＡＩ有錯，突然遭到它們的攻擊。飛鼠至今依然懷疑那個錯誤是故意的。

「路西★法桑，要是它們在今天發動攻擊，我可是真的會生氣喔。」

戰戰兢兢地伸手摸門的飛鼠只是杞人憂天，那道門彷彿自動門一般——不過是以符合重量的緩慢速度開啟。

空氣為之一變。

雖然之前的氣氛也是有如神殿靜謐莊嚴，不過如今眼前的光景更是有過之而無不及。氣氛轉變形成襲擊全身的壓力，設計得十分精巧。

這裡是個寬廣的挑高房間——

就算來了幾百個人也不會覺得擁擠。抬頭仰望的天花板相當高，牆壁以白色為基調，裡面點綴金色為主的各種裝飾。

數盞吊在天花板上的華麗水晶燈是由七彩的寶石打造，散發如夢似幻的炫麗光芒。

牆上插著繪有不同花紋的巨大旗幟，從天花板到地板共有四十一面旗幟隨風飄揚。

大量使用金銀色調的房間裡，有個十幾階的樓梯，最上方是以巨大水晶切割而成，椅背高可參天的巨大王座。背後的牆上掛著繪有公會標誌的紅色巨大旗幟。

這裡就是位於納薩力克地下大墳墓最深處，也是最重要的地方——王座之廳。

「喔……」

即使是飛鼠，也不禁對這個房間的氣勢感到讚嘆。他認為如此精巧的設計，在YGGDRASIL當中也可以說是數一數二。

只有這裡才是最適合用來迎接最終時刻的場所。

飛鼠踏入彷彿可以吸收腳步聲的寬廣房間，目光看向站在王座旁邊的女性NPC。

那是一名身穿純白禮服的美麗女性，面露淺淺微笑的臉龐有如女神。與禮服相反的一頭黑髮充滿光澤，長及腰際。

雖然散發金色光芒的虹膜與直立的橢圓瞳孔有些異常，不過除此之外可說是無可挑剔的絕世美女。只是在她的頭側長出兩根有如山羊的捲曲犄角。不僅如此，在她的腰際還可以看到黑色的天使翅膀。

可能是因為犄角的陰影，女神一般的微笑看起來也像隱藏內心的面具。

脖子戴著一條發出金色光芒，有如蜘蛛網的項鍊，一直從肩膀覆蓋到胸口。

纖細的手上套著發出絲綢光澤的手套，手拿像是短杖（Wand）的奇怪武器。在長約四十五公分的短杖前端，有個黑色圓球在沒有任何支撐的情況下，輕飄飄地浮在空中。

飛鼠還不至於忘記她的名字。

因為她正是納薩力克地下大墳墓的樓層守護者總管，雅兒貝德。負責管理總計共七名樓層守護者的NPC。也就是說，她是納薩力克地下大墳墓裡位居所有NPC之上的角色。正因為如此，她才能夠待在最深處的王座之廳待命吧。
不過飛鼠以有些銳利的眼神看向雅兒貝德：
「我知道這裡有世界級道具，不過同時有兩個是怎麼回事？」
在ＹＧＧＤＲＡＳＩＬ當中，總數只有兩百個的終極道具，就是世界級道具。
世界級道具擁有獨一無二的能力，有些破壞平衡的道具甚至能夠要求官方更改遊戲系統。當然並非所有世界級道具都有這種瘋狂的能力。
即使如此，只要玩家擁有一個世界級道具，在ＹＧＧＤＲＡＳＩＬ的知名度便會竄升到最高的地步。
安茲·烏爾·恭擁有十一個這樣的道具，也是所有公會裡擁有數量最多的。而且與其他公會有著不同位數的差距。因為第二名的公會只擁有三個。
在公會成員的許可下，飛鼠以個人名義持有這些終極道具的其中之一，其他的世界級道具則散布在納薩力克之中。不過大多安置在寶物殿的最深處，受到不死化身的保護。
雅兒貝德竟然可以在飛鼠不知情的狀況下持有這樣的祕寶，唯一的理由就是設計雅兒貝德的公會成員私底下給她的。
安茲·烏爾·恭是非常重視民主的公會，絕對不該擅自動用大家一起收集的寶物。
飛鼠感到有點不滿，同時想出手奪回對方的寶物。

不過今天已經是最後一天，多少也應該顧及將寶物交給雅兒貝德的同伴想法，因此沒有實際付諸行動。

「到這裡就好。」

來到通往王座的階梯前方，飛鼠以鄭重的語氣向跟隨在後的塞巴斯和昴宿星團下令。

接著踏上階梯爬了幾階，發現後面還有腳步聲，飛鼠不禁苦笑——只是骷髏頭外表當然沒有任何表情。

ＮＰＣ只不過是不懂變通的程式。如果沒有說出特定的句型，他們不會接受命令。差點忘記這件事的飛鼠知道，剛才沒有正確指示ＮＰＣ。

在公會成員離開之後，飛鼠一個人在不勉強的情況下獨自狩獵，賺取足以維持納薩力克的資金。沒有和其他玩家建立友情，盡量躲開他們，也避開公會成員還在時會去的險地。

然後將賺到的金錢放進寶物殿之後再登出，幾乎日復一日地做著類似的事，因此沒有與ＮＰＣ接觸。

「——待命。」

腳步聲停止了。

飛鼠發出正確的命令之後，爬上最後的階梯來到王座前方。

飛鼠毫不在意地注視站在身邊的雅兒貝德。先前即使進來這個房間，在記憶中好像也不曾像這樣目不轉睛地看過她。

「到底將她設定成什麼樣的角色呢？」

對於雅兒貝德的角色設定，只有記得她是守護者的總管，位居納薩力克地下大墳墓最高階的ＮＰＣ而已。

受到好奇心驅使的飛鼠操作控制介面，開始瀏覽雅兒貝德的詳細設定。

密密麻麻的文字有如洪水充滿視野，簡直就像史詩級巨作。仔細閱讀的話，應該會一直看到營運結束吧。

感覺像是踩到地雷的飛鼠的臉如果會動，現在一定抖個不停。

內心很想痛罵自己，竟然忘記設計雅兒貝德的成員就是對這種事異常執著的傢伙。

不過既然已經開啟那也沒有辦法，只能帶著放棄的心情開始瀏覽。

並非只挑重點的跳躍式瀏覽，而是只看標題一口氣快速捲動頁面。

跳過漫長的文字，來到最後的角色設定時，飛鼠停止思考。

『同時是個賤人。』

忍不住瞪大眼睛。

「……咦？這句話是什麼意思？」

飛鼠不禁大叫。抱持著懷疑多看幾次，還是找不到這句話有其他意思。幾經思考之後，只能浮現一開始想到的意思。

「賤人……就是罵人的那個賤人吧。」

四十一名公會成員，每個人至少都要設定一名NPC，然而會對自己設計的角色做出這種設定，實在令人感到不解。或許仔細將整篇文章看完之後，才能理解其中的深意吧。

不過在公會成員中，確實有人會想出這種與眾不同的古怪設定。

設計雅兒貝德的公會成員翠玉錄，就是這種人。

「啊，莫非是落差萌嗎？翠玉錄桑……就算如此……」

這樣的角色設定未免太誇張了吧？

飛鼠不由得有了這樣的想法。各個成員製作的NPC等於是公會的遺產。位居NPC之首的雅兒貝德被設定成這樣，總覺得有些無藥可救的感覺。

「唔嗯——」

因為個人的判斷，變更公會成員獨立設計的NPC好嗎？飛鼠經過一番思考之後，作出如此結論。

「要變更嗎？」

目前持有公會武器的自己，可說是名符其實的公會之主。稍微行使一下之前不曾行使的會長權力也可以吧。

內心出現應該修正公會成員錯誤的歪理，讓飛鼠原本的遲疑煙消雲散。

飛鼠伸出手上的法杖。原本必須利用編輯工具才能改變的設定，因為使用公會長的特權，直接就能連上設定。在控制介面操作幾下之後，賤人這個詞立刻消失。

「嗯，大概就是這樣吧。」

飛鼠又想了一下，望著雅兒貝德設定的空白處。

再填上一些內容比較好吧……

「感覺有點蠢啊。」

雖然嘲笑自己的想法，不過依然在控制介面的鍵盤上打字。那是短短的一句：

『如今愛著飛鼠。』

「哇啊，真不好意思。」

飛鼠伸手掩面。像是在設定自己的理想女友、撰寫戀愛情節的害羞情緒讓飛鼠心跳加速，忸忸怩怩。雖然感到害羞想要重寫，不過最後還是改變心意，覺得這樣就好。

遊戲將在今天畫下句點，現在的害羞心情很快就會隨之消失。

而且消除的句子與寫上的句子字數剛好一樣，相當完美。如果刪除之後留下空白，也會覺得有些可惜。

坐上王座，帶著些許滿足與害羞的飛鼠環顧室內，發現眼前的塞巴斯和女僕們還處於靜止狀態。即使是一起待在這個空間，但是一動也不動地站著令人感覺有點空虛。

我記得好像有個指令。

飛鼠回想起過去曾經見過的命令，伸出一隻手輕輕地從上往下揮。

「膜拜吧。」

包括雅兒貝德、塞巴斯和六位名僕，一起跪下做出跪拜之禮。

很好。

飛鼠舉起左手，確認時間。

23：55：48

剛好趕上時間。

恐怕GM已經開始不斷廣播，外面也在施放煙火吧。不過將全副心思放在這裡，與外界完全隔絕的飛鼠不知道。

飛鼠背靠王座，慢慢抬頭望向天花板。

正因為是消滅討伐隊的公會根據地，所以飛鼠認為會有玩家隊伍在最後一天入侵。

等待。為了以公會長身分等待前來的挑戰。

雖然對過去的所有成員寄出郵件通知，然而過來的人很少。

等待。為了以公會長身分歡迎同伴。

「過去的遺物啊——」

飛鼠在心裡思考。

雖然現在的這個公會是虛有其表，但是之前也曾有過愉快的時光。

移動目光數著從天花板垂下的巨大旗幟，總共四十一面。和公會成員的數量相同，上面有每個成員的印記。飛鼠伸出白骨手指指向其中一面。

「我。」

然後移向旁邊的旗幟。那面旗幟代表安茲．烏爾．恭——不，是YGGDRASIL當中最強的玩家。這個公會的發起人，也是將前身「最初的九人」整合在一起的人。

「塔其．米。」

接下來指出的旗幟，上面的印記是在現實世界擔任大學教授，也是在安茲．烏爾．恭裡最年長的人。

「死獸天朱雀。」

手指移動的速度越來越快，指出的旗幟是安茲．烏爾．恭裡僅有的三名女性之一。

「紅豆包麻糬。」

飛鼠流暢地唸出印記的主人名字：

「黑洛黑洛、佩羅羅奇諾、泡泡茶壺、翠玉錄、武人建御雷、可變護身符、源次郎——」

唸出四十名同伴的名字不用花費太多時間。

那些朋友的名字依然深深烙印在飛鼠的腦裡。

飛鼠疲憊地癱在王座上：

「是啊，真是愉快……」

儘管這款遊戲免月費，不過飛鼠還是花了三分之一的薪水在上面。這並不是因為薪水很高，而是沒有其他興趣，頂多只會在YGGDRASIL花錢。

遊戲當中有瞄準玩家獎金的付費抽籤，飛鼠幾乎把所有獎金花在上面。花了這麼多錢，好不容易才抽到的稀有數據，卻聽到公會成員之一的夜舞子只花了一頓午餐的錢就抽中，令飛鼠不甘心到差點想要滾來滾去。

也因為安茲．烏爾．恭的成員幾乎都是社會人士，因此幾乎所有人都有花錢，其中飛鼠花的錢更是多。或許可以擠進伺服器的前幾名吧。

他就是這樣著迷。除了冒險相當有趣，能夠和朋友一起暢遊才是最大的樂趣所在。

對於雙親已經不在，在現實世界沒有朋友的飛鼠來說，這個公會安茲．烏爾．恭正是自己與朋友度過美好時光的燦爛回憶。

如今這個公會即將消失。

內心滿是遺憾與不捨。

飛鼠緊握手上的法杖。只是普通社會人的飛鼠，沒有什麼財力和關係可以改變這個事實。不過是個只能默默接受結束時間到來的玩家。

映入眼簾的時鐘停在23：57。伺服器終止服務的時間是0：00。

時間已經所剩不多。虛擬世界結束，面對現實世界的每一天。

這是理所當然的事。人無法活在虛擬世界，所以大家才會一一離去。

飛鼠嘆了一口氣。

明天四點要起床。伺服器關閉之後必須立刻就寢，才不會影響到明天的工作。

23：59：35、36、37……

飛鼠也隨著時鐘唸出秒數。

23：59：48、49、50……

飛鼠閉上眼睛。

23：59：58、59──

隨著時鐘唸完剩下的秒數。等待幻想世界的落幕──

等待強制登出──

0：00：00……1、2、3……

「……嗯？」

飛鼠睜開眼睛。

沒有回到熟悉的房間裡。這裡還是YGGDRASIL內的王座之廳。

「……這是怎麼回事？」

時間沒有錯。現在的自己應該因為伺服器關閉遭到強制登出才對。

0：00：38

確實已經過了零點。時鐘不可能因為系統問題出現錯誤。
一頭霧水的飛鼠看向四周，尋找附近有什麼線索。
「莫非是關閉伺服器的時間延期？」
或是延長的補償措施？
雖然腦中浮現各種原因，但是都和正確答案相差甚遠。不過最可能的應該是遇到什麼不可抗力，延後了伺服器的關閉時間吧。如果是這樣，ＧＭ應該會發表聲明才對。飛鼠急忙想要連接已經關閉的通訊——但是不禁停下動作。
沒有出現控制介面。
「發生什麼事了……？」
飛鼠雖然感到焦躁與疑惑，不過也對於自己還能如此冷靜有些意外，打算叫出其他功能。不用透過控制介面的強制連線、聊天功能、呼叫ＧＭ、強制結束——
全都沒有任何反應，像是遭到系統完全排除。
「……這到底是怎麼回事！」
飛鼠充滿憤怒的吼聲響徹王座之廳，然後消失。
今天是最後一天，竟然在全部畫下句點的今天發生這種事，難道是在戲弄玩家嗎？
飛鼠對於無法精彩迎接光榮的終點感到相當不滿，從脫口而出的怒罵聲就可以感受他的憤怒。原本應該不會有任何聲音回應飛鼠有如遷怒的疑問。

——可是……

「您怎麼了嗎？飛鼠大人？」

第一次聽到的悅耳女聲。

飛鼠雖然嚇了一跳，還是尋找聲音的來源。在他發現這句話發自誰的口中之時，不由得驚訝到啞口無言。

回應的正是抬起頭來的ＮＰＣ——雅兒貝德。

3

卡恩村。

位於帝國與王國的邊境——安傑利西亞山脈的南邊山麓，有一片稱為都武大森林的廣大森林。卡恩村就是森林近郊的小村莊。

人口大約一百二十人，由二十五個家庭組成的村莊，就里．耶斯提傑王國的邊境村莊來看，這樣的規模並不稀奇。

這個村莊的生計主要來自森林資源與農作物，除了醫生會來採集藥草，稅務官每年只會過來一次。身處這個人跡罕至的村莊，時間彷彿就像靜止了。

村莊打從一大早就很忙碌，基本上村民會在日出時起床。沒有大都市那種魔法之光——「永續光（Continual Light）」的村莊，基本上都是過著日出而作，日落而息的生活。

安莉．艾默特早上起床的第一件事，就是到附近的水井打水。打水是女生的工作，將家裡的大水缸裝滿水，第一件工作就算結束。這時母親會準備早餐，一家四口一起享用。

早餐吃的是大麥或小麥煮成的麥粥，還有炒青菜。有時候也會吃些水果乾。

用餐之後和父母一起到田裡耕種。十歲的妹妹會到森林的入口撿些柴薪，或是幫忙田裡的工作。村莊中央——廣場附近的鐘聲響起的中午時分，大家便會休息吃午餐。

午餐是幾天前烤的黑麵包，還有加入碎肉乾的湯。

接著繼續田裡的工作，在夕陽西下時分返家吃晚餐。

晚餐和午餐一樣是黑麵包，還有豆子湯。要是村裡的獵人有獵到動物，有時候晚餐就能分到一些肉加菜。晚餐之後大家利用廚房的燈光閒話家常，一邊縫補破損的衣物。

大約在十八點左右就寢。

安莉・艾默特這名少女在十六年前誕生，成為村莊的一分子，一直以來都是過著這樣的日子。

她在心裡思考，這種一成不變的日子到底要持續到什麼時候？

這一天安莉和往常一樣，起床之後就前往水井打水。

打水倒進小水缸裡，大約需要往返三趟左右才能裝滿家裡的大水缸。

「喲咻。」

安莉捲起袖子，露出沒有曬到太陽的肌膚，雪白的膚色相當醒目。久經農活鍛鍊的手臂雖然纖細，但是非常結實，稍微有點肌肉。

裝滿水的水缸雖然很重，安莉還是一如往常地提起。

如果水缸再大一點，或許可以減少往返的次數，也能輕鬆一點吧？不過應該提不起那麼重的水缸吧。如此心想的安莉在回家的路上聽到什麼聲音，往聲音的方向一瞧，空氣便像是沸騰一樣，心中湧現恐怖的感覺。

耳朵稍微聽到的聲響是木器遭到破壞的聲音。緊接而來的是——

「哀號——？」

有如鳥被掐住的聲音，不過那絕對不是鳥的叫聲。

安莉的背脊不禁一冷。無法置信。這是錯覺。絕對不是人的聲音。腦中出現幾個消除不安的想法，然後消失。

趕緊飛奔過去。因為哀號的聲音是從自家方向傳來。

把水缸扔在一旁。拿著這麼重的東西無法奔跑。

雖然長裙絆到腳差點跌倒，不過總算幸運地勉強保持平衡。

聲音再次傳來。

安莉的心臟劇烈跳動。

這是人發出的哀號，絕對沒錯。

不斷奔跑、奔跑、奔跑。

記憶中不曾以這麼快的速度奔跑，已經快到雙腳快要纏在一起。

馬的嘶吼。人的哀號，還有呼喊聲。

聲音越來越清晰。

在安莉的眼前，遠遠看見一名身穿鎧甲的陌生人對著村民揮劍。

村民伴隨哀號癱倒在地，被接連刺出的劍給予致命一擊。

「……莫爾加先生……」

在這麼小的村莊裡沒有陌生人，大家都像親人一樣。現在被殺的人，安莉當然也認識。雖然有點聒噪卻是脾氣很好的人，不應該像這樣無辜喪命。想要停下腳步——最後還是咬牙繼續往前跑。

運水時感覺不遠的距離，現在卻覺得相當漫長。耳裡聽到隨風傳來的吼叫與怒罵，自家的房子終於映入眼簾。

「爸爸！媽媽！妮姆！」

安莉一邊呼喚家人，一邊打開家門。

發現三個熟悉的家人正露出恐懼的表情，一動也不動。不過在安莉進門之後，眾人的表情瞬間放鬆，露出安心的神色。

「安莉！妳沒事嗎！」

爸爸從事農活的結實雙手緊緊抱住安莉。

「啊啊，安莉……」

媽媽的溫柔雙手也抱住安莉。

「好了，安莉也回來了，我們快逃吧！」

艾默特家的情況相當危急。因為擔心和安莉錯身沒有離家，因此錯過逃走的時機。危險應該已經迫在眉睫。

沒想到這個恐懼終於變成事實。

正當眾人打算一起逃走時——門口出現一道人影。站在陽光下的人，就是全身鎧甲裝扮的騎士，胸口刻有巴哈爾斯帝國的標誌。手裡拿著一把出鞘的長劍。

巴哈斯帝國是里．耶斯提傑王國的鄰國，是個經常發動侵略戰爭的國家。不過侵略的戰火通常只會在要塞都市耶．蘭提爾周圍，還不曾蔓延到這個村莊。

但是這樣寧靜的生活，也終於畫下句點。

從全罩頭盔（Closed Helm）的空隙中，可以感覺裡面的冰冷眼神似乎在計算安莉一家人的人數。安莉感受得到對方可怕的眼神。

騎士在持劍的手上施加力道，護手的金屬部分傳來摩擦聲。

接著在他準備進入家中時——

「喝啊！」

「唔！」

——父親往騎士的身上撲去。兩人就這麼撞在一起滾出門外。

「快逃！」

「你這傢伙！」

父親的臉滲出一點血，應該是在撲向對方時受的傷吧。

父親和騎士兩人抓著彼此在地上滾動。騎士單手按住父親手上的刀子，父親也單手按住騎士拔出的短劍。

注視家人身上的血，安莉的腦袋變得一片空白。猶豫不知道到底是該去幫助父親，還是趕快逃走比較好。

「安莉！妮姆！」

母親的呼喚聲讓她回過神來，看見母親露出悲傷的神情搖頭。

安莉牽著妹妹的手大步奔跑。雖然內心的遲疑與愧疚令安莉感到掙扎，不過最後還是決定必須趕快逃到大森林。

馬嘶聲、怒吼聲、金屬聲，還有燒焦的臭味。

這些不斷從村莊的各個角落傳達給安莉的耳、眼、鼻。到底是從哪裡傳來的？安莉拚命想要分辨，同時奮力奔跑。逃到寬廣的地方時就盡量縮起身子，或是躲在房子角落移動。

彷彿要凍結身體的恐懼，劇烈的心跳不只是因為奔跑的緣故。即使如此，手中握住的小手還是驅使她奔跑。

——妹妹的生命。

稍微跑在前方的母親正要轉彎時突然停下動作，接著立刻往後退。

手還在背後比出往其他地方逃的手勢。
想到母親為什麼要這麼做的瞬間，安莉立刻咬緊嘴唇，拚命忍住差點就要發出的哭聲。
握著妹妹的手奔跑，盡可能想要離開原地。因為不想看到接下來會發生的光景。

4

「有什麼問題嗎，飛鼠大人？」
雅兒貝德繼續發問。飛鼠不知道該如何回答。因為令人無法理解的事層出不窮，所以思考有些短路。
「失禮了。」
飛鼠只能傻傻望著站到自己身邊的雅兒貝德。
「您怎麼了嗎？」
雅兒貝德的美麗臉龐湊向飛鼠面前觀察。
一股淡淡的幽香刺激飛鼠的鼻腔。那股香氣似乎修復了飛鼠的思考回路，飛到九霄雲外的思考慢慢恢復正常。

「不……什麼事也沒有……不，沒什麼。」

飛鼠並非那種單純到對人偶使用敬語的人。不過……聽到雅兒貝德的問題，差點忍不住用敬語回應。因為她的動作、語氣，處處都可以感覺到令人無法忽視的人性。

飛鼠雖然對於雅兒貝德還有自己身處的環境有強烈的異樣感，但也無法釐清這種異樣是怎麼回事。他只能在一知半解的情況下，盡力壓抑內心的恐懼與驚訝等多餘情緒。不過只是凡夫俗子的飛鼠還是無法做到。

就在飛鼠想要放聲大叫的瞬間，腦中突然閃過一名公會成員常說的話。

——焦急是失敗之本，必須隨時保持冷靜的邏輯思考。保持冷靜、目光放遠，思考時不要鑽牛角尖喔，飛鼠桑。

想起這句話的飛鼠恢復以往的冷靜。

飛鼠對人稱安茲・烏爾・恭的諸葛孔明——布妞萌表達感謝之意。

「……您怎麼了嗎？」

距離好近。靠到幾乎可以感受彼此氣息的雅兒貝德，可愛地偏著俏麗臉龐發問。好不容易恢復冷靜的飛鼠，差點因為那張逼近的臉再次失去冷靜。

「…………呼叫ＧＭ的功能好像失效了。」

被雅兒貝德水汪汪的眼睛吸引，飛鼠忍不住詢問ＮＰＣ。

在飛鼠過去的人生中，不曾被異性以那樣的表情關懷。尤其是還帶有撩人的氣氛。雖然知道她只不過是人為的ＮＰＣ，但是有如真人的自然表情與舉動，令飛鼠不禁感到心動。

不過內心湧現的這股情感，像是遭到壓抑一般再次回歸平靜。

飛鼠對於內心不再出現大幅起伏的自己感到些許不安，心想這應該是剛才想起同伴那句話的緣故。

不過真的是如此嗎？

飛鼠搖搖頭。現在不是思考這些事的時候。

「……還請原諒我無法回答飛鼠大人剛才問到的呼叫ＧＭ問題。抱歉無法符合您的期望，如果可以賜予機會彌補這次的失誤，我將感到無比喜悅。請務必再次下達命令。」

……兩人正在對話，絕對沒錯。

發現這個事實的飛鼠驚訝到說不出話來。

不可能。這是絕對不可能的事。

ＮＰＣ竟然會說話。不對，可以利用自動化處理方式（編輯巨集指令）讓ＮＰＣ說話。因為有提供吼叫聲資料和歡呼聲資料讓玩家下載。只是要讓ＮＰＣ進行對話，還是不可能的事。剛才的塞巴斯等人也只能接受簡單的指令。

那麼為什麼會發生這種不可能的事？只有雅兒貝德與眾不同嗎？

飛鼠向雅兒貝德揮手發出退下的指令，對方露出一閃即逝的遺憾表情。飛鼠將眼神從她的身上移向仍然低著頭的管家與六名女僕。

「塞巴斯！女僕們！」

「是！」

所有聲音完美地重疊在一起，接著管家和所有女僕一起抬頭。

「來到王座前面。」

「遵命。」

所有聲音再次重疊，管家和女僕們站了起來。接著以抬頭挺胸的優雅姿勢走到王座前面，再次單膝跪下低頭。

這下子可以了解兩件事。

第一是即使不特意以指令關鍵字下達命令，ＮＰＣ依然能夠理解意義加以執行。

第二是能夠說話的並非只有雅兒貝德。

至少在這間王座之廳裡的所有ＮＰＣ，也都發生異狀。

如此思考的飛鼠對於自己，還有眼前的雅兒貝德，產生和剛才一樣的異樣感。飛鼠想要釐清這種異樣感到底是怎麼回事，以銳利的目光注視雅兒貝德。

「——怎麼了嗎？難道我做錯了什麼事……？」

「……！」

終於得知這種異樣感是怎麼回事的飛鼠沒有大叫，也沒有默不出聲，而是發出不成聲的驚嘆。

那種異樣感出自表情的變化。嘴角會動，還能發出聲音——

「……可……能！」

飛鼠急忙將手伸向自己的嘴巴，試著發出聲音。

——嘴巴在動。

就DMMO-RPG的常識來說，這是絕對不可能發生的事。嘴巴不可能配合角色說話有所動作。

基本上外觀的表情是固定不動。若非如此，就不會有感情圖示這個設計。

而且飛鼠的臉是骷髏頭，既沒有舌頭也沒有喉嚨。往下看了一下手，也是同樣無皮無肉的一雙手。由此可見應該沒有肺部之類的內臟，那麼為什麼能夠說話？

「不可能……」

飛鼠察覺自己過去累積的常識逐漸瓦解，同時也感到相同程度的不安。

壓抑想要吶喊的衝動。如同預期一般，衝動的內心突然回歸平靜。

飛鼠用力往王座的扶手一拍，但是就像飛鼠的預測，並沒有出現任何損傷值。

「……該怎麼辦才好……有什麼好辦法……？」

完全無法理解目前的狀況，即使發脾氣遷怒也無人相助。

那麼現在的第一要務就是——尋找線索。

「——塞巴斯。」

從抬頭的塞巴斯臉上看到誠摯的表情，感覺就像活生生的人。

對他下達命令應該沒問題吧？雖然不曉得會發生什麼事，不過還能認定這個墳墓的所有NPC都忠於自己嗎？說不定眼前的這些人已經不是大家製作出來的那些NPC了。

腦中浮現眾多疑問，還有隨之湧現的不安，只是飛鼠將這些情緒全部壓抑。無論如何，最適合搜尋線索的人只有塞巴斯。雖然看了身旁的雅兒貝德一眼，不過飛鼠的心意已決，決定命令塞巴斯。

腦中浮現公司高層對職員下達命令的情景，飛鼠擺出高高在上的姿態下令：

「離開大墳墓到周圍查探附近的地理狀況。如果遇到有智慧的生物，就友善地和對方交涉，邀請他們過來。交涉時盡可能答應對方的要求。行動範圍僅限於周圍一公里，盡量避免發生戰鬥。」

「遵命，飛鼠大人。立刻開始行動。」

創造出來保護根據地的NPC竟然可以離開根據地，這個原本在YGGDRASIL裡絕對不可能發生的事，如今已經遭到顛覆。

不，這要等到塞巴斯真的離開納薩力克地下大墳墓之後，才能真的確定。

「……從昂宿星團當中選一個人一起前往。如果遇到戰鬥就立刻撤退，將收集到的資訊帶回來。」

這樣姑且是走了第一步。

飛鼠的手離開安茲．烏爾．恭之杖。

法杖沒有因此滾落地面，而是像是有人拿著一般浮在空中。雖然完全不符合物理法則，不過這樣的光景還是與遊戲中的狀況一樣。放手便會浮在空中的道具，在ＹＧＧＤＲＡＳＩＬ裡並不稀奇。

看似露出痛苦表情的靈氣特效依依不捨地纏住飛鼠的手，不過飛鼠完全不予理會。早已司空見慣……並非如此，不過因為覺得會有這種巨集指令也不奇怪，因此飛鼠轉動手指將靈氣特效撥開。

飛鼠雙手抱胸沉思。

下一步是──

「……聯絡遊戲公司吧。」

對於飛鼠目前面對的異常狀態，知道最多消息的應該是遊戲公司。

問題是要怎麼聯絡。原本只要利用吶喊指令或呼叫ＧＭ功能就可以立刻取得聯絡，但是在這些方法都已失效的現在……

「『訊息（Message）』？」

這是遊戲當中取得聯絡的魔法。

原本只能在特殊狀況和場所使用，不過現在或許能夠好好利用這個魔法。只是這個魔法基本上是用來和其他玩家聯絡，是否也能聯絡ＧＭ便不得而知。

而且遇到這種異常狀態，也無法保證這個魔法是否還有效。

「……可是……」

還是非得調查才行。

飛鼠是一百級的魔法師。如果無法使用魔法，別說戰鬥力，就連行動力和情報收集能力也會大幅下降。在這個完全不知道是怎麼回事的現狀，更要確認魔法是否可以使用。而且要盡快知道。

這麼有哪個地方適合使用魔法——如此思考的飛鼠環顧王座之廳一圈之後搖頭。雖然眼前是緊急狀況，還是不想在這個寧靜又神聖的王座之廳進行魔法實驗。於是在思考哪裡比較適合之後，腦中浮現一個符合期望的地方。

而且除了自己的能力，還有一件事也要一起確認。

那就是自己的權力。必須確認自己身為安茲．烏爾．恭公會長的這個權力，現在是否依然存在。

到目前為止遇到的ＮＰＣ，大家似乎都是忠心耿耿。不過在這個納薩力克地下大墳墓中，還有幾個ＮＰＣ的等級和飛鼠不相上下。必須確認他們是否依然忠心。

但是——

飛鼠俯視跪在地上的塞巴斯和女僕，並且看向站在自己身邊的雅兒貝德。

雅兒貝德臉上掛著若有似無的微笑，雖然很美，但是從某些角度看來卻像是帶著心事的微笑，似乎隱藏什麼秘密。這一點令飛鼠感到不安。

目前ＮＰＣ對自己的忠心還是依然不變嗎？如果是在現實世界中，遇到那種老是出錯的上司便不再忠心，他們應該也一樣吧？還是說只要輸入忠心資料，就永遠不會背叛？

如果他們的忠心出現動搖，又要怎麼做才能讓他們繼續保持忠心？

給予獎勵嗎？在寶物殿裡藏有巨大的財寶。雖然動用這些過去同伴遺留的寶物令人感到心痛，不過如果這是關係到安茲．烏爾．恭存亡與否的緊急狀況，他們應該能夠體諒。只是也不知道應該給予ＮＰＣ多少獎勵才適合。

除此之外，也不知道是不是身為高位者就比較優秀？但是擁有什麼能力才算優秀，這點依然不明。感覺只要將這個迷宮繼續維持下去，應該就能慢慢了解這些事。

亦或是——

「——力量嗎？」

張開左手的飛鼠握住自動飛來的安茲．烏爾．恭之杖。

「凌駕一切的力量？」

鑲在法杖上的七顆寶石閃閃發亮，好像在要求主人使用它的巨大魔力。

「……算了，這些事等到以後再來慢慢思考。」

飛鼠放開手上的法杖，搖晃的法杖便以好像生氣撲倒的動作滾落地板。

總之只要表現出身為領導者的舉動，就不至於馬上與他們敵對吧。不管是動物還是人類，只要不暴露弱點，敵人就不會露出利牙攻擊。

飛鼠氣勢十足地放聲開口：

「昴宿星團聽令，除了跟著塞巴斯的女僕，其他人前往第九層警戒，防止敵人從第八層入侵。」

「遵命，飛鼠大人。」

在塞巴斯身後待命的女僕們恭敬地回應，表示了解命令。

「立刻開始行動。」

「知道了，我的主人！」

回覆的聲音響起。塞巴斯和戰鬥女僕們向坐在王座的飛鼠跪拜之後，同時起身離開。

巨大的門開啟之後再度關閉。

塞巴斯和女僕們消失在門的另一邊。

他們沒有回答「不要」真是太好了。

飛鼠放下心頭大石，同時看向還留在身邊的人。就是一直在旁邊待命的雅兒貝德。雅兒貝德露出微笑詢問飛鼠：

「那麼飛鼠大人，接下來我要做什麼呢？」

「啊，啊啊……有了。」飛鼠挺身離開王座，一邊撿起法杖一邊說聲：

「過來我旁邊。」

「是的。」

以發自內心的微笑回覆的雅兒貝德靠近。飛鼠雖然對雅兒貝德手上那把浮著黑球的短杖有所戒心，但也只是一瞬即逝，還是先暫時忘記它的存在。就在飛鼠如此思考之時，雅兒貝德已經靠到彷彿是要擁抱的距離。

好香——我在想什麼啊。

再度湧現的想法馬上被飛鼠趕出腦外，現在不是胡思亂想的時候。

飛鼠伸手觸摸雅兒貝德的手。

「……」

「嗯？」

雅兒貝德浮現忍耐痛楚的表情。飛鼠則像是觸電一般，立刻把手移開。

這是怎麼回事？該不會是讓她感到不舒服了吧？

幾次難過的回憶掠過腦中——例如被天上掉下來的零錢砸到之類的——不過飛鼠立刻找到答案。

「……啊——」

死之統治者的低階職業死者大魔法師，在升級時能夠獲得的能力當中，有一種能力是對接觸的對象，通常是攻擊目標給予負向傷害（Negative）。莫非是因為這個緣故？

不過若是真的如此，還是有些疑問。

在ＹＧＧＤＲＡＳＩＬ這款遊戲裡，出現在納薩力克地下大墳墓的魔物和ＮＰＣ，在系統上判定為隸屬於安茲．烏爾．恭公會的旗下。而且只要隸屬相同的公會，就算同伴互相攻擊（Friendly Fight），也應該沒有任何效果。

莫非她不隸屬我們的公會？還是已經不再禁止同個公會的夥伴互相攻擊？

——後者的可能性比較高。

如此判斷的飛鼠向雅兒貝德道歉：

「抱歉了。我忘記解除負向接觸（Negative Touch）這項技能。」

「請不用在意，飛鼠大人。那種程度不算傷害。而且如果是飛鼠大人，那麼不管是怎麼樣的痛苦……呀！」

「……啊……嗯……是嗎……不、不過還是很抱歉。」

看到發出可愛叫聲，同時害羞地伸手遮住臉龐的雅兒貝德，飛鼠有些不知所措，回答得有些支支吾吾。

果然是因為負向接觸造成的結果。

飛鼠從不停說些破瓜之痛如何如何的雅兒貝德身上移開視線，開始思考如何暫時解除那個隨時發動的技能——這時突然理解解除方法。

使用死之統治者擁有的能力對現在的飛鼠來說，已經變得有如呼吸一樣簡單、自然。

面對目前自己身處的異常狀況，飛鼠不禁笑了。發生了這麼多的異象，這點程度的異狀已經不值得大驚小怪。習慣真是可怕。

「我要摸了。」

「啊。」

解除技能之後伸手碰觸雅兒貝德的手。雖然心裡湧現好細啊——好白啊——等的無數想法，但是這些身為男人的慾望全被飛鼠拋出腦中，只想知道對方的脈搏。

——正在跳動。

怦通怦通的跳動聲。如果是生物，這是理所當然的事。

沒錯，如果是生物。

放手的飛鼠看向自己的手腕，眼前只有無皮無肉的白骨。因為沒有血管，當然也感覺不到心跳。沒錯，死之統治者是不死之身，是超越死亡的存在，當然沒有心跳。

移開視線的飛鼠注視眼前的雅兒貝德。

飛鼠看到雅兒貝德似乎有些濕潤的眼睛裡，浮現自己的身影。她的臉頰泛紅，大概是因為體溫急速上升的緣故。雅兒貝德身上出現的變化，已經足以令飛鼠感到震撼。

「……這是怎麼回事？」

她不是NPC嗎？不是單純的電磁資料嗎？怎麼會像是活人一般帶有感情，到底是怎麼樣的AI才能做到？最重要的是YGGDRASIL這款遊戲好像變得有如現實世界……

不可能。

飛鼠搖頭否定。不可能會出現這樣的幻想情節。可是想法一旦根深柢固，就沒有那麼容易消除。對於雅兒貝德的變化感到些許不自在的飛鼠，已經不知道接下來該做什麼才好。

接下來是……最後一步。只要能確認那件事，所有的預感都將變成事實。究竟自己身處的現況，會傾向現實還是非現實呢？

因此這是勢在必行的事。就算被對方以手上的武器攻擊也是沒辦法的事……

「雅兒貝德……我、我可以摸妳的胸部嗎？」

「咦？」

空氣似乎瞬間凍結。

雅兒貝德驚訝地睜大雙眼。

如此說道的飛鼠也覺得很難為情。

雖說是沒辦法的事，自己到底對女生說些什麼啊。真想高喊太低級了。不，利用上司的職權進行性騷擾，的確是最低級的行為。

可是已經無計可施。沒錯，他必須這麼做。

飛鼠用力說服自己，精神急速穩定下來的飛鼠努力以統治者的威嚴開口：

「應該……無所謂吧？」

感覺不到半點威嚴。

對於飛鼠戰戰兢兢的要求，雅兒貝德卻像是心花怒放一般露出燦爛的笑容：

「那是當然，飛鼠大人。還請您任意撫摸。」

雅兒貝德挺起胸膛，豐滿的雙峰就這麼立在飛鼠面前。如果能夠嚥口水，恐怕已經嚥了好幾次吧。

即將伸手觸摸撐起身上禮服的胸部。

有別於異常的緊張與激動，飛鼠腦海角落的冷靜情緒正在客觀地觀察自己。感覺自己實在有夠蠢，為什麼會想到這種方法，而且還要付諸實行。

悄悄瞄了雅兒貝德一眼，發現對方的眼睛閃閃發亮，還以「快來吧」的模樣不斷挺胸。不曉得是興奮還是害羞，飛鼠以意志力壓抑快要發抖的雙手，下定決心伸出雙手。

飛鼠的手先是傳來洋裝下方稍硬的觸感，接著是一陣柔軟變形的感覺。

「嗚……啊……」

在雅兒貝德發出煽情的呻吟時，飛鼠又結束一個實驗。

如果自己的腦袋正常，飛鼠對目前的狀況得到兩個答案。

一個是目前可能有一款新的DMMO-PRG。也就是說在YGGDRASIL結束的同時，新遊戲YGGDRASILII接連上市。

只不過根據這次的實驗來看，推出新遊戲的可能性相當小。

因為YGGDRASIL嚴禁在遊戲當中做出十八禁的行為。搞不好連十五禁的行為都不行。只要違反規定不但會在官網公布違規者的姓名，帳號還會遭到刪除，處罰相當嚴厲。

這是因為如果這些十八禁行為的紀錄遭到公開，可能會觸犯社會秩序維護法的妨害善良風俗法規。一般來說，這個行為即使被視為違法也不奇怪。

如果現在依然是在遊戲中——YGGDRASIL的世界裡，遊戲公司應該會採取某些方法，讓玩家無法做出這種行為。GM和遊戲公司如果正在監視，一定會禁止飛鼠的猥褻行為。但是完全沒有出現任何阻止的跡象。

而且根據DMMO-PRG的基本法律與電腦法，在沒有獲得許可下，強制玩家進入遊戲遊玩就已經觸犯營利誘拐法。強迫玩家以試玩方式加入遊戲，是會立刻遭到檢舉的行動。尤其是如果發生無法強制結束遊戲這種事，遊戲公司即使因此被控監禁也不足為奇。

假如發生無法強制結束的情況，因為受到法律保障，所以能以專用控制介面擷取一個星期的遊戲紀錄，可以很輕鬆地舉發遊戲公司的違法行為。如果飛鼠一個星期沒進公司，應該會有人覺得不對勁而到家裡察看，警察只要調查一下專用控制介面就能解決問題。

只是有哪個企業會冒著可能會被立刻逮捕的風險，犯下這種組織性的犯罪呢？

的確，只要謊稱這只是「YGGDRASILII的搶先體驗版」，或是以他們遇到「更新檔(patch)」這類介於灰色地帶的說法即可脫罪。但是這麼危險的事對遊戲製作公司和營運公司來說，根本一點好處也沒有。

這麼一來，這種狀況唯一的可能性，就是有其他人在中搞鬼，和遊戲製作公司無關。如果真是如此，那就必須顛覆之前的想法從其他方向思考，否則永遠找不到答案。

問題是根本不知道該從哪個方向思考。另外還有一個可能……

……那就是虛擬世界變成真實世界的可能性。

不可能。

飛鼠立刻否定這個想法。怎麼可能發生這種不合理的蠢事。

不過相反的，這才是正確答案的想法，卻隨著時間的經過變得更加強烈。

而且——飛鼠想起剛才從雅兒貝德身上飄來的香味。

根據電腦法，虛擬世界已經將五感中的味覺和嗅覺完全消除。雖然在YGGDRASIL有飲食系統，不過基本上只是屬於系統方面的消耗。此外觸覺方面也受到相當程度的限制，理由是為了避免和現實世界產生混淆。因為有了這些限制，以致於利用虛擬世界的色情產業並不是那麼流行。

但是現在一點限制也沒有。

這個事實對飛鼠產生劇烈衝擊，「明天的工作要怎麼辦？」、「這樣下去該怎麼辦？」這些擔心已經變得微不足道，幾乎可以拋到腦後。

「……如果虛擬世界沒有變成現實世界……那麼就資料量來說，根本是不可能……」

飛鼠動了一下無法發聲的喉嚨。腦袋雖然無法理解，但是心裡已經理解了。

飛鼠的手終於離開雅兒貝德豐滿的胸部。

感覺似乎摸了很久。不過飛鼠的解釋是為了確認，不得已才會摸這麼久，絕不是因為摸起來很舒服，才不願意放手……應該。

「雅兒貝德，抱歉了。」

「嗚啊……」

滿臉通紅的雅兒貝德發出喘息，似乎可以令人感受到體內發出的熱氣。接著她害羞地詢問飛鼠：

「我會在這裡迎接第一次吧？」

稍微別過頭的雅兒貝德如此問道，令飛鼠不禁以失控的聲音回答：

「……咦？」

飛鼠的腦筋突然轉不過來，無法理解這句話是什麼意思。

第一次？什麼的？這是怎麼回事？話說回來她為什麼一臉嬌羞？

「請問衣服要怎麼辦呢？」

「……啥？」

「我自己脫比較好嗎？還是勞煩飛鼠大人呢？穿著衣服的話，之後……會弄髒……不，如果飛鼠大人要求穿著衣服，我也沒有意見。」

腦袋終於理解雅兒貝德的話。不，現在的飛鼠腦蓋骨下是否有腦袋，還是個疑問。察覺雅兒貝德為什麼出現這種反應與行為的飛鼠，內心有些天人交戰：

「好了，到此為止，雅兒貝德。」

「咦？遵命。」

「現在不是做那種……不，沒有時間做那種事。」

「非、非常抱歉！明明面臨緊急狀況，我竟然只顧慮自己的慾望。」

往後迅速一跳的雅兒貝德正要下跪道歉，不過飛鼠伸手制止：

「不，一切都是我的錯，我就原諒妳吧，雅兒貝德。比起這件事……我要命令妳。」

「無論什麼事，都請儘管吩咐。」

「通知各層的守護者，要他們過來六層的競技場。時間是在一個小時後。還有亞烏菈和馬雷由我聯絡，所以他們兩個就不用通知了。」

「遵命。在此複誦命令，除了六層的兩名守護者之外，通知各層守護者在一小時之後前往競技場集合。」

「沒錯，去吧。」

「是。」

雅兒貝德迅速離開王座之廳。

望著雅兒貝德的背影，飛鼠像是筋疲力盡一般嘆氣。在雅兒貝德離開王座之廳後，飛鼠發出痛苦的呻吟：

「……我幹了什麼好事。那只不過是無聊的玩笑……早知如此就不開那種玩笑了。我……玷污了翠玉錄桑創造的NPC……」

雅兒貝德會有那種反應的理由，經過思考後只有一個答案。

那個時候變更雅兒貝德的設定時，改寫了一句「如今愛著飛鼠」。

這就是雅兒貝德會有那種反應的理由。

「……啊，可惡……！」

飛鼠唸唸有詞。

翠玉錄在白色畫紙努力繪製的名作雅兒貝德，卻被別人擅自拿著顏料在上面隨性修改，結果變成這副德性。

飛鼠的心情就像糟蹋別人的名作一般鬱悶。

不過表情扭曲的飛鼠——因為是骷髏頭所以沒有明顯的表情——還是離開王座起身。

飛鼠告訴自己，暫時把這個問題拋在腦後，先將目前的當務之急依序處理完畢之後再來傷腦筋吧。

第二章 **樓層守護者**

Chapter 2 | Floor guardians

1

「回來吧，雷蒙蓋頓的惡魔們。」

由稀有礦石打造的哥雷姆聽從飛鼠的命令，帶著與笨重軀體相反的輕盈腳步聲來到飛鼠面前，然後擺出和剛才一樣的警戒姿勢。

虛擬現實世界變成真正的現實世界——已經正式接受這個猜測的飛鼠，進行的第一件事就是保護自身的安全。雖然目前遇到的ＮＰＣ姑且都會對自己表現出畢恭畢敬的模樣，但是今後遇到的角色不見得都會是同伴。而且即使遇到的都不是敵人，也不知道接下來會出現什麼危險。

確認納薩力克內部的設備、哥雷姆、道具、魔法……這一切是否還能運用，正是攸關飛鼠生死存亡的當務之要。

「總算解決了第一個問題。」

安心的飛鼠一邊自言自語一邊望著哥雷姆。接著對它們下達只能聽從自己的命令的指令，這麼一來，即使遇到最差的狀況——ＮＰＣ叛亂時，也可以多一道保命符。

對哥雷姆勇猛的外表感到滿意的飛鼠，看向自己的白骨手指。

十隻手指戴著九個戒指，只有左手無名指空無一物。

在YGGDRASIL中，通常左右手只能各戴一個戒指。不過飛鼠利用永遠有效的高價付費道具，讓十隻手指都能戴上戒指，而且還可以發揮所有戒指的能力。

並不是只有飛鼠比較特別，只要是重視能力的玩家，大家都理所當然地花這筆錢。

飛鼠看著手上九個戒指的其中一個。那個戒指的模樣，與王座背後牆上紅布的刺繡標誌一模一樣。

那個戒指名為安茲．烏爾．恭之戒。

戴在飛鼠右手無名指的戒指是魔法道具，安茲．烏爾．恭的所有成員都擁有這個戒指。

雖然可以發揮十個戒指的力量，但是在使用付費道具時，還是必須選擇想戴的戒指，之後便不能變更。即使如此——飛鼠還是把左手無名指的戒指拿下來放到寶物殿——飛鼠之所以會裝備那個能力較弱的戒指，是因為它在特定的狀況使用機會很高，所以才會戴在手上以便隨時利用。

那個戒指的能力能讓飛鼠不限次數地在納薩力克地下大墳墓裡有名稱的房間之間瞬間移動，甚至可以從外面瞬間移動到內部。除了幾個特定地點之外，這個具有阻擋傳送魔法效果的大墳墓都不能隨意瞬間移動，所以這個戒指相當方便。

不能利用瞬間移動的房間，只有王座之廳和各個公會成員的房間等少數地方。而且必須有這個戒指才能進入寶物殿，因此絕對不能沒有這個戒指。

飛鼠大大嘆了一口氣。

接下來要使用這個戒指的能力。在目前的狀況下，這個戒指的能力是否還能發揮預期的效果令人存疑，不過還是有嘗試的必要。

解放戒指的能力——眼前瞬間被漆黑籠罩。

然後——眼前的景色為之一變，周圍變成陰暗的通道。在道路的盡頭處可以看到落下的巨大柵欄。裡面裝置著類似白光的人工照明。

「成功了……」

傳送成功令飛鼠感到放心地喃喃自語。

飛鼠走在挑高的寬廣通道上，往眼前的巨大柵欄前進。

石造通道擴大飛鼠的腳步聲，有時候還會出現回音。

插在通道旁的火炬，因為火焰不斷搖晃產生陰影，影子感覺像在跳舞。那些影子混在一起，彷彿有好幾個飛鼠。

靠近柵欄，應該只是兩個空洞的鼻子聞到各種味道。飛鼠停下腳步呼吸。那是濃烈的青草味與泥土的味道——是森林的味道。

和剛才面對雅兒貝德時一樣，原本在虛擬世界當中沒有作用的嗅覺竟然如此逼真，讓飛鼠更加確信目前身處的地方就是現實世界。

可是沒有肺臟與氣管的身體要怎麼呼吸呢？

有所疑問的飛鼠覺得認真思考下去太過愚蠢，立刻放棄思考。

察覺到飛鼠接近，柵欄有如自動門在恰當的時機迅速向上開啟。走進柵欄，映入飛鼠眼簾的是個圓形競技場，四周圍繞著好幾層的觀眾席。

圓形競技場是個橢圓形空間，長徑有一百八十八公尺，短徑為一百五十六公尺，高則是四十八公尺。就是羅馬帝國時期建造的羅馬競技場。

處處都施加「永續光」的魔法，讓四周散發明亮的白色光芒，因此才能像是白天一樣清楚看遍整座競技場。

坐在觀眾席上的眾多土製人偶——哥雷姆沒有活動的跡象。

這個地方名為圓形劇場。演員是入侵者，觀眾是哥雷姆，坐在貴賓席上的是安茲．烏爾．恭的成員。上演的戲碼當然是廝殺。除了超過一千五百人的大侵略之外，不管是多麼頑強的入侵者，都在這裡迎接末日。

飛鼠走到競技場中央仰望天空，眼前是一片全黑的夜空。如果周圍沒有那些白色光芒，或許可以看見天空閃爍的星星吧。

不過這裡是納薩力克地下大墳墓第六層，位於地底，所以眼前的天空只是虛擬的天空。然而因為用上龐大的數據資料，這裡的天空不但會隨著時間出現變化，甚至還會出現具有日光效果的太陽。

雖然身處在虛構場景裡，卻依然能夠感到放鬆，也是因為飛鼠的內心與外表不同，依然是個人類吧。同時也是因為感受到公會成員對此付出心血的關係吧。

雖然心中出現想要待在這裡放空的心情，但是目前身處的狀況不允許他這麼做。

飛鼠看向四周——不在。這裡應該是由那兩個雙胞胎管理……

這時眼睛突然看到什麼。

「嘿！」

隨著吶喊聲，貴賓席上躍下一道人影。

從六層樓高的建築物跳下的影子，在天空轉了一圈之後，像是長了翅膀輕飄飄落地。對方沒有使用任何魔法，單純只是運用體能的技巧。

雙足輕輕一彎就能消除衝擊力道的身影，露出自豪的表情。

「V！」

伸手比出勝利姿勢。

從天而降的人，是一名十歲左右的小孩。臉上露出太陽一般燦爛的笑容。有著小孩子的特有的，兼具少年與少女的可愛模樣。

彷彿金絲的頭髮在肩膀附近切齊，反射周圍白光的頭髮有如頂著天使光圈。左右不同顏色的藍綠雙眼像是小狗閃閃發亮。

耳朵尖長、肌膚微黑，與森林精靈(Elf)是近親的黑暗精靈(Dark Elf)。

身上穿著合身輕皮甲，上面貼著赤黑色的龍王鱗。白底金繡的背心胸口上，可以看到安茲・烏爾・恭公會的標誌。下方是一件與背心成套的白色長褲。脖子戴著散發金色光芒的橡實項鍊。此外手上還有貼著魔法金屬片的手套。

腰部和右肩各自纏著一條鞭子，背上則背著一把巨弓，弓身、弓背和握把上都點綴著奇特的裝飾。

「是亞烏菈啊。」

飛鼠說出眼前這名黑暗精靈之子的名字。

對方正是納薩力克地下大墳墓第六層的守護者，亞烏菈・貝拉・菲歐拉。是名能夠使喚幻獸與魔獸的馴獸師(Beast Tamer)兼游擊兵(Ranger)。

亞烏菈以小跑步的動作往飛鼠的方向跑來。說是小跑步，速度卻和野獸的全速前進一樣飛快。兩人的距離急速拉近。

亞烏菈以腳緊急煞車。

腳上的運動鞋鑲著硬度超過鑽石的緋緋色金合金板，摩擦地面掀起塵霧。塵霧沒有飄到飛鼠身上，如果這是事先計算的結果，那麼這個身手算是相當不得了。

「呼。」

明明沒有流汗，亞烏菈還是裝模作樣地擦拭額頭。接著露出小狗討好主人的笑容，以小孩特有的偏高音調向飛鼠打招呼：

「歡迎光臨，飛鼠大人。歡迎來到由我看守的這個樓層！」

打招呼的方式和雅兒貝德、塞巴斯等人一樣充滿敬意，不過感覺似乎更加親近。對飛鼠來說，這樣的親近感反而讓他不必那麼拘束。要是令人太過畏懼，對沒有這種經驗的飛鼠來說只會感到傷腦筋。

從亞烏菈臉上充滿笑容的表情，感受不到任何敵意，而且「敵掃瞄(Sensor Enemy)」也沒有任何反應。

飛鼠的目光離開右手腕的束帶，放鬆握住法杖的力道。

若是遇到緊急狀況，他打算全力攻擊然後立刻撤退，不過現在看來沒有那個必要。

「……嗯，我稍微打擾一下。」

「您說什麼啊——飛鼠大人可是納薩力克地下大墳墓的主人，至高無上的統治者喔？不管您造訪哪裡，都說不上是打擾！」

「原來如此……話說亞烏菈剛才好像在那裡……？」

聽到飛鼠的問題，恍然大悟的亞烏菈俐落轉身，望向貴賓室高聲大叫：

「飛鼠大人大駕光臨！還不快點出來，這樣太沒禮貌了！」

在貴賓室的陰影下，可以看到晃動的影子。

「馬雷也在那裡嗎？」

「是的，沒錯，飛鼠大人。因為那傢伙非常膽小……還不快點跳下來！」

一道幾乎聽不見的聲音回應亞烏菈的呼叫。就這裡到貴賓室的距離來看，對方能夠聽到簡直就是奇蹟。不過這是因為亞烏菈身上的項鍊擁有魔法。

「沒、沒辦法啦……姊姊……」

亞烏菈嘆了一口氣，抱頭解釋：

「那、那個，飛鼠大人，他只是非常膽小，絕對不是故意這麼失禮。」

「我當然了解，亞烏菈。我從來不曾懷疑你們的忠誠。」

身為社會人士，必須懂得真心話和場面話的時機。有時候也需要說些謊話。飛鼠用力點頭，以能讓對方安心的態度溫柔回答。

看來似乎鬆了一口氣的亞烏菈立刻變臉，對貴賓室裡的人怒目相向：

「最高階的飛鼠大人大駕光臨，樓層守護者竟然沒有出來迎接，這是多麼不成體統，你應該也很清楚吧！如果你敢說因為害怕不敢跳下來，那我就把你踢下來！」

「嗚嗚……我走樓梯下去……」

「你想讓飛鼠大人等多久啊！快點下來！」

「知、知道了……嘿、嘿！」

雖然鼓起勇氣，不過發出的聲音有點沒用。隨著這道聲音，一道人影跳了下來。

果然是黑暗精靈。這名黑暗精靈著地的雙腳非常不穩，和剛才的亞烏菈有著天壤之別，不過似乎沒有受傷的樣子。大概是運用身體技巧將落下的衝擊力道抵銷了吧。

接著立刻躂躂躂快速跑來。那應該是全力奔跑吧，但是和亞烏菈相比還是慢多了。同樣也如此認為的亞烏菈皺眉大叫：

「快一點！」

「好、好的！」

現身的小孩外表和亞烏菈一模一樣。不管是頭髮的顏色長度、眼睛的顏色，還是五官長相，除了雙胞胎之外不可能這麼接近。不過如果說亞烏菈是太陽，那麼他就是月亮。

小孩子戰戰兢兢地露出害怕挨罵的模樣。

對於兩人顯露在外的表情變化，飛鼠感到有些驚訝。

根據飛鼠所知，馬雷的個性並非如此。話說NPC的基本表情就是那一種，毫無變化。即使對NPC做出很長的角色設定，NPC也不會表現出來。

但是這兩名黑暗精靈小孩卻在飛鼠的眼前，展現豐富的表情變化。

「——這應該就是泡泡茶壺桑理想的亞烏菈和馬雷吧。」

泡泡茶壺，設計這兩名黑暗精靈角色的公會成員。

真想讓她親眼目睹這一刻。

「讓、讓您久等了，飛鼠大人……」

小孩膽戰心驚地抬眼窺視飛鼠。

身上穿著藍色龍王鱗鎧甲，上面披著和森林樹葉一樣綠的深綠色短披風。

雖然服飾和亞烏菈一樣都是以白色為基底，不過下半身稍短的裙子卻露出一點肌膚。只有露出一點是因為他穿著白色褲襪。脖子上的項鍊和亞烏菈很像，不過是由銀色橡實製成。武裝方面比亞烏菈簡單許多，纖細的小手戴著散發絲綢光澤的白色手套，只有手裡握著一把扭曲的黑色木杖。

馬雷・貝羅・菲歐雷。

和亞烏菈一樣，同為納薩力克地下大墳墓第六層的守護者。

飛鼠瞇起眼睛——雖然只有空洞的眼窩沒有眼球——目不轉睛地注視兩人。亞烏菈挺起胸膛，馬雷則是畏畏縮縮地承受飛鼠的目光。

覺得眼前的兩人果然是過去同伴的心血結晶之後，飛鼠點了幾次頭：

「看到你們的精神都不錯，真是太好了。」

「活力十足喔——只是最近實在悶得有點受不了。偶爾出現入侵者也好吧。」

「我、我才不想見到入侵者……我、我會害怕……」

聽到馬雷的發言，亞烏菈的表情為之一變：

「……唉。飛鼠大人，稍微失陪一下。馬雷，跟我過來。」

「好、好痛喔。姊、姊姊，很痛耶。」

看到飛鼠輕輕點頭後，亞烏菈揪住馬雷的尖耳稍微離開飛鼠身邊，然後在馬雷的耳邊竊竊私語。即使身在遠處也可以了解，亞烏菈正在斥責馬雷。

「……入侵者啊。我和馬雷一樣，不想見到他們呢……」

至少希望能在做好萬全準備之後再遇到敵人，如此心想的飛鼠遠遠看著雙胞胎守護者。

回過神來才發現馬雷已經跪坐在地，面對亞烏菈有如狂風暴雨的言語攻擊。

眼前的景象似乎在說明過去兩名同伴的姊弟關係，飛鼠見狀露出苦笑：

「呵呵，馬雷明明不是佩羅羅奇諾桑設計的。還是泡泡茶壺桑認為『就是要聽姊姊的話』才對呢……不過仔細想想，亞烏菈和馬雷應該死過一次……那件事又是怎麼處理呢？」

過去一千五百人大軍入侵時，曾經攻到第八層。也就是說亞烏菈和馬雷都已經死了，那麼他們還記得當時的事嗎？

死亡這個概念，對於現在的兩人來說，到底具有什麼意義呢？

根據ＹＧＧＤＲＡＳＩＬ的設定，只要死亡等級就會下降五級，並且掉落一個裝備道具。也就是說，如果原本是五級以下的角色就會直接消失。只是玩家角色因為受到特別保護不會消失，不過等級會降至一級。因此這一切僅是設定上的情況。

利用「復生」(Resurrection)或「死者復活」(Raise Dead)等復活魔法，可以減輕降級的情況。不僅如此，如果使用付費道具便只會減少一點經驗值。

ＮＰＣ的情況更加簡單。只要公會支付依等級而定的復活費，便能毫無影響地復活。

因此對於想要重練角色的玩家來說，利用死亡降級的方式，是他們相當愛用的手段。

的確，對於需要很多經驗值才能升級的遊戲來說，即使只降一級也是很重的懲罰。不過在ＹＧＧＤＲＡＳＩＬ中，降級並不是那麼可怕的事。聽說這是因為遊戲製作公司希望玩家不要因為擔心降級，而不敢前往新領域冒險，而是勇敢深入未知領域發現新事物。

面對這種死亡規則，眼前的兩人和當初在一千五百人進攻時陣亡的兩人，已經是不同人嗎？或者是死後復活的兩人呢？

雖然想要確認，但也不必太過打草驚蛇。或許那次的大舉入侵對亞烏菈來說，也是一次恐怖的經歷。只因一己的好奇心就擅自詢問沒有敵意的她，感覺也不太好。最重要的是他們是由安茲．烏爾．恭成員創造出來的心愛ＮＰＣ。

等到所有懸而未決的疑問全都釐清之後，再來詢問她本身的想法吧。

而且過去和現在的死亡概念，很可能已經有很大的不同。在現實世界中只要死亡，當然一切就結束了。不過現在或許不是這樣。雖然覺得必須做個實驗，不過在尚未獲得各種資訊之前，無法決定行動的優先順序。因此暫時擱置這件事，應該算是明智的抉擇。

到目前為止，飛鼠所知的ＹＧＧＤＲＡＳＩＬ已經改變到什麼地步，還有很多疑問。

正當飛鼠愣愣地思考這些事時，亞烏菈還在繼續說教。飛鼠覺得馬雷有點可憐。他應該沒有說什麼太過分的話，需要被人這樣責備。

過去的同伴姊弟吵架時，飛鼠只會靜靜旁觀，但是現在不同。

「差不多到此為止吧？」

「飛鼠大人！可、可是馬雷身為守護者——」

「——沒問題。亞烏菈，我很了解妳的心情。身為樓層守護者的馬雷說出這種怯懦的話，特別還是在我的面前，妳當然會感到不高興。不過我也相信，只要有人入侵這個納薩力克地下大墳墓，妳和馬雷都會勇敢地挺身而戰。只要能在必要的時候做必要的事，那麼就不需要過度苛責了。」

走到兩人身邊的飛鼠伸手握住馬雷的手，拉他起來。

「還有馬雷，你要謝謝體貼的姊姊喔。即使我覺得生氣，但是看到你被姊姊責備成那樣，也只能原諒你了。」

馬雷露出有點驚訝的表情看向自己的姊姊。這時亞烏菈急忙開口：

「呃？不，不是，才不是那樣。這不是為了演戲給飛鼠大人看才責備他的！」

「亞烏菈，沒關係的。不管妳的意圖是什麼，妳的體貼心意，我都已經非常了解……不過我想讓妳知道，我沒有對馬雷的守護者身分感到不安。」

「呃，啊，是、是的！謝謝您，飛鼠大人。」

「謝、謝謝。」

看到兩人恭敬行禮，飛鼠不禁感到全身不自在。特別是兩個人都以炯炯有神的閃亮雙眼注視飛鼠。不曾受到如此尊敬眼神注視的飛鼠為了掩飾害羞，刻意咳了一下：

「嗯，對了。我想問一下亞烏菈，沒有入侵者讓妳覺得很閒嗎？」

「──啊，不，這、這個嘛……」

看到亞烏菈支支吾吾的害怕模樣，飛鼠覺得自己的問題有些不妥：

「我沒有責備妳的意思，所以妳就大膽說出心裡的真正想法吧。」

「……是的，有點閒。附近沒有能夠和我戰鬥五分鐘的對手。」

一邊將雙手食指靠在一起，一邊抬眼如此回答。

身為守護者的亞烏菈，等級當然是一百級。在這個迷宮中能夠和她匹敵的對手寥寥可數。以NPC來說，包括亞烏菈和馬雷在內，全部共有九人。還有例外的一人。

「讓馬雷當妳的對手如何？」

縮起身子像要躲起來的馬雷突然抖了一下。他以濕潤的眼睛不斷搖頭，看起來十分害怕。亞烏菈看著害怕的馬雷嘆了一口氣。

隨著她的嘆氣，四周瀰漫甘甜的香味。和雅兒貝德散發的香味不同，這個甜香感覺有些糾纏。這時想起亞烏菈能力的飛鼠，退後一步遠離氣味。

「啊，抱歉，飛鼠大人！」

亞烏菈發現飛鼠的異樣，急忙伸手驅散空氣。

在亞烏菈擁有的馴獸師特殊技能中，有種能夠同時發揮強化與弱化效果的常駐技能（Passive Skill）。這項技能只要透過呼氣，就能讓效果到達半徑數公尺的範圍，有時候半徑還可達到數十公尺，若是使用技能，效果甚至能擴展到難以置信的距離。

在YGGDRASIL裡，因為強化效果、弱化效果的圖示都會出現在眼前，所以可以清楚得知發動與否。不過現在這些變化沒有出現在眼前，變得相當麻煩。

「那個，已經沒事了，已經停止效果了！」

「這樣啊……」

「……不過飛鼠大人是不死者，這種精神作用的效果對您來說應該沒用吧？」

在ＹＧＧＤＲＡＳＩＬ當中確實如此。不死者不會受到精神作用的影響，無論是好是壞的作用都一樣。

「……剛才我進入效果範圍了嗎？」

「嗯。」

亞烏菈縮起脖子感到害怕，就連旁邊的馬雷也跟著縮起脖子。

「……我沒有生氣，亞烏菈。」飛鼠盡可能溫柔地安撫對方。「亞烏菈……妳不需要那麼害怕。難道妳以為那種隨意使出的技能可以影響我嗎？我只是單純問妳，我剛才是否在妳的效果範圍裡。」

「是的！剛才已經進入我的能力效果範圍。」

聽到亞烏菈如釋重負的回應，飛鼠察覺自己的存在令亞烏菈感到十分戒慎恐懼。

飛鼠覺得這股壓力就好像衣服下方不存在的胃開始抽痛。如果自己因此變弱又該如何是好？每次只要想到這裡，他就想全力拋開這種想法。

「那麼那個的效果是什麼？」

「這個，剛才的效果……應該是恐懼。」

「唔嗯……」

他不覺得恐懼。在ＹＧＧＤＲＡＳＩＬ中，公會的成員或是組隊的隊友，彼此的攻擊不會產生任何效果。雖然現在這個規則很有可能已經失效，不過還是應該在此先確認一下。
「我記得亞烏菈的能力，先前對同公……組織的人不會產生負面效果。」
「咦？」
亞烏菈忍不住瞪大眼睛。旁邊的馬雷也露出相同的表情。飛鼠從兩人的表情得知，事實並非如此。
「是我記錯了嗎？」
「是的，只是自己可以自由改變效果範圍，會不會是跟這件事搞混了呢？」
禁止同伴互相攻擊的規則果然失效了。人在附近的馬雷看來不受影響，可能是身上裝備有防止精神作用的道具吧。
反倒是不死者飛鼠裝備的神器級道具，沒有抵抗精神作用的資料。那麼飛鼠為什麼感覺不到恐懼呢？
這裡有兩個推測。
靠著基本能力值加以阻擋。或是以不死者的特殊能力讓精神作用失效。
因為不知道到底是哪一個推測才對，所以飛鼠打算進行下一步的實驗：
「妳可以試著使用其他效果嗎？」
亞烏菈歪頭發出奇怪的疑問聲。飛鼠再次想起小狗的模樣，不禁伸手撫摸亞烏菈的頭。

有如絲綢的滑順觸感，摸起來相當舒服。因為亞烏菈沒有露出不悅的樣子，讓飛鼠不由得想要一直摸下去。不過在一旁盯著的馬雷眼神有些可怕，所以飛鼠就此住手。

馬雷的心中到底在想什麼？

經過短暫的思考，飛鼠放開法杖，用另一隻手撫摸馬雷的頭髮。

感覺馬雷的髮質好像比較好。飛鼠心不在焉地想著這些事，一直摸到心滿意足為止。這才終於想起該做的事：

「那就麻煩妳了。我正在進行各種實驗……需要妳的幫忙。」

一開始兩人還顯得有些不知所措，不過在飛鼠的手離開他們的頭時，兩人露出有些害羞又有些高興的得意表情。

亞烏菈開心地回應：

「是的，我知道了！飛鼠大人，請交給我吧。」

伸手阻止躍躍欲試的亞烏菈。

「先等一下——」

飛鼠將浮在空中的法杖握在手裡。

和先前一樣。與使用戒指能力當時一樣，飛鼠集中精神在法杖上。在眾多的能力當中，飛鼠選擇裝飾在法杖上的一顆寶石。

神器級道具「月之寶玉」的能力之一。

——召喚月光狼（Summon Moon Wolf）。

隨著發動召喚魔法，空中冒出三隻野獸。

隨著召喚魔法出現魔物的特效與ＹＧＧＤＲＡＳＩＬ一樣，所以飛鼠並不感到驚訝。

月光狼與西伯利亞狼非常相似，不過身上散發銀色的光芒。在飛鼠與月光狼之間，飛鼠感受到奇妙的連結，清楚地顯示誰是主宰者，誰是受支配者。

「是月光狼嗎？」

亞烏菈的聲音隱含無法理解的含意，那就是為什麼要召喚這麼弱的魔物。

月光狼的速度相當敏捷，可以用來發動奇襲，但是等級只有二十左右。以飛鼠和亞烏菈的角度來看是相當弱的魔物。不過以這次的目的來說，這種等級的魔物就很足夠了。反倒是威力弱一點比較好。

「是的。把我納入吐氣的效果範圍裡吧。」

「咦？可以嗎？」

「沒關係。」

飛鼠強迫感到遲疑的亞烏菈放膽去做。

在並非與遊戲完全相同的現在，有個無法忽略的可能性。就是亞烏菈的能力可能沒有正確發動。為了避免這個情況，必須和第三者一起承受亞烏菈的技能，才會召喚月光狼。
之後亞烏菈不斷用力呼出幾口氣，不過飛鼠沒有任何受到影響的不適。途中還嘗試向後轉或是放鬆精神，還是沒有任何異樣。只是同在效果範圍裡的月光狼似乎受到影響，因此可知亞烏菈的技能效果確實發動了。
從這個實驗可以得知，精神作用的效果似乎對飛鼠無效。這表示——

在ＹＧＧＤＲＡＳＩＬ中，亞人類和異形類的種族只要達到規定的種族等級，就可以得到種族的特殊能力。身為死之統治者的飛鼠，現在擁有的特殊能力是——
一天創造四隻高階不死者、一天創造十二隻中階不死者、一天創造二十隻低階不死者、負向接觸、絕望靈氣Ｖ（立即死亡）、負向守護、黑暗靈魂、漆黑光芒、不死祝福、不淨加護、黑暗睿智、理解邪惡語言、能力值損傷Ⅳ、突刺武器抗性Ｖ、揮砍武器抗性Ｖ、高階擊退抗性Ⅲ、高階物理無效化Ⅲ、高階魔法無效化Ⅲ、冰・酸・電屬性攻擊無效化、魔法視力強化／透明看穿。
另外職業等級附加的能力——立即死亡魔法強化、熟練暗黑儀式、不死靈氣、創造不死者、控制不死者和強化不死者等。
接下來是不死者的基本特殊能力。

致命一擊無效、精神作用無效、不需飲食、中毒・生病・睡眠・麻痺・立即死亡無効、抗死靈魔法、肉體懲罰抗性、不需氧氣、能力值損傷無效、吸取能量無效、利用負能量恢復、夜視（Dark Vision）。

當然也有弱點，那就是正・光・神聖攻擊脆弱Ⅳ、毆打武器脆弱Ⅴ、位於神聖正屬性區的能力值懲罰Ⅱ、火焰損傷加倍等。

——這下子可以得知這些不死者的基本能力，以及升級時獲得的特殊能力，飛鼠依然持有的可能性非常高。

「原來如此，有了充分的結果……謝謝妳，亞烏菈。妳那邊有什麼問題嗎？」

「沒有，沒問題。」

「這樣嗎——回去吧。」

三隻月光狼像是時光倒轉一般消失無蹤。

「……飛鼠大人，今天您來到我們守護的樓層，目的就是為了做剛才的實驗嗎？」

馬雷也在一旁點頭。

「咦？啊，不是的。我是為了訓練才會過來。」

「訓練？咦？飛鼠大人嗎？」

亞烏菈和馬雷的眼睛睜大到眼珠快要掉下來。因為實在太過驚訝，不知道身為最高階魔法吟唱者，也是統治這座納薩力克地下大墳墓，地位在所有人之上的飛鼠大人在說什麼。已經預知這個反應的飛鼠很快回答：

「沒錯。」

看到飛鼠簡短回應，將法杖往地下輕輕一敲之後，亞烏菈的臉上立刻浮現理解之色。預料之中的反應令飛鼠相當滿意。

「請、請問，那、那就是只有飛鼠大人能夠接觸的最高階武器，傳說中的那個嗎？」

傳說中的那個是什麼意思？

飛鼠對此有點疑惑，不過看到馬雷眼睛閃耀的光芒，也知道他的問法不帶惡意。

「沒錯，這正是……由公會成員共同打造的最高階公會武器安茲．烏爾．恭之杖。」

飛鼠舉起法杖，法杖立刻反射周圍的光線，發出美麗的光芒。那個光芒有如法杖正在炫耀自己一般耀眼。不過光芒的四周同時出現不祥的搖晃黑影，令人只能感受到邪氣。

飛鼠比以往更加驕傲，聲音也變得更加激動：

「法杖上七條蛇銜著的寶石，都是神器級遺物。因為屬於整套的系列道具，所以完整收集之後能夠發揮莫大的力量。必須花費無比的毅力與時間才能全部收集齊全，其實在成員之中，也曾經在收集的期間不斷出現想要放棄的念頭。都不知道持續打了多少會掉落寶物的魔物了……不僅如此，這根法杖本身擁有的能力也超過神器級，可以媲美世界級道具。最厲害的能力就是其中的自動迎擊系……咳咳。」

……不小心講到忘我了。

雖然是和過去同伴一起共同打造，但是因為不曾拿到外面，所以也沒什麼機會炫耀。現在遇到可以炫耀的人，才會一次爆發出來。然而飛鼠把想要繼續炫耀的情緒壓抑下來。

真是太丟臉了……

「嗯，就是這麼回事。」

「好、好厲害……」

「太厲害了，飛鼠大人！」

兩名孩子的閃耀眼神，令飛鼠差點發笑。努力抵抗差點流露的喜悅表情——骷髏頭原本就沒有表情——繼續說道：

「所以我想在這裡進行關於這把法杖的實驗。希望你們能夠幫忙準備。」

「是！遵命。立刻就去準備。那麼……我們也可以見識一下法杖的威力嗎？」

「嗯，沒問題。就讓你們見識一下只有我才能持有的最強武器的威力吧。」

「太棒了——」亞烏菈興奮地大叫，可愛地不停跳來跳去。

馬雷也難掩興奮之情，證據就是他的長耳不停抖動。

不妙，我的嚴肅表情可別因此放鬆了。飛鼠如此提醒自己，努力保持威嚴。

「……還有一件事，亞烏菈。我已經命令所有樓層守護者過來這裡。不到一小時就會全體聚集在此。」

「咦？那、那麼得趕緊準備——」

「不，沒有必要。只要在這裡等待他們過來就可以了。」

「是嗎？嗯？所有的樓層守護者——那麼夏提雅也會來嗎？」

「所有的樓層守護者。」

「……唉。」

亞烏菈突然無力地垂下長耳。

但是馬雷不像亞烏菈那麼誇張。根據角色設定，亞烏菈和夏提雅的感情不好，只是馬雷可能並非如此吧。

等一下究竟會發生什麼事呢？飛鼠輕輕嘆了一口氣。

2

總數約五十人的隊伍策馬在草原上奔馳。

隊伍裡的每個人都是肌肉結實、身材魁梧，其中有一名特別搶眼的男子。沒有什麼形容詞比「健壯」更適合這名男子。即使身穿胸甲(Breast Plate)，也能看出身上的肌肉。年約三十幾歲，久經日曬的黝黑臉龐出現明顯的皺紋。黑色短髮修剪整齊，黑色眼眸射出有如利劍的眼神。

身旁並肩前進的騎手向男子開口：

「戰士長，差不多快到第一個巡邏的村莊了。」

「嗯，沒錯，副長。」

里．耶斯提傑王國引以為傲的戰士長，葛傑夫．史托羅諾夫，尚未看到任何村莊。壓抑急切的心情，葛傑夫驅策坐騎保持一定的速度。雖然速度維持在不會讓馬過於勞累的程度，但是已經從王都急行軍到這裡，些許的疲勞逐漸滲入葛傑夫的體內深處。對馬來說也是一樣累吧，因此不能繼續給予馬太大的負擔。

「希望沒發生什麼事。」

副長如此說道。

這句話中隱藏些許不安。葛傑夫也有同樣的心情。

國王對葛傑夫等人下達的命令是「有人在國境發現帝國騎士。如果目擊的證言屬實，立刻前往討伐」。

原本從近郊城市耶．蘭提爾派兵前往會比較快，但是考慮到帝國騎士兵強馬壯，武裝軍備也相當充實，程度與徵兵入伍的士兵可說是天差地別。在王國裡能夠與帝國騎士匹敵的，只有直屬葛傑夫的士兵而已。只是現在將討伐、護衛的工作全都交由葛傑夫等人負責，實在是愚蠢至極。

在葛傑夫等人趕達目的地前，也可以動員其他士兵保護村莊，光是這樣就足以抵擋才對。其他也有不少可行的辦法。但是完全沒有這麼做——不，是無法這麼做。

知道箇中緣故的葛傑夫焦躁不已。緊握韁繩的手，盡量不去用力。即使如此，還是難以壓抑在心中燃燒的想法。

「戰士長，要等到我們到達之後才開始搜索，這樣未免太過愚蠢了。不僅如此，如果可以將所有隊員帶來，不是可以分頭搜索嗎？或者招募耶．蘭提爾的冒險者，委託他們搜尋帝國騎士也可以。為什麼會採取這種做法呢？」

「……別說了，副長。如果被人得知帝國騎士正大光明地出現在王國領地內，情況會變得很不妙。」

「戰士長，這裡沒有其他人。場面話就算了，我希望你可以告訴我真相。」

副長的臉上露出輕視的笑容，其中感覺不到半點好意：

「是那些貴族從中作梗吧？」
聽到這句帶著不屑的發言，葛傑夫沒有回答。因為事實就是如此。
「那些該死的貴族竟然想把人民的生命當成權力鬥爭的工具嗎！不僅如此，這裡是直屬於國王的領地，如果出了什麼事，也可以用來挖苦國王吧。」
「……並非所有貴族都有這種想法。」
「或許戰士長說得沒錯，貴族裡也有替人民著想的人。例如那位黃金公主。然而除此之外根本寥寥無幾……如果可以像帝國皇帝那樣獨攬大權，不就可以無視那些該死的貴族，只為人民著想了嗎？」
「如果過於躁進，或許會引發分裂國土的戰爭。目前我國正面臨鄰近帝國野心勃勃地不斷擴展領地的危機，如果發生這種分裂國土的戰爭，才是國民的不幸吧。」
「我知道，可是……」
「這件事暫且……」
話說到一半的葛傑夫突然閉嘴，目光炯炯地注視前方。
前方的小山丘冒出裊裊黑煙。而且不是一縷、兩縷的程度。
在場的人沒有人不知道這代表什麼意思。
葛傑夫忍不住嘖舌，往馬腹施加壓力。

在急馳至小山丘的葛傑夫等人眼前，出現不出所料的景象。到處都是化為焦土的村莊遺跡。斷壁殘垣中只有幾個燒剩的屋頂殘骸彷彿墓碑一般豎立。

葛傑夫以堅定的聲音下令：

「全體展開行動。動作要快。」

●

村莊付之一炬，只有燒毀的房屋殘骸勉強殘留一絲原本的面貌。

走在殘骸中的葛傑夫聞到燒焦的臭味。還有摻雜其中的血腥味。

葛傑夫的臉上非常平靜，感覺不出感情起伏。但是沒有任何表情比現在這副模樣更能清楚說明葛傑夫的心情。走在葛傑夫身旁的副長也是同樣表情。

超過一百人的村民，只剩下六個人活下來。除此之外全都遭到無情殺害。不管是女人、小孩，還是嬰兒都一樣。

「副長，派幾個人保護生還者回去耶・蘭提爾。」

「等一下，這是下下……」

「你說得沒錯，這是下下之策。不過也不能放任他們不管。」

耶・蘭提爾是國王的直屬領地，保護周圍村莊是國王的義務。如果在這裡將倖存者棄之不顧，對國王來說是一大問題。而且也可以想見處心積慮想要找國王麻煩的貴族派系絕對會趁機起鬨。更重要的是——

「還請三思。有多名倖存者目擊到帝國的騎士。因此我們算是達成國王下達的第一個任務。屬下認為應該先暫時撤退，在耶・蘭提爾做好準備再執行下個任務比較恰當。」

「不行。」

「戰士長！您應該很清楚，這肯定是個陷阱。村莊遭到襲擊的時間，與我們到達耶・蘭提爾的時間未免太過巧合。這些殘酷的行為絕對是等我們到來之後才幹的，而且故意沒有趕盡殺絕，這絕對是徹頭徹尾的陷阱。」

生還者並非躲起來逃過騎士的毒手，而是敵人手下留情才能倖存。恐怕是為了讓我方派人保護生還者，以便分散兵力的計謀吧。

「戰士長該不會明知前有陷阱，還要繼續追下去吧？」

「……沒錯。」

「您是認真的嗎！戰士長。您確實很強，即使面對一百個騎士也絕對可以獲勝吧。可是帝國裡有那名魔法吟唱者喔。只要那個老人在敵陣中，就算是戰士長也相當危險。即使只是遇到帝國引以為傲的四騎士，以目前武裝不完全的戰士長來看，說不定也有輸的可能。所以求求您還是撤退吧。對王國來說，即使再犧牲幾個村莊也沒有失去戰士長要來得慘重！」

葛傑夫只是靜靜聆聽，副長說得相當激動：

「如果不想撤退……那就拋下倖存者，所有人一起追擊吧。」

「這或許是最明智的抉擇……但是這麼做等於見死不救。將倖存者留在這裡，你覺得他們能夠活命嗎？」

副長無話可說。因為他知道倖存者的活命機會幾乎是微乎其微。

如果沒有派人保護，將他們帶到安全的場所，幾天內就會喪命。

即使如此，副長還是要說——不，是非說不可。

「……戰士長。這裡最有價值的生命就是您，已經管不了村民的性命了。」

葛傑夫非常理解副長的痛苦決定，也氣自己為什麼讓副長說出這樣的話。然而即使如此，他還是無法答應副長的要求：

「我是出身平民，你也一樣吧。」

「是的，屬下是因為仰慕戰士長才會投身軍旅。」

「我記得你好像也是出身在哪個村莊？」

「是的。所以說……」

「村莊生活很不容易，經常都要與死為鄰。遭受魔物襲擊，造成眾多傷亡的情況不少見，不是嗎？」

「……沒錯。」

「遇到魔物時，如果只是區區的士兵根本難以招架。若是沒錢聘請專門對抗魔物的冒險者，只能低頭等待魔物通過。」

「……沒錯。」

「那麼你不曾期待嗎？需要幫助時，不曾期待貴族，或是擁有實力的人相助嗎？」

「……若說沒有期待是騙人的，但是實際上從來沒有人出手相助。至少領有村莊的貴族不曾出過錢。」

「既然如此……就讓我們來證明事實不是這樣吧。現在我要幫助村民。」

副長無言以對，想起自己的體驗。

「副長，就讓村民見識一下吧。見識一下什麼叫明知有危險也願意捨身相救的勇者，什麼叫幫助弱者的強者吧。」

葛傑夫與副長的眼神交會，彼此的無數情感交流。

副長終於以雖然有點累，還是慷慨激昂的語氣回應：

「……那麼就讓屬下帶領部下前往吧。可以取代我的人多不勝數，但是沒有人可以取代戰士長。」

「別說傻話了。我過去的話生還率比較高。我們並非要去送死，而是解救王國人民。」

副長好幾次想要開口，最後還是選擇閉嘴。

「立刻挑選保護村民前往耶．蘭提爾的士兵吧。」

●

被夕陽染紅的草原上，出現許多人影。

人數是四十五人。

那群人從空無一物的地方突然現身，偽裝的手法實在高明，一定是使用了魔法。

一眼就能看出那群人並非單純的傭兵、旅行者或冒險者。

外表裝扮完全一致，身穿的衣甲是由特殊金屬編製而成，兼具機動性與防禦性。施加強大魔法效能的服裝，防禦效果更勝全身鎧甲。

身揹的皮袋很小，如果上面沒有附加魔法，看起來實在不像旅行者會帶的背包。腰繫造型特殊，配備數瓶藥水的皮帶，背上的披風也散發魔法的靈氣。

不管就金錢、時間、精力來說，湊齊這麼多人份的魔法道具都並非易事。即使如此，那群人還是穿戴這樣的魔法裝備，這證明他們的背後有國家等級的支持。

不過他們的裝備上面看不到任何代表身分與所屬單位的標誌。也就是說他們是必須隱瞞自己身分的非法部隊。

那群人的目光，看向眼前的廢村。雖然望著散發血腥味與焦臭的村莊，不過眼神當中看不到任何感情，就像是看著理所當然的景象一般冷血無情。

「……逃走了啊。」

平淡的聲音響起，語氣當中略帶失望。

「……這也沒辦法。讓誘餌就這樣去攻擊村莊吧。我們必須引誘野獸進入陷阱。」

男子的銳利眼神看著葛傑夫一行人離去的方向。

「告訴我誘餌下一個目標的村莊。」

3

飛鼠伸出手指，打算對競技場角落的稻草人施放魔法。

飛鼠學會的魔法除了單純給予損傷，更重視立即死亡等附加效果。因此對於非生物的殺傷力比較低，這時其實應該選擇施放單純的損傷型魔法，不過飛鼠在職業上也是選擇死靈系統，因此強化的魔法也屬於增加附加效果。這樣一來，在單純的殺傷能力上便比強化戰鬥系魔法的職業差了幾截。

飛鼠斜眼看向在一旁露出好奇眼神的兩名小孩。心裡感到的壓力，其中也包含不知是否能夠滿足他們的期待。

飛鼠偷偷看向兩隻巨大的魔物。

高達三公尺的巨大體型是倒三角形。

融合人類與龍的骨骼，有著盤根錯節的結實肌肉。肌肉上面覆蓋硬度超過鋼鐵的鱗片。此外還有龍一般的臉和有如大樹的尾巴。沒有翅膀的模樣就像雙腳站立的龍。

上臂比男人的身體還要粗壯，長度大約是身體的一半——手拿像劍又像盾的武器。

名為龍之血緣（Dragon Kinship）的兩隻魔物，受到亞烏菈的馴獸師能力控制，被她用來整理競技場。

雖然等級只有五十五級，也幾乎沒有什麼特殊能力，不過來自粗壯手臂的一擊與無窮無盡的體力，足以匹敵高階魔物。

飛鼠輕嘆一口氣，移動視線再次看向稻草人。

被如此充滿期待的眼神注視，老實說真的很傷腦筋。這次的目的是想要確認是否真的能夠使用魔法。

允許亞烏菈和馬雷參觀這個魔法發動實驗，主要目的是在其他守護者到達之前，先展示一下自己的功力，讓他們知道與自己為敵是件很蠢的事。

只是這兩名小孩看來沒有半點背叛的跡象，也不覺得他們會背叛。不過如果自己失去魔法的能力，飛鼠沒有什麼自信他們還會對自己效忠。

亞烏菈對飛鼠的態度，感覺像是認識很久了，但是對飛鼠來說，卻等於是初次見面。在角色設定上可以看出兩人都是公會成員大家的心血結晶，都是大家精心打造出來的寶貝。

不過對於各種狀況的反應、行動模式，並非設定得完美無缺，應該會有漏洞。

他們身為智慧生物，在自行思考、採取行動時，一定會有設定之外的漏洞存在吧。如果設定裡面沒有對弱者盡忠的狀況，那麼又會如何呢？話說關於忠心的設定，大多沒有明確的記載。這樣一來是否會服從命令，更是因人而異。如果只是單純不服從還好，要是發現公會長沒有實力之後立刻背叛該怎麼辦……？

雖然太過多疑不好，但是完全信賴也並非明智之舉。

總之，對於目前的飛鼠來說，小心駛得萬年船是最理所當然的想法。

另外一個目的，那就是如果遇到無法使用魔法的情況，可以找亞烏菈和馬雷商量。

這兩名小孩都認為是要確認法杖的威力，那麼因為已經驗證魔法道具之力有效，所以隨便都可以把魔法無效的事矇混過去。

計畫相當完美。
飛鼠忍不住稱讚自己，過去的自己有這麼冷靜，頭腦有這麼靈活嗎？不過現在沒有人可以回答飛鼠的問題。
將腦中的疑問拋到九霄雲外，開始思考YGGDRASIL所用的魔法。
YGGDRASIL裡的魔法數量，從一級到十級再加上超級的魔法在內，總數輕鬆超過六千。這些魔法區分為數種不同的系統，其中飛鼠能夠使用的魔法是七百一十八種。一般的百級玩家通常只能使用三百種魔法，所以飛鼠可以使用的數量算是非比尋常。
幾乎將這些魔法全都記在腦中的飛鼠，思考最適合在這時使用的魔法。
首先，因為禁止同伴互相攻擊的規則已經解除，必須知道效果範圍會以什麼方式呈現。所以魔法的攻擊對象不是選擇個體，而是範圍。接下來考慮到目標是稻草人，所以——
在YGGDRASIL中，只要按下浮現的圖示就可發動魔法。但是在沒有出現圖示的現在，必須採用別的方法。
雖然還不確定，但是已經稍微了解要如何發動。
隱藏在體內的能力。就像關閉負向接觸時一樣，飛鼠全神貫注。這時圖示有如飄浮在空中一樣——
露出微笑的飛鼠相當高興。

已經知道大致的效果範圍、發動魔法之後需要多久才能發動下一個魔法，這些都已經徹底掌握。確認自己的能力之後，有種快要飛上天的興奮感，感到非常滿足、充實。因為知道魔法是屬於自己力量的一部分，這種感覺即使在ＹＧＧＤＲＡＳＩＬ裡也不曾體會。

將內心湧現的喜悅之情——雖然是會急速冷靜的心，還是能夠感受興奮的情緒——變成力量聚集在指尖，接著化為言語：

「火球（Fire Ball）。」

指向稻草人的指尖，出現膨脹的火球向前飛去。

火球按照預期，不偏不倚地打中稻草人。形成火球的炙熱火焰將稻草人打飛，位於內部的火焰也跟著一口氣爆烈，讓稻草人與周圍的大地成為一片火海。

這一切都發生在轉瞬之間。除了燒焦的稻草人，其他什麼都不剩。

「呵呵呵呵……」

亞烏菈和馬雷以不解的眼神望著不由得竊笑的飛鼠。

「——亞烏菈，準備新的稻草人。」

「啊，是的，立刻照辦！快去準備！」

一隻龍之血緣拿著另一個稻草人，放在燒焦的稻草人旁邊。

飛鼠在稻草人的旁邊走來走去，接著面對稻草人發動魔法：

「燒夷（Napalm）。」

稻草人一旁的上空，突然冒出火柱包圍稻草人。飛鼠隔了一拍的呼吸，繼續對只剩殘骸的稻草人施法：

「火球。」

遭到火球命中的稻草人殘骸灰飛煙滅。

能夠再次吟唱魔法的相隔時間，也和在ＹＧＧＤＲＡＳＩＬ時相同。從開始到發動魔法的動作說不定反倒變得比較快。因為以前施展範圍魔法時必須先選擇魔法，再移動表示範圍的游標才行。

「非常完美。」

因為對於實驗結果相當滿意，飛鼠不禁發出心滿意足的聲音。

「飛鼠大人，要再多準備一些稻草人嗎？」

亞烏菈依然一臉不解。亞烏菈早就知道飛鼠是威力強大的魔法師，所以不覺得這種程度的表演有什麼特別吧。

不過飛鼠想給這對雙胞胎的印象正是如此，從對方的表情也說明目的已經達成。

「……不，不用了。我想要進行另一個實驗。」

否決亞烏菈的提議後，飛鼠繼續下一個實驗。

「訊息。」

首要的聯絡對象是ＧＭ。在ＹＧＧＤＲＡＳＩＬ使用「訊息」魔法時，只要對方正在遊戲中就可以聽到類似手機鈴聲的聲音，不在的話則不會出現任何聲音，立刻切斷聯絡。

這次出現的感覺介於聽到與聽不到的中間吧。感覺好像有種類似絲線的東西不斷延伸出去，像是在尋找聯絡對象。飛鼠有生以來第一次體驗這種感覺，非常難以形容。

這種感覺持續一段時間，最後還是沒有聯絡上的跡象，「訊息」的效果時間就此結束。

強烈的失望感油然而升。

飛鼠重複施展相同的魔法。這次選擇的對象並非ＧＭ。

而是過去的同伴——安茲．烏爾．恭的公會成員。

帶著一分期待和九十九分放棄的心情發動的魔法，果然不出所料沒有任何反應。對全部的四十名成員，不，是對四十一人全都發出「訊息」，但是在確認全部沒有聯絡之後，飛鼠輕輕搖頭。

即使早就已經放棄，然而一旦事實擺在眼前，還是會令人感到無比失望。

最後飛鼠施展魔法的對象是塞巴斯。

——聯絡上了。

這麼一來可以確定「訊息」這個魔法還是有效。而且可以聯絡的對象，很可能僅限於曾在這個世界遇到的人。

『飛鼠大人。』

一道深表敬意的聲音傳進腦中。飛鼠在心裡想著，「訊息」另一端的塞巴斯或許正在恭敬地鞠躬行禮，就像在現實世界的公司一樣。

正當因此這些無聊的事而默不出聲時，似乎感到有些奇怪的塞巴斯再次開口：

『……請問怎麼了嗎？』

「啊、啊啊，抱歉。我發了一下呆。對了，附近的情況如何？」

『是的，附近是一片草原，沒有發現任何智慧生物。』

「草原……不是沼澤嗎？」

過去的納薩力克地下大墳墓周圍應該是一大片沼澤，裡面住著類似青蛙人的魔物茲維克。四周薄霧繚繞，還有許多毒沼澤。

『是的，周圍只有草原。』

飛鼠不禁輕輕一笑。

狀況也未免太多了……

「也就是說納薩力克地下大墳墓整個穿越到某個未知的場所嗎？……塞巴斯，天空有沒有飄浮什麼東西，或是出現類似訊息的東西？」

『沒有，沒有看到類似的東西。和第六層的夜空一樣一望無際。』

「什麼！你說夜空？……周圍有沒有什麼奇怪的事物？」

『沒有……沒有發現什麼特別的事物。除了納薩力克地下大墳墓之外，甚至連個人工建築物都看不到。』

「這樣啊……這樣啊……」

該說什麼才好呢？看來飛鼠只剩下抱頭沉思一途。不過心裡認為這或許就是現實。

塞巴斯的沉默，暗示正在等待自己的命令。飛鼠看向左手腕的護帶。大約再過二十分，其他守護者就會前來。這樣一來只能先下達那個指示。

「二十分鐘之後回來。回到納薩力克地下大墳墓便到競技場集合。所有守護者都會過來，屆時麻煩你向大家說明一下所見的事物。」

『遵命。』

「那麼在回來之前盡量多收集資訊吧。」

聽到對方答應之後，飛鼠解除「訊息」切斷聯絡。

正當飛鼠覺得該做的事已經大致告一段落而嘆氣時，突然想起雙胞胎的期待眼神。

既然已經向他們表示要確認法杖的威力，就得讓他們見識一下才行。飛鼠握住法杖，猶豫不知該施展哪個魔法才好。

隱藏在安茲・烏爾・恭之杖裡的無數力量，彷彿在對飛鼠說「趕快使用自己」。

這時還是華麗一點的魔法比較好吧。

如此心想的飛鼠選擇火之寶玉，發動隱藏在寶玉裡的魔法之一「召喚根源火元素(Summon Primal Fire Elemental)」。

彷彿遵照飛鼠的意念，蛇嘴叼著的寶石開始震動，感受到湧出充分的力量之後，飛鼠伸出安茲・烏爾・恭之杖。於是前端出現巨大光球，以光球為中心產生超群的火焰漩渦。

火焰漩渦的轉動速度越來越快，最後膨脹成直徑四公尺、高六公尺的巨大火龍捲。

紅蓮煉獄在周圍捲起熱風。

眼角餘光看到兩隻龍之血緣正以龐大的身軀擋在亞烏菈和馬雷身前，熱風將飛鼠的披風吹得啪啪作響，驚人的熱度就算造成燙傷也不足為奇，但是飛鼠對火焰具有絕對的抗性，用以抵銷不死者原有的弱點，因此一點影響也沒有。

不久之後，吞噬周圍空氣的巨大火龍捲帶著足以熔解金屬的耀眼光芒，不斷晃動化為人的形狀。

根源火元素——可說是元素精靈(Elemental)當中最高階的魔物，本身的等級在八十五級以上。和月光狼當時一樣，飛鼠也覺得和火元素之間有種奇妙的連結。

「哇啊……」

亞烏菈發出感嘆的聲音，目不轉睛地看著。

看到自己的召喚魔法絕對無法召喚出來的最高階精靈，亞烏菈的臉上浮現欣喜的表情，就像收到心愛禮物的小朋友。

「……要試著打打看嗎？」

「咦？」

「咦、咦？」

稍微愣了一下，亞烏菈露出天真的孩子笑容。就小孩的笑容來說，她的笑容有些——不，是相當猙獰。倒是身旁的馬雷，露出的笑容比較像小孩子。

「可以嗎？」

「不要緊。即使打倒了也無所謂。」

飛鼠聳聳肩表示不要緊。法杖的力量，在一天之中只能召喚一隻根源火元素。換句話說，只要過了一天，明天就能繼續召喚。因此即使被打倒也沒有太大損失。

「啊，我突然想起還有其他的急事要處理……」

「馬雷。」

一隻手緊緊抓住馬雷的手不讓他逃走，姊姊似乎完全不打算逃跑。亞烏菈的微笑讓馬雷動彈不得。對飛鼠來說是可愛的少女笑容，但是看在長相相同的另一個人眼裡，卻像是完全相反的笑容，馬雷的側臉不禁為之凍結。

馬雷被硬拉到根源火元素的面前。眼神不斷東張西望，像是求助一般看向飛鼠。

不過對於這個有如盛開花朵的笑容，飛鼠只是合掌回應。

花立刻當場枯萎。

「好了，你們兩個隨便玩玩吧。要是受傷可別怪我。」

「好——」

亞烏菈活力十足地回答，同時也可以聽到馬雷幾不可聞的沮喪回應。飛鼠覺得馬雷在場應該不會受傷，因此藉由剛才感受的奇妙連結，向根源火元素下達攻擊雙胞胎的命令。

面對發出狂暴火焰的根源火元素，亞烏菈和馬雷採取一前一後的方式迎敵。

亞烏菈雙手拿著鞭子鞭打彷彿空氣的根源火元素，馬雷則以魔法確實給予傷害。

「看樣子應該游刃有餘。」

飛鼠的視線離開這場實力相差懸殊的戰鬥，開始思考其他必須繼續調查的事。

魔法與道具的發動情況已經確認完畢。那麼接下來必須調查的是持有道具吧。其中特別重要的是卷軸(Scroll)、法杖(Staff)、短杖等道具。這些道具都帶有魔法，卷軸屬於用完即丟的消耗品；法杖和短杖兩種是可以發動蓄力次數魔法的道具。

飛鼠擁有很多魔法道具。基本上他的個性保守，因為覺得可惜，所以不太使用消耗道具。甚至在遇到頭目也不願使用最高級的恢復道具。這已經不能說是個性謹慎，簡直就是一毛不拔。因此道具才會不斷累積。

如果現在身在ＹＧＧＤＲＡＳＩＬ，那麼飛鼠持有的這些道具，保管在道具箱裡的道具會跑到哪裡去呢？

飛鼠回想打開道具箱的情景，伸手在空中開始尋找。手像是伸入湖面一般沒入其中，從旁邊看來飛鼠的部分手臂有如憑空消失。

接著像是打開窗戶一樣，飛鼠的手大大橫移。這時原本空無一物的空間出現一個空洞，裡面擺著好幾把美麗的法杖。這和ＹＧＧＤＲＡＳＩＬ中的道具箱簡直一模一樣。

動手捲動類似道具畫面的空間，卷軸、短杖、武器、防具、裝飾品、寶石，還有藥水等消耗道具……魔法道具的數量相當驚人。

感到安心的飛鼠不禁笑了。

這麼一來即使這座大墳墓裡的所有人都與自己為敵，飛鼠也足以保障自身安全。

茫然地看著展開激戰的亞烏菈和馬雷，飛鼠歸納起到目前為止得到的資訊。

至今遇到的ＮＰＣ是程式嗎？

不，他們和擁有意識的人類沒有差別。程式絕對無法表現出如此精細的情感。應該可以假設他們是因為某些緣故，才會變成有如人類的情況。

還有這個世界是怎麼回事？

不知道。既然這裡可以使用ＹＧＧＤＲＡＳＩＬ的魔法，那麼把這裡想成是ＹＧＧＤＲＡＳＩＬ的遊戲裡比較妥當，不過根據之前的疑點來判斷，又不像是在遊戲裡。到底身在遊戲裡，還是在異世界呢？應該是其中之一吧。雖然有點不可思議。

今後該以什麼心態來面對？

已經確認能夠使用ＹＧＧＤＲＡＳＩＬ的能力，因此如果這座納薩力克地下大墳墓內的魔物與ＮＰＣ的能力，全都是基於ＹＧＧＤＲＡＳＩＬ內的電磁資料，那麼應該沒有敵人。問題是如果他們並非電磁資料而是其他存在，就得採取不同心態來面對。總之只能暫且以位居上位者的態度，擺出充滿威嚴的模樣——如果辦得到——來行動比較妥當。

今後該採取怎麼樣的行動？

應該努力收集線索。雖然不清楚這個世界是怎麼回事，不過目前的飛鼠只是單純的無知旅行者。必須步步為營、小心謹慎地收集資訊。

如果這裡是異世界，又該努力想辦法回到原來的世界嗎？

心存疑問。如果有朋友在原來的世界，那就應該這麼做。如果雙親依然健在，更會瘋狂地想辦法找出回家的方法。如果有需要扶養的家人，或是女朋友……

但是身邊沒有那些人。

只是重複到公司上班然後回家的生活。之前上班回家之後登入ＹＧＧＤＲＡＳＩＬ，還可以隨時等待同伴前來，但是那樣的未來恐怕不復存在。那麼還有回去的價值嗎？

不過能回去的話，還是努力想辦法回去比較好。選項總是越多越好，因為外面也有可能是地獄一般的世界。

「該如何是好呢……」

飛鼠落寞的自言自語在空中迴響。

4

巨大的根源火元素彷彿融化一般在空中慢慢消失，飄散在空中的熱氣也跟著變淡。隨著火精靈的消失，飛鼠原本感受到的些微支配關係也跟著煙消雲散。

雖然根源火元素擁有不凡的破壞力與耐久力，但是對於能夠將驚人的火焰傷害完全無效化，並且擁有敏捷身手的亞烏菈來說，只不過是一個巨大的靶子。

相反地如果遭到攻擊，亞烏菈應該也會損失生命力，不過身為森林祭司(Druid)的馬雷不可能允許這種事。事實上，馬雷在戰鬥中不斷有效率地使用強化或弱化的魔法來援護亞烏菈。

兩人將前鋒與後衛的角色扮演得相當稱職，可以說是配合得天衣無縫。同時飛鼠也感受到，這場對戰和遊戲中的戰鬥不同，是活生生的實戰。

「非常精彩……你們兩人……都表現得都相當出色。」

聽到飛鼠衷心的感嘆，兩名小孩露出愉快的微笑：

「謝謝稱讚，飛鼠大人。已經很久沒有好好運動了！」

兩人隨手拭去臉上的汗水，但是拭去之後馬上冒出汗滴，從淡黑色的肌膚滑落。

飛鼠默默打開道具箱，從中拿出魔法道具——無限水壺(Pitcher of Endless Water)。

在YGGDRASIL中有吃飯和口渴的設定，不過這個設定和不死者的飛鼠完全無關，本身從來不曾用過這項道具。頂多也是用在騎乘動物上。

類似玻璃瓶的透明水壺裡，裝滿新鮮的水。或許是因為裡面的水很冰，水壺上冒出無數的水珠。

接著拿出漂亮的杯子，裝滿水之後遞給雙胞胎：

「亞烏菈、馬雷，喝吧。」

「咦？這樣太不好意思了，飛鼠大人……」
「是、是啊，我的魔法也可以變出水來。」
看到在面前揮手的亞烏菈與不斷搖頭的馬雷，飛鼠露出苦笑：
「這點小意思不用在意。你們一直以來都表現得很出色，這是我對你們的感謝。」
「哇啊——」
「嗚喔——」
似乎感到害羞，面紅耳赤的亞烏菈和馬雷戰戰兢兢地伸手接下杯子：
「謝謝您，飛鼠大人！」
「竟、竟然讓飛鼠大人幫我倒水！」
有必要那麼高興嗎？
於是亞烏菈不再拒絕，雙手接下一口氣喝乾。喉嚨動了幾下，水滴從嘴角流過光滑的喉嚨，消失在胸口。至於馬雷則是雙手抱著杯子，咕嘟咕嘟慢慢品嚐。光是喝水的方式，就如實地表現出兩人的性格差異。
飛鼠看著兩人的模樣，伸手摸摸自己的喉嚨。感覺頸椎好像有一層皮。
這副身體到目前為止還不曾感到口渴，也不曾感到睏。雖然很清楚死人本來就沒有那種感覺，但是一旦發現自己不是人類，也只能覺得這一切都是在開玩笑。

飛鼠繼續觸摸自己的身體。沒有任何皮膚、肌肉、血管、神經和內臟，是一副只有骨頭的軀體。雖然心裡明白，還是缺乏真實感，所以不斷撫摸自己的身體。

觸覺比起還是人類時遲鈍一些。那種遲鈍的感覺就像是觸摸時中間隔著薄布。相反的，不管是視力還是聽覺，其他的感覺都變得更加敏銳。

只以骨頭構成的身體好像很容易斷裂，但是每根骨頭摸起來卻像比鋼鐵還要堅硬。

而且雖然現在的自己與以前完全不同，卻有種奇怪的滿足感與充實感，感覺這才是自己的身體。可能是這個緣故，所以即使身體變成白骨也不感到害怕吧。

「還要嗎？」

飛鼠舉起無限水壺，詢問喝完水的兩人。

「呃——謝謝！已經喝夠了！」

「是嗎？那麼馬雷呢？還要喝嗎？」

「咦！呃、呃，我、我也喝夠了。已、已經不覺得渴了。」

點頭回應的飛鼠收回兩人的杯子，再度收進空間之中。

亞烏菈突然低語：

「原本以為飛鼠大人會更可怕的。」

「嗯？是嗎？如果那樣比較好的話……」

「現在這樣比較好！絕對比較好！」

「那就這樣吧。」

聽到亞烏菈激動的回答，飛鼠有些吃驚地回應。

「飛、飛鼠大人，您該不會只有對我們這麼溫柔吧——」

面對唸唸有詞的亞烏菈，飛鼠不知如何回答，只是輕拍亞烏菈的頭。

「呵呵呵。」

亞烏菈就像看到心愛東西的小狗，馬雷則是露出相當羨慕的表情。這時有個聲音傳來：

「哎，莫非我是第一名呀？」

雖然語氣老成，但是聽起來相當年輕的聲音響起，大地隨之浮現影子。接著影子變成類似門的形狀，有個人從門裡慢慢現身。

身上穿著看起來很柔軟的黑色晚禮服。裙子大大膨起，感覺很有份量。上半身披著點綴花邊與緞帶的短襬開襟衫，手戴長版蕾絲手套，因此幾乎沒有露出任何肌膚。

只能用絕世美女形容的端正五官暴露在外，肌膚有如白蠟。因為銀色長髮綁在單邊垂落下來，因此完全沒有蓋住臉，深紅的雙眸散發妖豔的愉悅眼神。

年紀大約十四歲甚至更小，稚氣未脫的外表簡直是集可愛與美麗於一身的美女。不過胸部與年紀有點不符，顯得高高隆起。

「……在瞬間移動受到阻礙的納薩力克中，不是說過不要特意使用『傳送門(Gate)』嗎？應該能夠正常走到競技場，所以用走的不就好了，夏提雅。」

飛鼠的耳邊傳來不耐煩的聲音。冰冷的語氣中完全找不到剛才那種有如小狗的溫馴態度，只有滿滿的敵意。

旁邊的馬雷再次發抖，慢慢離開姊姊身邊顯得相當聰明。然而對於亞烏菈的一百八十度轉變，飛鼠也有點嚇到。

使用最高階傳送魔法來到這裡的，是名為夏提雅的少女。她連看都沒看一眼在飛鼠身邊一臉猙獰的亞烏菈，轉身來到飛鼠面前。

身上散發迷人的香水味道。

「……好臭。」

亞烏菈低聲罵了一句。接著出言諷刺「該不會是因為不死者的緣故，所以腐爛了」。

也許是看到飛鼠反射性地舉起自己的手聞了一下味道，夏提雅不悅地皺眉：

「……這種說法很不妙吧。飛鼠大人也是不死者啊。」

「啥？妳在說什麼傻話啊，夏提雅。飛鼠大人怎麼可能是普通的不死者，應該已經到達超級不死者或神級不死者的境界了。」

聽到夏提雅和馬雷發出「啊。」、「嗯。」的認同聲，雖然有點不明所以，不過在ＹＧ

GDRASIL裡，自己只是普通的不死者……因此飛鼠覺得有點自卑。

總之沒有什麼超級不死者和神級不死者這種奇怪的存在。

「不、不過姊姊，剛才的話還是有點不妙。」

「是、是嗎？好吧，那就重來一次。咳嗯……該不會是因為屍肉的緣故所以腐爛了？」

「這樣……嗯，還算可以呀。」

認同亞烏菈的第二次說法，夏提雅將纖細的手伸到飛鼠的頭側，做出擁抱的姿勢：

「啊，我的主人，我唯一無法支配的親愛主人。」

張開豔紅的嘴唇，露出濕潤的舌頭。舌頭像是生物一般，舔了自己的嘴唇一圈。口中還傳來芬芳的香味。

雖然她非常適合妖豔美女的身分，但是年紀稍嫌不足，這種反差的感覺讓人不禁會心一笑。而且身高也不夠，即使伸手想要抱住脖子，看起來更像是要吊在脖子上。

不過對不習慣女生的飛鼠來說，這樣已經十分煽情。雖然想要後退一步，最後還是決定停在原地不動。

她是這樣的個性嗎？心中湧現的想法久久不散。不過一想到過去設定這名少女的同伴佩羅羅奇諾桑，有這種個性也不無可能。因為他比任何人都喜歡H-GAME，還自豪地表示「H-GAME就是我的生命」。

夏提雅．布拉德弗倫的角色設定，正是由這個廢人進行。

她是納薩力克地下大墳墓第一層到第三層的守護者，「真祖（True Vampire）」。

同時也是H-GAME愛好者的精心傑作，角色設定充滿H-GAME風格的少女。

「……給我節制一點……」

夏提雅第一次對低沉的吼聲有所反應，以嘲諷的表情看向亞烏菈：

「喔，矮冬瓜在這裡呀？我的視野看不到妳，還以為妳不在呀。」

飛鼠也不打算吐槽她剛才就說過話了。

亞烏菈的臉抖個不停，然而夏提雅完全忽略她的存在，對著馬雷說道：

「你也相當不容易呀，有一個腦筋這麼不正常的姊姊。還是快點離開你姊姊比較好呀，不然總有一天你也會變得跟她一樣不正常呀。」

馬雷瞬間變臉。因為他知道夏提雅打算利用自己和姊姊吵架。

不過亞烏菈卻露出微笑——

「吵死了，妳這個假奶。」

——投下這顆震撼彈。

「……妳在胡說八道說什麼——！」

啊，個性全毀了——飛鼠忍不住自言自語。

完全顯露本性的夏提雅，說話已經不像剛才那樣做作。

「一看就知道了——凸得那麼奇怪，到底放了幾片啊？」

「哇啊——哇啊——」

夏提雅不斷慌張揮手，像是要蓋過對方的發言，臉上露出與年紀相稱的表情。另一方面，亞烏菈則露出邪惡的微笑：

「墊得那麼高……奔跑的時候應該會移位吧？」

「咕！」

被伸出的手指戳了一下，夏提雅發出奇怪的聲音。

「說中了吧！哈哈哈！不知道跑到哪裡去——！所以雖然著急還是不用跑的，而是利用『傳送門』啊——」

「住嘴！矮冬瓜！妳根本是飛機場。我至少……不，我可是非常有料的！」

夏提雅拚命反擊。就在此時，亞烏菈露出更加邪惡的笑容。夏提雅彷彿受到驚嚇後退一步。反射性地護住胸部的夏提雅，令人感到可憐。

「……我只有七十六歲，來日方長，不像妳這個不死者沒有未來。好可憐喔——再也不會發育了。」

夏提雅不禁發出呻吟，又往後退了一步。臉上明顯浮現無話可說的表情。看到對方的表情，亞烏菈露出可怕的笑容：

「認命地滿足於現在的胸部——噗！」

飛鼠好像從夏提雅身上聽到理智線斷裂的聲音。

「臭小鬼——！現在後悔已經太遲了——！」

夏提雅戴著手套的手冒出晃動的黑色霧氣。亞烏菈則拿起剛才使用的鞭子準備迎擊。至於在一旁看著的馬雷顯得有些驚慌失措。

眼前的光景好像似曾相識，飛鼠有些遲疑不知是否應該阻止兩人。

設計夏提雅的佩羅羅奇諾桑和設計亞烏菈與馬雷的泡泡茶壺桑，兩個姊弟有時候會感情和睦地吵鬧，就像現在這樣。

飛鼠在吵鬧的兩人後方，回想過去的同伴身影。

「吵死了。」

正當飛鼠沉浸在舊友的回憶時，非人的生物擠出人類的聲音。這道毫無抑揚頓挫的奇怪聲音，中止了兩人的爭吵。

望向聲音來源，那裡不知何時站著一個散發寒氣的異形。

高二．五公尺的巨大體型，看起來就像雙腳步行的昆蟲。世界上如果有惡魔將螳螂與螞蟻融合起來加以變形，應該就是這種感覺吧。有一條足足有身高的兩倍長的尾巴，全身長滿有如冰柱的銳利尖刺。強而有力的下顎應該可以輕易咬斷人的手吧。

雙手拿著白銀戰戟，剩下的兩隻手拿著散發黑色光芒的可怕釘頭錘，與形狀歪七扭八，看起來無法收入鞘中的闊劍。

帶著懾人的寒氣，散發鑽石塵一般璀璨光芒的淡藍色外骨骼硬度可比鎧甲。肩膀與背部的地方隆起好似冰山。

他是納薩力克地下大墳墓第五層的守護者，「冰河統治者」科塞特斯。

將手中戰戟往地面一敲，周圍地面慢慢凍結。

「你們玩得太過火了……」

「是這個丫頭無理取鬧……」

「才不是——」

「嗚啊啊啊……」

夏提雅與亞烏菈再次以銳利的眼神互瞪，一旁的馬雷驚慌失措。飛鼠終於按捺不住，刻意壓低聲音警告兩人：

「……夏提雅、亞烏菈。打鬧就到此為止。」

吃驚的兩人抖了一下，同時垂下頭來：

「非常抱歉！」

飛鼠從容不迫地點頭接受兩人的道歉，轉身開口：

「你來啦，科塞特斯。」

「接到飛鼠大人的命令，當然要立刻前來。」

白色霧氣從科塞特斯的口器飄了出來，空氣中的水分跟著發出啪嘰啪嘰的凍結聲音。這股寒氣足以和根源火元素的火焰匹敵。光是處在他的周圍就會受到低溫的各種影響，身體甚至會因此凍傷。不過飛鼠沒有任何感覺。應該說在場的每個人都具有火焰、冰凍、酸性攻擊的抗性或應對方法。

「最近沒什麼入侵者，應該很悠閒吧？」

「的確——」

下顎發出喀喀喀的聲響，像是黃蜂的威嚇。不過飛鼠覺得他應該是在笑吧。

「——雖說如此，還是有些事必須進行，因此沒有那麼悠閒。」

「喔，必須進行的事？可以告訴我是什麼嗎？」

「是鍛鍊。以便隨時隨地都能派上用場。」

雖然從外表看不太出來，不過科塞特斯的角色設定是屬於武士，不管是性格還是設計概念都是。因此在這座納薩力克地下大墳墓中，如果根據擅長使用武器的方式來區分，他的武器攻擊能力可說是首屈一指。

「這一切都是為了我吧，辛苦你了。」

「光是聽到這句話，就不枉那麼辛苦了。喔，迪米烏哥斯，還有雅兒貝德也來了。」

隨著科塞特斯的視線望去，競技場的入口可以看見兩道人影走來。走在前方的是雅兒貝德，後面跟著有如跟班的男子。接近到一定距離，雅兒貝德露出微笑向飛鼠深深鞠躬。

男子也優雅行禮：

「讓大家久等了，非常抱歉。」

身高大約一百八十公分，皮膚像是經常日曬一般黝黑。長相偏東方面孔，往後梳的頭髮相當烏黑。圓框眼鏡底下的眼睛已經不能說是瞇瞇眼，感覺彷彿沒有睜開。

身穿英式西裝，當然也有繫領帶。給人的感覺就像相當幹練的商業人士，或是律師之類的專業人士。

不過即使打扮成紳士，也難掩邪惡的氣氛。後面有一條由銀色金屬板包覆的尾巴，前端長著六根尖刺。周遭有著不斷晃動的淺黑火焰。這名男子就是「炎獄造物主」迪米烏哥斯。

納薩力克地下大墳墓第七層的守護者，在角色設定上，這位惡魔屬於防衛時的ＮＰＣ指揮官。

「看來全員都到齊了。」

「──飛鼠大人，好像還有兩人還沒到。」

一道滲入人心、令人著迷的渾厚嗓音傳來。

迪米烏哥斯的話語有著常駐特殊技能。這項技能名為「統治咒語」，可以瞬間讓內心脆弱的人變成自己的傀儡。

不過這個特殊能力無法對在場眾人生效。對方的等級必須在四十級以下才有用，對在場的人來說，頂多只是頗為舒服的聲音。

「不了。那兩名守護者的任務是優先處理特定狀況下的工作，因此目前這個狀況並不需要叫他們過來。」

「原來如此。」

「……我的盟友似乎也還沒到。」

聽到這句話的夏提雅和亞烏菈瞬間凍結，就連雅兒貝德好像也笑不出來。

「……那、那傢伙不過是守護我……我們樓層一部分的守衛。」

「是、是啊～」

夏提雅露為僵硬的笑容，亞烏菈也是一樣，雅兒貝德則是不斷點頭贊成。

「……恐怖公啊。沒錯，也通知一下領域守護者比較好。那麼也轉告紅蓮和格蘭特等領域守護者吧。這個任務就交給各個樓層守護者。」

在納薩力克地下大墳墓裡，守護者分成兩種。

一種是飛鼠眼前這些負責一個或數個樓層的樓層守護者，另外還有一種是負責守護各樓層部分區域的領域守護者。簡單來說，領域守護者由樓層守護者管理，負責守護特定區域，有著一定的數量所以不是很重要。基本上在納薩力克裡提到守護者，通常是指樓層守護者。

各個樓層守護者聽到飛鼠的命令，表示了解之後，雅兒貝德開口下達指示：

「那麼各位，請向無上至尊獻上忠誠吧。」

所有守護者一起點頭，飛鼠還來不及插嘴，眾人已經開始整隊。雅兒貝德站在前面，所有守護者則在她的後方排成一列。每個守護者都露出畢恭畢敬的嚴肅表情，看不到任何開玩笑的氣氛。

站在最旁邊的夏提雅向前邁出一步：

「第一、第二、第三樓層守護者夏提雅・布拉德弗倫。參見大人。」

下跪，單手放在胸前，恭敬地深深行禮。在行過君臣之禮的夏提雅之後，科塞特斯向前邁出一步：

「第五樓層守護者科塞特斯。參見大人。」

和夏提雅一樣，對飛鼠下跪行君臣之禮。接下來上前的是雙胞胎黑暗精靈：

「第六樓層守護者亞烏菈・貝拉・菲歐拉。參見大人。」

「同、同樣是第六樓層守護者馬雷・貝羅・菲歐雷。參、參見大人。」

也一樣是恭敬地下跪低頭行禮。夏提雅、科塞特斯、亞烏菈和馬雷的體型不同，邁出一步時應該有所差異，但是跪下的位置非常一致，排列得相當整齊。

接著是迪米烏哥斯優雅地踏出一步：

「第七樓層守護者迪米烏哥斯。參見大人。」

隨著冰涼的音色與優雅的姿勢，迪米烏哥斯發自內心地行禮。最後的雅兒貝德也向前邁出一步：

「守護者總管雅兒貝德。參見大人。」

向飛鼠露出微笑的雅兒貝德，和其他守護者一樣跪下行禮。不過只有雅兒貝德繼續開口，低著頭以清澈的聲音向飛鼠進行最後的報告：

「除了第四樓層守護者高康大與第八樓層守護者威克提姆，各樓層守護者都已下跪參見……還請無上至尊下令，我們一定赴湯蹈火在所不辭。」

面對六個低下的頭，飛鼠應該無法發聲的喉嚨似乎發出咕嘟的聲音。現場籠罩異常的壓迫感，或許只有飛鼠感受得到這個刺痛的空氣。

——不知該如何是好。

這種場面應該一輩子都遇不到一次吧。頭腦一片混亂的飛鼠，不小心發動特殊能力，時而在周圍散發靈氣，時而在背後發出光芒。

沒有空閒解除的飛鼠拚命在記憶中尋找在電影或電視裡看到的場景，想要做出符合現況的舉動。

「抬起頭吧。」

沙——全員一起抬頭。因為動作太過整齊，飛鼠差點想問是不是曾經一起練習。

「那麼……首先感謝大家前來。」

「請別說感謝的話。我等都是只為飛鼠大人盡忠的屬下。飛鼠大人對我們來說就是至高無上的君主。」

感覺沒有其他守護者打算否定雅兒貝德的回答。真不愧是守護者總管。

以嚴肅表情看向守護者的臉，飛鼠不存在的喉嚨，突然有種噎住的感覺。那是身為領導者的壓力，緊緊壓迫身體的感覺。

不僅如此，自己的命令將影響今後的未來。對於下決定這件事感到有點遲疑。

納薩力克地下大墳墓會不會因為自己的決定走向毀滅之路——如此的不安掠過心頭。

「……飛鼠大人，您會感到遲疑也是理所當然。對飛鼠大人來說，我們的力量根本微不足道吧。」

雅兒貝德抹去臉上的微笑，以凜然的堅毅表情恭敬開口：

「可是只要飛鼠大人下令，不管任務有多艱難，我等——所有樓層守護者一定全力以赴，就算粉身碎骨也在所不惜。在此發誓絕對不會讓四十一位至高無上的造物主——安茲．烏爾．恭的各位大人蒙羞。」

「在此發誓！」

配合雅兒貝德的聲音，其他的樓層守護者也齊聲附和。聲音當中充滿力量，不管面對多少人都無法阻止這份有如鑽石一般堅硬的忠誠與決心，像是在嘲笑曾經懷疑NPC或許會背叛的飛鼠。

心情有如眼前的黑暗已經在日升之後消失得無影無蹤，飛鼠大受感動，十分激動。安茲．烏爾．恭成員所設計的NPC竟然如此優秀。

過去的金色光輝，現在依然存在。

對於大家的心血結晶，精心的傑作依然存在感到喜悅。

飛鼠綻放笑容，骷髏頭的臉上當然沒有任何表情變化。不過眼窩裡的紅色光芒顯得異常絢爛奪目。剛才的不安情緒不復存在，飛鼠只是簡單地說出身為公會長應該說的話：

「守護者們，你們太棒了。在這個瞬間，我確信你們一定可以理解我的目的，成功達成我的使命。」飛鼠再次環視所有守護者的臉。「或許會有一些無法理解的事，不過我希望你們專心聆聽。我認為納薩力克地下大墳墓，目前已被捲入原因不詳的意外之中。」

守護者臉上的神情依然嚴肅，完全看不到些許驚訝。

「雖然不知道是什麼原因造成這場意外，但是目前已經得知納薩力克地下大墳墓從原本的沼澤，轉移到大草原上。關於這個異象，有沒有人知道什麼前兆的？」

雅兒貝德望向樓層守護者的臉，看到他們臉上的回覆之後開口：

「沒有，非常抱歉，我們都沒有想到什麼線索。」

「那麼，有件事問一下樓層守護者，有沒有人在自己的樓層發現什麼異象嗎？」

聽到這句話，各樓層守護者終於回答：

「第七層沒有任何異象。」

「第六層也是。」

「是、是的，姊姊說得沒錯。」

「第五層也一樣。」

「第一層到第三層也沒有任何異象呀。」

「——飛鼠大人，我想要盡快調查第四、第八層。」

「那麼這件事就交給雅兒貝德處理。不過要留意第八層，如果在那裡發生緊急狀況，有些情況妳可能無法應付。」

雅兒貝德深深低頭行禮表示了解之後，夏提雅接著說道：

「那麼地面部分交給我負責。」

「不用了，塞巴斯正在探查地面部分。」

當時也在現場的雅兒貝德當然不至於，但是其他守護者臉上紛紛浮現一瞬即逝，難以掩飾的驚訝之色。

在納薩力克地下大墳墓中，有四名最擅長肉搏戰的ＮＰＣ。使用武器時擁有最強攻擊力的科塞特斯；全身裝備重裝甲，在防禦方面無懈可擊的雅兒貝德；在格鬥戰中擁有最強實力，真面目的綜合戰力或許凌駕前面兩人的塞巴斯。此外還有一個人更勝他們。

守護者會這麼驚訝的原因無他。正是因為在格鬥戰中所向披靡的塞巴斯，竟然會被派去負責那麼簡單的偵察任務。由此也可以得知，飛鼠對於這次的異象非常小心謹慎，大家因此產生強烈的危機意識。

「以時間來說差不多也該回來了……」

這時飛鼠看到塞巴斯小跑步朝這裡過來。現身的塞巴斯一來到飛鼠面前，立刻和其他守護者一樣慢慢單膝下跪：

「飛鼠大人，抱歉來遲了。」

「沒關係。那麼先報告一下周遭情況吧。」

塞巴斯抬起頭，看了一眼跪在地上的守護者。

「……情況緊急，這件事當然也該讓各樓層守護者知道。」

「是的。首先周圍一公里的地方是——草原。完全看不到任何人工建築。雖然有看到幾隻棲息於此的小動物，但是沒有發現人形生物或大型生物。」

「那些小動物是魔物嗎？」

「不，應該是毫無戰鬥能力的生物。」

「……這樣啊。那麼你說的草原，應該不是那種凍結的草相當銳利，經過時會被刺傷的那種草原吧？」

「不，只是單純的草原。沒有什麼特別。」

「也沒有看到天空城之類的建築嗎？」

「是的，沒有看到。不管在天空或地上，都見不到任何人工的照明。」

「這樣啊，只是單純的星空……辛苦你了，塞巴斯。」

出聲慰勞塞巴斯的飛鼠，因為沒有得到什麼有用資訊感到有些沮喪。

不過已經可以漸漸認知自己身處的環境並非YGGDRASIL的遊戲世界裡。雖然還有不明白為什麼可以使用YGGDRASIL的裝備，以及正常發動魔法的疑問就是了。

不知道為什麼會穿越到這個地方，不過還是提升納薩力克的警戒等級比較妥當吧。說不定這裡是別人的領地，突然隨意跑過來當然會遭到斥責。不，如果只有斥責還算幸運了。

「各位守護者，先提升各樓層的警戒等級一級。因為不知道會發生什麼事，千萬不能大意。遇到入侵者時不要痛下殺手，務必要活抓。捕捉時也盡量不要傷害對方。在這種諸事不明的狀況下，抱歉還要麻煩大家做這些事。」

守護者齊聲表示了解，同時低頭行禮。

「接下來我想要了解一下組織的營運系統。雅兒貝德，關於各樓層守護者之間的警備資訊交流現況如何？」

在ＹＧＧＤＲＡＳＩＬ時，守護者是單純的ＮＰＣ，只會根據程式行動。各樓層之間不可能互相交換警備資訊和魔物。

「各樓層的守護工作交由各守護者自行判斷，不過迪米烏哥斯身為總負責人，大家可以和他共享所有的情報。」

飛鼠有點驚訝，不過接著滿意地點點頭：

「這真是太好了，納薩力克的防衛負責人是迪米烏哥斯，守護者總管是雅兒貝德。你們兩人就負責規畫更加完善的管理系統吧。」

「遵命。規畫的管理系統不包括八、九、十層可以嗎？」

「八層有威克提姆所以沒問題。不，八層設為禁止進入。剛才對雅兒貝德下達的命令也取消。原則上有我的許可才能進入八層。將原本的封印解除，變成可以直接從七層到達九層。然後，包含九層和十層在內也一起規畫。」

「確、確定要這麼做嗎？」
雅兒貝德似乎有些驚訝，後方的迪米烏哥斯也睜大雙眼，清楚露出內心的情緒。
「確定要讓那些僕役進入無上尊者們的領域嗎？需要開放到這種地步嗎？」
所謂的僕役指的不是由安茲．烏爾．恭成員設計的NPC，而是遊戲自動產生的魔物。仔細想想，除了極少數的例外，九層和十層的確沒有僕役。
飛鼠低聲自言自語。
雅兒貝德似乎認為那裡是聖域，不過事實上並非如此。
九層沒有安置魔物的緣故，只是單純認為由最強NPC保護的八層都已遭到突破，那麼安茲．烏爾．恭的勝算也很低，倒不如好好扮演壞人的角色，在王座和入侵者一決勝負。
「……沒問題。因為狀況緊急，加派人手進行戒備。」
「遵命。我會精挑細選，派遣實力與品格兼備的精銳。」
飛鼠點點頭，把目光移向雙胞胎身上：
「亞烏菈和馬雷……可以將納薩力克地下大墳墓隱藏起來嗎？光是使用幻術隱蔽感覺有點靠不住，再考慮到維持幻術的費用，實在是令人頭痛。」
亞烏菈和馬雷面面相覷，開始思考。過了一會兒馬雷才開口：
「利、利用魔法的話有點困難。如果要連同地面上的一切加以隱藏……不過倒是可以在牆上覆蓋泥土，然後種植物加以掩飾……」

「你說要用泥土弄髒偉大的納薩力克牆壁？」

背對馬雷的雅兒貝德表示質疑。雖然語氣甜美輕柔，不過內含的情感剛好相反。

馬雷的肩膀抖了一下，周圍的守護者雖然沒有出聲，不過紛紛散發出贊同雅兒貝德意見的氣氛。

然而對飛鼠而言，雅兒貝德是在多管閒事，事情沒有嚴重到需要那麼大驚小怪。

「雅兒貝德……別多嘴。我正在和馬雷說話。」

聲音低到連飛鼠自己都有些驚訝。

「啊，非常對不起，飛鼠大人！」

頭低到不能再低的雅兒貝德，表情因為恐懼而凍結。守護者和塞巴斯也瞬間僵硬，或許認為這句斥責等於是在責罵他們吧。

守護者迅速轉變的態度令飛鼠感到後悔，覺得自己罵得太過火，不過還是繼續問道：

「可以在牆上蓋土隱藏嗎？」

「是、是的。如果飛鼠大人允許……不過……」

「不過從遠處觀察時，會覺得地面的突起不太自然嗎？塞巴斯，在這附近有山丘之類的地方嗎？」

「沒有。可惜附近只是一望無際的平坦大草原。不過因為這裡也有夜晚，所以晚上說不定能夠成功騙過他人的目光。」

「這樣啊……只是如果想要隱藏牆壁，馬雷的想法的確是好辦法。那麼在周圍的土地也堆些相同的土堆當成偽裝如何？」

「這樣應該就沒有那麼顯眼了。」

「很好。那麼馬雷和亞烏菈兩人一起著手進行這項任務。執行任務時，可以從各樓層取出所需物品。至於無法隱藏的上空部分，就等待任務完成之後施加幻術，讓納薩力克以外的人無法看到。」

「是、是的。遵、遵命。」

暫時只能想到這些。可能還有很多遺漏的地方，不過那些可以等到之後再慢慢處理。因為從發生異象到現在，也才經過幾個小時。

「那麼今天就此解散。大家先回去休息，之後再開始行動。由於還有許多不清楚的地方，絕對不要太過逞強。」

所有守護者一起低頭表達了解。

「最後有件事想要問一下各樓層守護者。首先是夏提雅——對妳來說，我到底算是什麼樣的人？」

「美的結晶。是這個世界上最美的人。就連寶石都比不上您雪白的身軀。」

不經思索的夏提雅迅速回答。從毫無遲疑的回答可以明顯得知，這個回答應該是出自她內心的真實想法。

「——科塞特斯。」

「比所有守護者都要強大的強者。名符其實的納薩力克地下大墳墓至尊統治者。」

「——亞烏菈。」

「充滿慈悲又深思熟慮的人。」

「——馬雷。」

「非、非常溫柔的人。」

「——迪米烏哥斯。」

「兼具明智判斷力和迅捷行動力，堪稱完美無缺的人。」

「——塞巴斯。」

「負責整合所有無上至尊的人。而且充滿慈悲，直到最後都沒有拋棄我們，願意留下來和我們並肩作戰的人。」

「最後是雅兒貝德。」

「無上至尊們的最高負責人，也是我們最棒的主人。同時也是我最愛的人。」

「……原來如此。我已經非常了解各位的想法。那麼過去我的同伴負責的部分工作，也交由你們處理。今後也要盡忠職守。」

看到守護者深深點頭跪拜，飛鼠以傳送的方式離開。

視野瞬間出現變化，眼前從競技場變成排列哥雷姆的魔法陣。環視四周，確認周圍沒有任何人之後，飛鼠大大嘆了一口氣。

「好累……」

雖然身體一點也不覺得累，不過心裡的疲勞卻像是肩上的重擔。

「……那些傢伙……為什麼對我的評價這麼高。」

根本是不同人吧。聽守護者述說對自己的評價時，很想笑著吐槽。「哈哈哈。」乾笑的飛鼠搖搖頭。不過看他們的表情，感覺又不像是開玩笑。

也就是說——那是真心話。

如果出現不符合守護者評價的情況，或許會讓他們感到失望。如此心想的飛鼠感覺壓力變得越來越大。不僅如此，還有一個問題。這時飛鼠變得更加愁眉苦臉。雖然是表情無法變化的骷髏頭，彷彿還是出現那樣的變化。

「……該怎麼對待雅兒貝德……再繼續下去實在沒臉見翠玉錄桑……」

過場

幾乎快把頭壓向地面的壓力，消失得無影無蹤。

即使知道創造自己、應該崇拜的主人已經離去，還是沒人起身。過了一會兒，總算有人呼出安心的嘆息。緊張的氣氛終於逐漸消失。

首先起身的人是雅兒貝德。雖然白色禮服的膝蓋沾到一些泥土，不過她一點也不在意，只是展開翅膀抖落羽毛上的髒污。

看到雅兒貝德起身，其他人也紛紛起立。但是沒有人開口。

「好、好可怕喔，姊姊。」

「是啊，我還以為會被壓垮。」

「真不愧是飛鼠大人，力量竟然對我們守護者也有這麼強的效果……」

「雖說是無上至尊，擁有超越我們的力量，沒想到會強到這種地步。」

守護者紛紛說出對飛鼠的印象。

將所有守護者壓在地面的壓力，是源自飛鼠散發的靈氣。

絕望靈氣。

這個靈氣除了具有恐怖效果，還能同時降低能力。原本應該無法對同為一百級的ＮＰＣ發揮效果，不過這個靈氣受到安茲．烏爾．恭之杖的加持，因此變得更強。

「那是飛鼠大人展現他身為統治者的氣度。」

「是啊，在我們尚未說出自己的地位之前，飛鼠大人完全不發揮力量，不過在我們表現出守護者的模樣時，他就展現偉大力量的一部分。」

「為了回應我們的忠誠，飛鼠大人才會展現身為統治者的一面。」

「的確如此。」

「和我們在一起時也沒有散發靈氣。飛鼠大人真是體貼，覺得我們口渴了，還拿出飲料給我們喝喔。」

亞烏菈的發言，令在場的所有守護者散發緊張的氣氛。那是幾乎可以用肉眼辨識的嫉妒。其中最嚴重的人是雅兒貝德，她的手不斷發抖，感覺指甲快要抓破手套。

抖了一下肩膀的馬雷稍微睜大眼睛：

「那、那是身為納薩力克地下大墳墓統治者的飛鼠大人的真正實力吧，真厲害！」

現場的氣氛立刻為之一變。

「完全沒錯。回應我們的想法，展現身為統治者的氣度……真不愧是我們的造物主。站在四十一位無上至尊的頂點，而且也是直到最後還留在這裡的慈悲主人。」

聽著雅兒貝德的發言，所有守護者都浮現陶醉的表情。雖然馬雷臉上的表情比較像是放鬆的感覺。

沒有什麼能比親眼目睹創造自己的四十一位造物主，必須絕對盡忠的主人現出真面目還要令人感到快樂的事。

不只是對守護者而言，對所有由無上至尊創造出來的角色來說，最大喜悅就能夠助他們一臂之力。然後是受到他們的認真對待。

這是極為理所當然的真理。

對於這些原本就是為了幫助無上至尊所創造的角色來說，這是最令人感到高興的事。

像是要將這種愉快輕鬆的氣氛抹去，塞巴斯在一旁開口：

「那麼我先告辭。雖然不知飛鼠大人去哪裡，還是應該隨侍在身旁。」

雅兒貝德雖然露出羨慕至極的表情，不過還是壓制心情回答：

「我知道了，塞巴斯。好好侍奉飛鼠大人，千萬不要失禮。還有如果有什麼事立刻向我報告。特別是飛鼠大人呼喚我時，一定要馬上趕來報告。即使有其他事也要先放下！」

身旁聽到這些話的迪米烏哥斯，露出有點傷腦筋的表情。

「不過如果是要我過去寢室，請告訴飛鼠大人我需要一點時間。因為必須做些梳妝盥洗的準備。當然，若是要我直接過去也是完全沒問題。因為我的身體原本就盡可能保持在潔淨無垢的狀態，服裝也經過精挑細選，以便隨時回應飛鼠大人的呼喚。總之就是以飛鼠大人的意旨為最優先——」

「——了解了，雅兒貝德。如果我在這裡浪費太多時間，侍奉的時間會跟著變少，對飛鼠大人十分失禮，所以不好意思，我先告退了。那麼各位守護者，告辭了。」

塞巴斯向目瞪口呆的守護者告辭之後，立刻以小跑步離開，彷彿是要拋下一臉還沒說夠的雅兒貝德。

「話說回來……真是安靜。夏提雅，妳怎麼了嗎？」

聽到迪米烏哥斯的問題，所有人的目光都集中在夏提雅身上。這才發現夏提雅還跪在地上。
「怎麼了，夏提雅？」
再次呼喚之後，夏提雅才抬起頭來。
眼神迷濛，彷彿大夢初醒一般呆滯。
「……發生什麼事了？」
「感受到飛鼠大人的驚人氣勢，不禁感到興奮……內褲有點不妙呀。」
鴉雀無聲。
大家面面相覷，不知道該說什麼。所有守護者都想起在守護者當中擁有最多性癖的夏提雅，其中的一個就是戀屍癖，紛紛只能用手扶著額頭。不過只有馬雷無法理解，顯得一頭霧水。不，還有一個守護者不肯善罷干休。
那就是雅兒貝德。接近嫉妒的情感讓雅兒貝德破口大罵：
「這個賤人。」
聽到這句輕蔑的話，感到敵意的夏提雅揚起嘴唇，露出妖豔的笑容：
「啥？感受到無上至尊之一的超美形飛鼠大人發出的力量波動，根本就是獎勵。那樣還沒有濕掉才有問題。難道妳不只是外表清純，而是單純沒有性慾？吶，大嘴猩猩？」

「……七鰓鰻。」

兩人彼此互瞪。在一旁看著的守護者雖然知道不可能會因此打起來，但是注視的眼神依然充滿不安。

「我的外表是由無上至尊創造呀，對於自己的外表毫無不滿呀。」

「我也是一樣啊。」

夏提雅慢慢起身，兩人的距離漸漸拉近。即使如此，互瞪的眼神也沒有移開。不僅如此，兩人甚至越來越近，碰撞彼此的身體。

「不要以為妳是守護者總管，可以陪在飛鼠大人身邊就算贏了呀。如果妳是那樣想，那可就笑掉人家的大牙呀。」

「哼。沒錯，我就是打算在妳被發配邊疆時，趁機取得完全的勝利。」

「……什麼叫完全的勝利啊，教教我吧，守護者總管大人。」

「身為賤人的妳應該很清楚是什麼意思吧。」

雖然妳一言我一語的舌戰相當激烈，但是兩人的目光始終沒有轉開。只是面無表情地瞪視彼此的眼睛。

啪嚓！雅兒貝德展開翅膀做出威嚇的動作。至於夏提雅也不甘示弱地散發黑色霧氣。

「啊——亞烏菈，女人的事就交給妳們女人自己解決。如果發生什麼事我會出面阻止，到時候可以通知我一下嗎？」

「等一下，迪米烏哥斯！你想把責任推給我嗎？」

迪米烏哥斯揮手拉開與互瞪兩人的距離。科塞特斯和馬雷也跟著一起離開。大家都不想遭到波及。

「真是的，有需要為這種事爭吵嗎？」

「我個人倒是對結果很感興趣。」

「什麼結果？迪米烏哥斯。」

「對之後的戰力增強，還有納薩力克地下大墳墓的將來等等。」

「迪米烏哥斯，這句話是什麼意思？」

「唔嗯……」

面對馬雷的問題，迪米烏哥斯思考該如何回答。雖然腦中瞬間掠過邪惡的想法，想對單純的馬雷灌輸大人的知識，不過立刻毫不遲疑地揮去這個想法。

雖然迪米烏哥斯身為惡魔族，個性既殘忍又冷酷，可是這些個性只會針對納薩力克以外的人。對於由四十一位無上至尊創造的角色，迪米烏哥斯把他們當作共同效忠主人的重要同伴看待。

「偉大的統治者需要有繼承人吧？飛鼠大人雖然留到最後，但是如果有一天他對我們失去興趣，也會和其他至尊一樣離開。這樣一來就必須留下讓我們繼續效忠的後代。」

「是喔。那麼誰會是飛鼠大人的繼承人呢？」

「這個想法未免太過不敬了。我們守護者的義務不就是努力效忠，讓飛鼠大人能夠繼續留下來，避免發生那種不幸嗎？」

迪米烏哥斯轉頭面向插嘴的科塞特斯：

「我當然明白，科塞特斯。不過你難道不想為飛鼠大人的子嗣效忠嗎？」

「嗯……我當然很想對飛鼠大人的子嗣效忠……」

科塞特斯的腦中浮現背著飛鼠子嗣奔跑的模樣。

而且不止如此。還有傳授劍法、為了保護幼主拔劍，甚至是聽從長大成人的幼主下達的命令等等。

「……喔，太棒了。真是美妙的光景……老爺子……老爺子……」

看到科塞特斯幻想自己成了老爺子侍奉飛鼠子嗣的樣子，有點受不了的迪米烏哥斯從他的身上移開視線：

「除此之外，就納薩力克地下大墳墓的強化計畫來說，我也很感興趣，想要知道我們的小孩能夠做到什麼地步。怎麼樣，馬雷，想不想生個小孩呢？」

「呃？咦？」

「不過沒有對象也不行……如果有發現人類、黑暗精靈、森林精靈這些近親種族，就幫你抓來吧？」

「咦？咦咦？」短暫思考的馬雷點頭同意：「如、如果這麼做能夠幫助飛鼠大人……我也願意。不過要怎麼樣才能生小孩呢？」

「嗯，到時候我再教你吧。不過要是你擅自進行繁殖實驗，或許會被飛鼠大人責罵。因為納薩力克地下大墳墓的維持營運費用，現在應該保持完美的收支平衡。」

「這、這是當然的。我聽說僕役都是由一位無上至尊的精密計算之下產生……如果隨便增加數量可是會挨罵的。我、我不想挨飛鼠大人的罵……」

「我當然也不想挨無上至尊的罵……如果能在納薩力克的外面建立牧場就好了……」

想到這裡的迪米烏哥斯，對馬雷提出到目前為止都沒人吐槽的疑問：

「對了馬雷，你為什麼要打扮成女生的模樣？」

聽到迪米烏哥斯迪的疑問，馬雷拉扯短裙裙襬。這是為了遮一下他的腳。

「這是泡泡茶壺大人的選擇。她說這叫偽娘，所、所以並沒有弄錯。」

「喔……原來是泡泡茶壺大人幾經思考的結果啊。那麼就算你的那身裝扮沒問題……然而所有少年都必須那樣穿嗎？」

「這、這我就不清楚了。」

四十一位無上至尊。雖然已經不在了，但是既然搬出至尊的名字，那也只能乖乖接受。或者該說在納薩力克地下大墳墓裡，馬雷的服裝才是最正確的裝扮。也只有相同位階的無上至尊，才有資格更改馬雷的裝扮。

「……這件事要不要跟飛鼠大人商量一下。或許所有少年都應該打扮成那樣才對。我說……科塞特斯也差不多該回神了吧。」

聽到同事的呼喚，科塞特斯露出心滿意足的笑容用力甩了幾次頭：

「真是美好的光景……簡直是夢寐以求的景象。」

「這樣啊，那真是太好了……雅兒貝德和夏提雅還在吵嗎？」

怒目相視的兩人聞言稍微移動目光。不過回答迪米烏哥斯的人，卻是在一旁露出疲憊表情的亞烏菈：

「已經……吵完了。目前在爭論的是……」

「誰是正室這個問題。」

「結論是納薩力克地下大墳墓的至尊統治者，如果只有一個妃子反倒奇怪。只是問題在於誰才有資格成為正室……」

「……這個問題還滿有趣的，不過下次再討論吧。好了，雅兒貝德不下令嗎？接下來還有很多事情需要處理。」

「也對，這麼說也沒錯。必須趕緊下令才行。夏提雅，這件事我會在近日之內找機會和妳好好聊聊。得花些時間討論才行。」

「我沒有異議呀，雅兒貝德。沒有什麼事比這更需要花時間討論呀。」

「很好。那麼我開始擬定接下來的計畫。」

看到她恢復守護者總管的模樣，所有樓層守護者低頭行禮致意。

雖然低頭行禮，不過倒是沒有跪拜。

當然要對身為守護者總管的雅兒貝德表達敬意，不過不用行君臣之禮。在四十一位無上至尊創造出來的角色中，她的確位居高位，可是守護者總管這個地位也是由四十一位無上至尊賦予，因此其他守護者只要對總管表現出符合地位的禮節即可。因此守護者才會低頭行禮致意。雅兒貝德當然也不會對這此感到生氣，因為她知道這是最正確的態度。

「首先——」

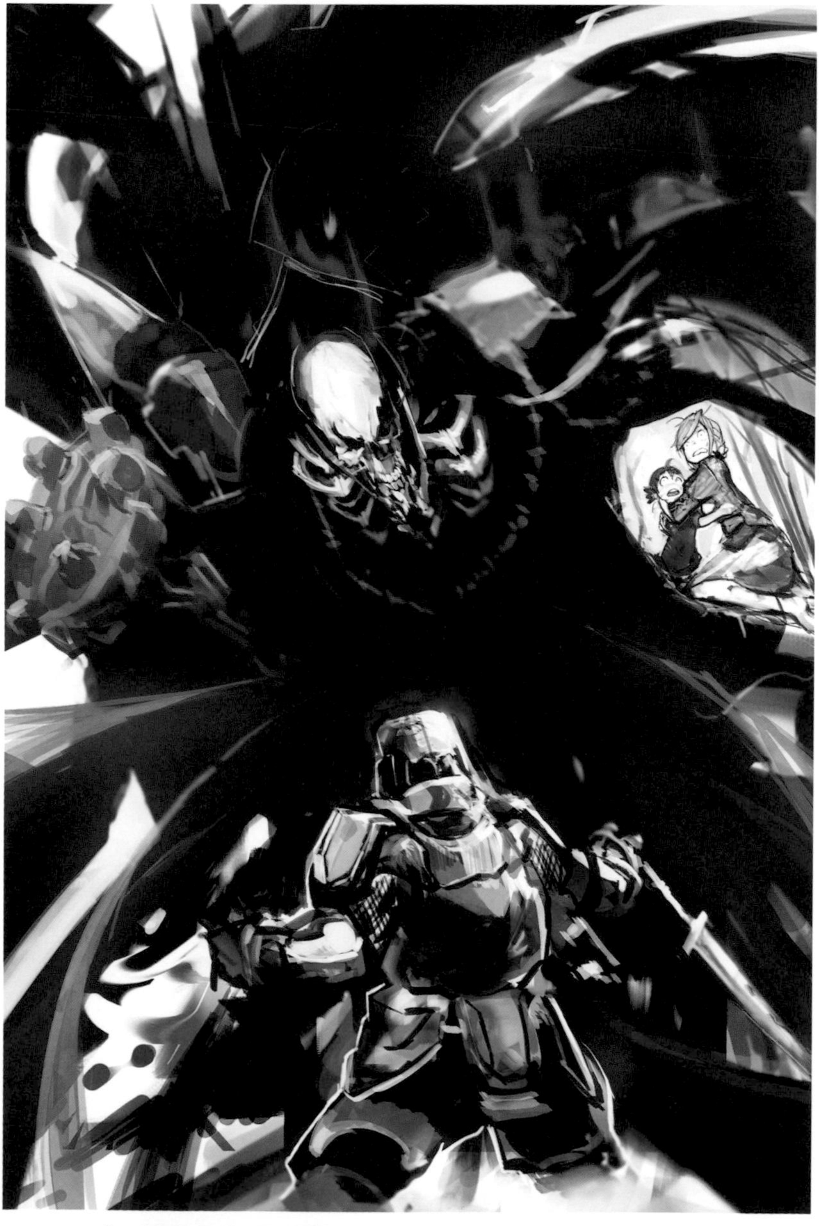

第三章 卡恩村之戰

Chapter 3 | Battle of Carne village

在飛鼠房間隔壁的服飾間裡，亂七八糟堆滿各種物品，幾乎到了沒有立足之地的地步。從披風等飛鼠能裝備的物品，到買了之後完全用不到的全身鎧甲都有。不只防具，武器也是從法杖到巨劍樣樣不缺，真的可說是應有盡有。

在ＹＧＧＤＲＡＳＩＬ中，打倒魔物會掉落內含電腦數據的水晶，將水晶裝到外裝之後，就能創造數不清的專屬原創道具。因此如果有喜歡的外裝，有很多人都會忍不住購買。

結果就是變成這間房間的模樣。

飛鼠從房裡的各種武器中，隨意挑出一把巨劍。因為沒有收進劍鞘，銀白劍身在光線的照射下發出璀璨的光芒。刻在劍身上，有如文字的符號也因為光線反射，清楚映入眼簾。

飛鼠拿起巨劍上下揮舞。重量非常輕，像羽毛一樣。

這當然不是因為這把劍的材質很輕，而是飛鼠的力量很強。

雖然飛鼠屬於魔法職業，魔法的相關能力值很高，體能相關能力值相對較低，不過到達一百級之後，累積鍛鍊的力量值也不容小覷。遇到低等魔物，只用法杖就能輕易消滅。

飛鼠慢慢用劍擺出架勢，然而室內立刻響起堅硬的金屬撞擊聲。剛才還拿在飛鼠手中的劍掉落地板。

在室內待命的女僕馬上撿起掉在地上的巨劍，拿給飛鼠，不過飛鼠沒有接下，只是凝視沒有拿著任何東西的雙手。

就是這個。

這讓飛鼠感到一頭霧水。

如果言行舉止像是有生命的NPC，讓人覺得這個世界並非遊戲，那麼身上這種異樣的肉體束縛，卻又讓人感覺身處在遊戲中。

在YGGDRASIL裡，對於不曾練過戰士類職業的飛鼠來說，一般來說無法裝備巨劍。可是這個世界如果是現實世界，以常識來說應該不可能無法裝備。

飛鼠搖頭放棄思考。在缺乏足夠資訊的現在，即使再怎麼思考也找不到答案吧。

「收拾一下。」

飛鼠指示女僕收拾之後，轉頭看向幾乎覆蓋整面牆的鏡子。映照出來的是穿著衣服的一具骷髏。

看到自己熟悉的身體變成這種異形，應該會感到可怕才對，然而飛鼠完全無動於衷。甚至覺得一點都不奇怪。

除了是在ＹＧＧＤＲＡＳＩＬ的遊戲裡，早已熟悉這副模樣之外，還有一個理由。
那就是和外表一樣，自己的精神層面似乎也受到影響。
首先是自己的情緒只要出現劇烈起伏，立刻會恢復平靜，像是受到什麼東西壓抑。還有一點就是感覺不到什麼欲望，不管是食欲還是睡意都一樣。雖然有著若有似無的性慾，不過即使碰觸到雅兒貝德的柔軟胸部，也沒有任何衝動。
感覺失去重要事物的飛鼠，不由得看向自己的腰際：
「因為沒有實際用過……才會消失嗎？」
不過在這道輕嘆當中蘊含的無奈情感，才說到一半就消失了。
因此飛鼠非常冷靜地認為這些變化，特別是精神方面的變化，或許是不死者對精神攻擊有全面抗性所造成的。
現在的自己擁有不死者的肉體與精神，但是還殘留些許人類的殘渣。因此雖然會有一些情感，但是只要情感出現劇烈起伏，就會立刻遭到壓抑。如果繼續以這個不死者的身體與精神活下去，將來恐怕會失去所有的情感。
當然，即使變成那樣，也沒有什麼大不了。因為不管這個世界如何，自己是什麼模樣，本身的意志都不會改變。
而且身邊還有夏提雅這些ＮＰＣ。因為把一切視為不死者造成的，或許有點操之過急。

「——『高階道具創造（Create Greater Item）』。」

隨著飛鼠發動魔法，身上立刻被名為溝紋鎧甲（Fluted Armour）的全身鎧甲包覆。這副鎧甲散發漆黑的光芒，表面還點綴金色與紫色的花紋，看起來相當昂貴。

穿上之後動了幾下加以確認。雖然身體感覺到壓力，不過並非無法動彈。不僅如此，原本以為只有骨頭的身體穿上鎧甲，骨頭與鎧甲之間應該會有些縫隙，不過完全沒有這種狀況，穿起來非常合身。

只要是利用魔法變出來的道具，就和在ＹＧＧＤＲＡＳＩＬ的時候一樣能夠裝備。

飛鼠一邊讚嘆魔法的偉大，一邊從全罩頭盔的縫隙看向鏡子，映照在鏡中的人已經變成威風凜凜的戰士，完全沒有半點魔法師的影子。飛鼠滿意地點點頭，嚥下事實上並不存在的口水。帶著調皮的赤子之心，飛鼠開口說道：

「我稍微外出一下。」

「隨身侍衛已經準備好了。」

女僕立刻以反射動作回答。不過——

就是這件事，非常討厭。

第一天身後跟著侍衛，覺得有些壓迫感；第二天因為已經習慣，反倒有種想要炫耀的心情；到了第三天——

飛鼠忍耐著幾乎快要發出的嘆息。

不管走到哪裡，身後都跟著侍衛，而且只要遇到人就會被低頭行禮，這種感覺實在太沉重了。

如果可以若無其事地帶著侍衛到處走，那麼還可以忍受。不過實在無法做到。因為必須表現出身為納薩力克地下大墳墓主人的氣勢，不可露出半點有損威嚴的糗態，所以神經相當緊繃。對於原本是普通人的飛鼠來說，這種緊張會造成精神方面的疲勞。

即使情感起伏到達一定程度就會立刻冷靜，還是有種精神不斷遭受小火煎熬的感覺。

而且用超級來形容也不為過的美女，還緊緊跟在身邊不願離開，無微不至地照料自己。身為男人當然會覺得開心，不過還是有種私生活遭到入侵的壓力。

這種精神疲勞，也是人類的殘渣吧。

總之身為納薩力克大墳墓的主人，在目前這種身陷異常狀態的時候，還要感受這種精神壓力，實在很糟糕。面對關鍵時刻或許有犯下錯誤的危險。

需要稍微放鬆一下。

做出這個結論的飛鼠瞪大雙眼。表情當然沒有任何改變，只有眼中的火光變得更強。

「不用了……不需要其他人跟隨，我只想一個人逛逛。」

「還、還請稍等，如果飛鼠大人遇到什麼萬一，我們必須以身為盾，絕對不能讓飛鼠大人有什麼三長兩短。」

對於即使犧牲性命也要保護主人的他們來說，自己卻想要一個人輕鬆散步，這種完全沒有考慮對方想法的自己太無情了。

不過自從發生異狀以來，也已經過了三天多，換算成小時大約是七十三小時。在這麼長的時間裡，飛鼠隨時隨地都努力維持身為納薩力克大墳墓主人的威嚴，內心非常渴望休息。所以即使覺得對不起他們，飛鼠還是動腦思考藉口：

「……我有要祕密進行的事，不允許隨從同行。」

短暫的沉默。

飛鼠覺得這段時間很漫長，這時女僕終於開口：

「遵命。請慢走，飛鼠大人。」

看著相信藉口的女僕，雖然覺得胸口有點刺痛，不過飛鼠還是將這種刺痛甩開。稍微休息一下應該不是什麼過錯。先去看看外面的景色吧。沒錯，必須親眼確認自己是否真的穿越到其他的地方，這是非常重要的事。

藉口越來越多，是因為飛鼠覺得自己的行為太過自私吧。

揮去心中的愧疚，飛鼠發動戒指的力量。

傳送的地點是個大廣場。左右有幾個安置遺體的細長石桌，不過目前沒有遺體。地板鋪著打磨光亮的石灰石，飛鼠後方是一道往下的階梯，盡頭是雙開大門，可以通往納薩力克大墳墓的一樓。牆上的火炬台沒有點亮火炬，正面入口照射進來的藍白色月光是唯一的光源。

利用安茲．烏爾．恭之戒的力量，能夠瞬間移動到最接近地面的場所就是這裡，納薩力克地下大墳墓的地面中央祠堂。

只要挪動腳步就可以走到外面，雖然是個非常寬廣的地方，飛鼠的腳始終沒有踏出去。因為遇到了太過意想不到的事。

飛鼠的視野看到幾個異形身影。有三種魔物，每一種各四隻，總數十二隻。

其中一種長相可怕有如惡魔，嘴裡還冒出獠牙，全身都是鱗片，還有長著銳利爪子的強壯手臂。蛇一般的長巴尾前端有燃燒的翅膀，外表看來非常符合惡魔的形象。

另一種雌性魔物身穿皮製的緊身拘束裝，並且有一顆黑色烏鴉頭。

最後一種魔物穿著前面敞開的鎧甲，露出精壯的腹肌。如果不是有一對黑蝙蝠般的翅膀，還有太陽穴的兩根犄角，根本不覺得那是魔物。只是長相雖然有如美男子，不過可以看出眼中散發永不滿足的欲望。

他們的名字分別是憤怒魔將(Evil Lord Wrath)、嫉妒魔將(Evil Lord Envy)和貪婪魔將(Evil Lord Greed)。

所有魔將的目光都集中在飛鼠身上。不過接下來一動也不動，只是目不轉睛地注視。嚴肅的眼神甚至讓人感到壓力。

他們都是八十級左右的魔物，被安置在迪米烏哥斯的居所赤熱神殿，連接八層大門的附近，負責周圍的警衛任務。原本駐紮上方樓層的戒備工作，應該是由夏提雅的部下不死者魔物擔任。現在這些迪米烏哥斯手下的親衛隊魔物，為什麼會被派到這裡呢？

他們後方還有一個身影，一開始雖然沒有看到，不過那可是一開始就在這裡的惡魔。在他現身之後，謎題終於解開。

「迪米烏哥斯……」

被叫到名字的惡魔（迪米烏哥斯）浮現詫異的神情。那副神情可以視為自己的主人為什麼會在這裡，也可以視為這裡為什麼有個神祕的魔物。

飛鼠賭上些微的可能性，邁步前進。如果停下腳步，沒被發現真面目才奇怪。總之暫且靠著牆壁慢慢靠近，打算不理會那些惡魔，走過他們的身邊。

非常清楚他們的眼神都集中在自己身上，不過飛鼠依然靠意志力壓抑住差點湧出的懦弱情緒，挺起胸膛繼續前進。

當雙方的距離逐漸拉近時，所有惡魔彷彿說好了一般單膝下跪，低頭行禮。站在前方行禮的人當然是迪米烏哥斯。俐落的動作令人感到相當優雅，簡直是貴公子的化身。

「飛鼠大人。竟然沒有攜帶隨從，單獨來這裡有何貴幹呢？而且還穿成這副模樣。」

馬上就露餡了。

在納薩力克地下大墳墓裡，迪米烏哥斯可說是擁有最高的智慧，被他看穿也是無可厚非。不過飛鼠認為被他看穿的主因，應該是瞬移這件事。

在納薩力克裡能夠自由瞬移的人，就只有安茲．烏爾．恭之戒的擁有者——飛鼠。

「啊……原因很多。如果是迪米烏哥斯，應該知道我為什麼會打扮成這樣吧。」

迪米烏哥斯端正的臉上露出複雜的表情。他隔了呼吸幾次的時間才開口：

「非常抱歉，我不知飛鼠大人的深謀遠慮——」

「叫我黑暗戰士。」

「黑暗戰士大人嗎……」

迪米烏哥斯似乎還想要說些什麼，飛鼠努力視而不見。雖然這個名字聽起來實在很遜，不過與遊戲中的魔物名稱相比，這個名稱還算正常。

要迪米烏哥斯改口，並沒有什麼太大的理由。雖然現場只有迪米烏哥斯的屬下，不過這裡原本就是出入口，應該還會有很多其他僕役進出，只是不想要讓他們飛鼠大人、飛鼠大人不斷呼喊自己的名字。

不知道自己的想法，迪米烏哥斯可以了解到什麼程度。這個時候，迪米烏哥斯的臉上浮現恍然大悟的神色。

「原來如此……是這麼回事啊。」

咦？怎麼回事？

飛鼠壓抑住不禁想要反問的心情。

到底這個聰明絕頂的迪米烏哥斯是如何推論、獲得什麼結果，身為凡人的飛鼠根本猜想不到。只能在全罩頭盔底下冒出不會有的冷汗，希望他至少能夠看穿自己的本意。

「飛……黑暗戰士大人的深遠卓見，我已經稍有掌握。真不愧是此地統治者會有的顧慮。不過對於沒有攜伴同行一事，還是無法坐視不管。雖知這麼做會造成困擾，不過還是希望大人能夠大發慈悲讓我們跟隨。」

「……真拿你沒辦法。那麼只允許一個人同行。」

迪米烏哥斯露出優雅的微笑。

「非常感謝黑暗戰士大人願意採納我的任性要求。」

「……直接叫我黑暗戰士，不用加大人也沒關係。」

「怎麼可以！絕對不能允許如此稱呼。當然，如果身負臥底工作、極為特殊的任務或命令時，可以服從這個命令，但在這座納薩力克大墳墓中，有誰敢不加敬稱稱呼飛鼠大人……不，是黑暗戰士大人！」

聽到迪米烏哥斯熱情的發言，飛鼠有些感動，忍不住點點頭。心想如果一直被稱呼黑暗戰士，或許私底下會有人取笑自己怎麼取這麼遜的名字，開始後悔輕率取了這個名字。

「非常抱歉，飛、黑暗戰士大人，占用您寶貴的時間。那麼你們就在這裡待命，順便說明一下我外去的事。」

「遵命，迪米烏哥斯大人。」

「僕役們也都贊成了。那麼米烏哥斯，我們走吧。」

飛鼠從低頭的迪米烏哥斯身旁走過，抬起頭來的迪米烏哥斯接著跟上去。

「為什麼飛……咳，黑暗戰士大人要打扮成那樣呢？」

「不知道，不過應該是有什麼理由吧。」

留下來的魔將紛紛一頭霧水地提出疑問。

他們並非因為飛鼠利用瞬間移動過來這裡才能看穿。

雖然飛鼠無法察覺，不過在這座納薩力克地下大墳墓中，不，應該說是隸屬於安茲・烏爾・恭公會的僕役，身上都會散發特有的氣息，僕役們可以利用這種氣息判斷來者是不是同伴。而在公會之中，身為這座納薩力克地下大墳墓主人的四十一位無上至尊——現在只剩飛鼠一個人——身上籠罩的氣息，對僕役們來說就是絕對統治者的氣息。那種強烈的氣息即使身在遠處也能輕易感測。因此即使飛鼠以鎧甲覆蓋全身也絕對不會弄錯。倘若飛鼠不是利用瞬移方式而是走路過來，同樣也會被立刻看穿吧。

而且和其他人的氣息相比，也比較容易分辨。

通往納薩力克一樓的雙開大門開啟，有人從樓梯爬上來。

根據樓梯方向散發的氣息，可以判斷來者是樓層守護者。

爬上樓梯現身眼前的，是守護者總管雅兒貝德美麗的臉龐。一見到自己的直屬上司迪米烏哥斯等待的人物現身，魔將於是一起跪下。

對於雅兒貝德來說，眼前的跪拜景象不過是理所當然的光景，看都沒看他們一眼就直接環視四周。

沒有發現目標的雅兒貝德這才把目光移向魔將。她走到魔將的眼前，沒有指定人選直接發問：

「……我沒看到迪米烏哥斯，他到哪裡去了？」

「這……剛才有一位黑暗戰士大人前來，所以迪米烏哥斯跟隨他一起外出了。」

「黑暗戰士？……大人？沒聽過僕役之中有這個名字……迪米烏哥斯跟隨那個僕役？堂堂的守護者跟著他出門？這也未免太奇怪了？」

魔將不知如何是好，不禁面面相覷。

雅兒貝德以溫柔的笑容看向魔將：

「區區僕役竟敢有事隱瞞我嗎？」

溫柔的最終警告令人不寒而慄，魔將做出無法繼續隱瞞的結論。

「迪米烏哥斯大人判斷那位黑暗戰士大人，正是我們應該侍奉的對象。」

「……飛鼠大人來過這裡！」

雅兒貝德有點走音，至於魔將們倒是很冷靜地回答：

「……不，那個人名叫黑暗戰士大人。」

「……侍衛呢？迪米烏哥斯有收到飛鼠大人過來的指示嗎？可是我已經先和他約好見面，這麼一來迪米烏哥斯應該不知道飛鼠大人會來這裡吧？算了，這件事先放在一旁，得趕緊準備衣服和洗澡！」

雅兒貝德摸摸自己的衣服。

不眠不休地在各地工作，把衣服弄髒了，髮尾也纏在一起，翅膀也是一樣。

不過這麼一點髒污對於絕世美女雅兒貝德來說，絲毫不減半點風采。就像是一億分扣了一分一樣沒什麼大不了，對她的美貌沒有任何影響，但是對雅兒貝德來說，這副模樣完全不及格，不能讓最愛的人看見。

「最近的浴室……在夏提雅那裡？……可能會遭到懷疑……不過這時只能犧牲一下了。你們快去我的房間把衣服拿來！動作快！」

這時魔將之一叫住往外奔跑的雅兒貝德。那個魔將是嫉妒魔將。

「……雅兒貝德大人，雖然失禮，不過現在的這個打扮應該比較好吧？」

「……你在說什麼？」

雅兒貝德會停下腳步，怒氣衝衝地反問。她認為對方要她以骯髒的模樣去見飛鼠。

「……不是的，我只是認為像雅兒貝德大人這樣的美女，展現出為了對方拚命工作的模樣更能夠給予良好印象。就結果來說，反而是對雅兒貝德大人有利，不是嗎？」

其他魔將也接著建議——「等雅兒貝德大人洗完澡，精心打扮成能出現在飛鼠大人……黑暗戰士大人面前的模樣時，不知已經花費多少時間。如果在這段期間剛好錯過機會，豈不是太可惜了嗎？」

「嗯——」雅兒貝德為之沉思。這麼說也沒錯。

「說得有理……看來是因為太久沒見面有些慌張。隔了十八小時才能和飛鼠大人見面，你們不覺得十八個小時真的很長嗎？」

「是的，太長了。」

「真想盡快建立營運組織的基礎，回到飛鼠大人的身邊警戒……那麼不發牢騷了，要快點見到飛鼠大人。飛鼠大人現在在哪裡？」

「剛才出門了。」

「這樣啊。」

雖然雅兒貝德的回答有些冷淡，不過臉上露出能夠見到飛鼠的緬靦微笑，還可愛地拍動翅膀。她發出急促的腳步聲走過魔將的旁邊。

這時腳步聲突然停止，雅兒貝德再次開口詢問魔將：

「最後再問一次，穿得這麼髒反而能增加飛鼠大人的好感嗎？」

●

離開祠堂，飛鼠眼前是一片美不勝收的迷人光景。

納薩力克地下大墳墓的地面面積有兩百公尺見方。周圍受到六公尺厚的牆壁保護，前方與後方各有一個入口。

墓地的雜草修得很短，營造清爽的氣氛。不過另一方面，墓地的大樹枝葉茂密，處處都有樹蔭，製造出陰鬱的感覺。還有許多白色石材的墓碑雜亂排列。

修剪整齊的雜草與雜亂無章的墓碑相輔相成，營造強烈的落差感。不僅如此，到處還都點綴著天使和女神等稱為藝術品也不為過的精美雕刻，但是這種混亂的墓地設計也不禁令人皺起眉頭。

這個墓地除了東南西北四個角落各有一座普通大小的祠堂，中央還有一座巨大的祠堂，由六公尺高的武裝戰士雕像包圍保護。

中央的巨大祠堂正是納薩力克地下大墳墓的入口，飛鼠出來的地方。

飛鼠站在寬廣的石灰岩階梯上，靜靜眺望眼前的景色。

納薩力克地下大墳墓的所在地赫爾海姆，原本是個永夜的冰冷世界。受到永夜的影響，這裡的氣氛相當陰森，天空經常為厚厚的黑雲所遮蔽。只是如今的景色截然不同。

眼前是美麗的夜空。

飛鼠望著天空，感慨萬千地嘆了一口氣，不斷搖頭似乎無法相信眼前的光景。

「在虛擬世界能夠做到如此地步……真是驚人……空氣新鮮就是大氣沒有受到污染的明證。如果生在這個世界，應該就不需要人工心肺吧……」

有生以來不曾見過如此清晰的夜空。

飛鼠想要發動魔法，卻受到身上的鎧甲阻礙。特殊的魔法職業有一些特殊技能，能在穿著鎧甲的狀態發動，不過飛鼠沒有學過。因此身上的全身鎧甲阻礙了魔法的發動。即使是利用魔法變出來的裝備，也沒有能夠發動魔法的優點。穿著鎧甲的狀態下，能使用的魔法只有五種。遺憾的是飛鼠想用的魔法不在這五種之中。

飛鼠將手伸入空間，拿出一個道具。那是飛鳥翅膀造型的項鍊。

戴上項鍊，將意識集中在項鍊上。

隱藏在項鍊中的唯一魔法發動力量。

「飛行(Fly)。」

失去重力枷鎖的束縛，飛鼠輕飄飄地飛上天空。接著不斷加快速度，一口氣直線上升。

雖然迪米烏哥斯急忙緊追在後，但是飛鼠完全不理他，只是不斷上升。

不知已經上升幾百公尺。

這時飛鼠的身體才慢慢減速，用力拿掉頭上的頭盔，什麼話也沒說——不，是看著這個世界說不出話來。

月亮與星星的藍白光芒趕走大地的黑暗。在微風的吹拂下，搖曳的草原看來像是整個世界在發亮。天上的無數星星與看似月亮的行星也發出燦爛的光輝，與地面的景色相得益彰。

飛鼠不由得感嘆：

「真是太美……不，太美了這種陳腐的說法還不足以形容……如果藍色星球桑看到副光景，不知道會怎麼形容……」

若是見到這個沒有空氣污染、水污染和土壤污染的世界。

飛鼠想起自己的同伴，想起那名曾經在部分公會成員的網聚出現，被稱讚浪漫時，有如岩石的臉上露出微笑——喜愛夜空的溫柔男生。

不，他喜歡的是自然。喜歡那個遭到環境污染，幾乎消失的光景。為了欣賞那個在現實世界不復存在的景色，才會玩ＹＧＧＤＲＡＳＩＬ這款遊戲。而他花費最多心血創建的是第六層，特別是夜空的設計，等於是重現他心中的理想世界。

這麼喜歡自然的人，談到自然時總是特別激動。幾乎到了過度熱情的地步。如果他看到這個世界，不知道會有多興奮。會有多麼慷慨激昂地以低沉的嗓音討論。

懷念藍色星球這名久違的舊友，飛鼠很想再次聽聽他的淵博學識，輕輕看向身邊。身邊當然沒有任何人。不可能有人。

有些感傷的飛鼠耳裡傳來啪啪啪的振翅聲，改變形態的迪米烏哥斯出現眼前。背上出現帶著濕氣的巨大黑色皮膜翅膀，外表也從人臉變成青蛙的模樣。這就是迪米烏哥斯的半惡魔形態。

部分異形類種族具有數種不同形態。在納薩力克中，塞巴斯和雅兒貝德也有其他形態。雖然要練出這些異形類種族很麻煩，但是可以和最後頭目一樣，具有數種形態的部分異形類種族，人氣還是歷久不衰。特別是很多人喜歡將這些異形類種族，設定成在人類形態和半人類形態時有所弱化，但是完全異形形態時獲得強化。

飛鼠將目光從變身惡魔形態的迪米烏哥斯身上移開，再次看向空中閃爍的星星，像是要對不在場的朋友說話一般感嘆：

「……竟然只靠星光與月光就能看清景物……實在無法相信這裡真的是現實世界。藍色星球桑……天空簡直像個閃閃發亮的珠寶箱。」

「或許真是如此。這個世界會如此美麗，一定是因為有著那些用來點綴飛——黑暗戰士大人的寶石吧。」

迪米烏哥斯開口說出奉承話。

突如其來的發言好像是在對自己與夥伴的美好回憶挑毛病，讓飛鼠覺得有些生氣。不過像這樣望著美麗的景色，怒氣很快就消失得無影無蹤。

不僅如此，像這樣俯瞰世界，感覺世界變得非常渺小，讓心中出現即使繼續扮演邪惡組織的霸主也不賴的想法。

「真的很美。這些星星是用來點綴我的嗎……或許真是如此。我會身在此處，或許就是為了取得這個不屬於任何人的珠寶箱。」

飛鼠在眼前伸手然後用力握住。在天空閃耀的星星幾乎落入那隻手中。當然，那只是因為星星被手遮住。飛鼠對自己的幼稚行為聳肩，向迪米烏哥斯說道：

「……不，這不是我一個人能夠獨占的東西。或許是用來點綴納薩力克地下大墳墓——我和朋友們的安茲・烏爾・恭吧。」

「……真是有魅力的一句話。若是您的希望，只要一聲令下，我立刻帶領納薩力克全軍奪取這個珠寶箱。能將這個珠寶箱獻給敬愛的飛鼠大人，是迪米烏哥斯最大的榮幸。」

裝模作樣的發言令飛鼠輕輕一笑。

心想迪米烏哥斯是不是也沉醉在這個氣氛中。

「在還不知道這個世界有什麼生物的現在，我只能說你的想法相當愚蠢。說不定我們在這裡只是非常微小的存在。不過征服世界或許是件很有趣的事。」

征服世界只不過是在小朋友看的電視節目中，壞人會說的話。

實際上絕不可能輕易征服世界。還包括征服後的統治、防範反叛的維持治安、統一眾多國家之後產生的問題等。光是稍微想一下這些事，就會覺得征服世界沒有半點好處。

這些事飛鼠當然心知肚明，不過他還是說出征服世界的台詞，那是因為看到世界的美麗而萌生的幼稚欲望。也是因為想要表現符合惡名昭彰的安茲．烏爾．恭公會長身分的演技，不小心脫口而出的台詞。

此外還有一個原因。

「……烏爾貝特桑、路西★法桑、可變護身符桑、貝魯利巴桑……」

因為回想起過去的公會成員曾經開玩笑說過「一起征服ＹＧＧＤＲＡＳＩＬ這個遊戲中的其中一個世界吧」這句話。

他知道納薩力克裡最聰明的迪米烏哥斯，應該了解征服世界只是小孩子的玩笑話。

如果飛鼠知道身後的迪米烏哥斯，那張有如青蛙的臉上露出的表情，應該不會就此結束話題吧。

飛鼠沒有看向迪米烏哥斯，只是眺望著無垠大地和星空連接的地平線。

「……未知的世界啊。但是在這個世界的人……真的只有我嗎？其他的公會成員也有人來到這裡嗎？」

雖然在ＹＧＧＤＲＡＳＩＬ裡無法創建第二個角色，不過曾經離開這款遊戲的同伴，或許會因為是最後一天而創建新的角色，進來遊戲看看也說不定。而且就強制登出的時間來看，黑洛黑洛或許也來到這裡。

追根究柢，飛鼠身在這裡就是異狀。如果這是因為不明現象所造成，那麼不再玩這款遊戲的同伴們，也有可能和自己一樣也被捲入這個世界吧。

無法透過「訊息」和他們聯絡，不過這可能有很多原因。例如身處的大陸不同，或者魔法效果有所變化等。

「……如果是這樣……那麼只要讓全世界都知道安茲．烏爾．恭這個名字……」

如果還有同伴在這裡，或許就會傳進那個人的耳裡。那個人知道一定會過來。飛鼠對於彼此的友情，就是如此深信不疑。

沉浸在思考大海裡的飛鼠突然望向納薩力克，剛好目擊奇觀。

邊界超過一百公尺的大地有如大海產生波浪，平原不斷出現的小小隆起，緩緩往一個方向前進之後，開始聚集在一起，最後變成小山往納薩力克接近。

襲來的巨大土堆撞上納薩力克堅固的牆壁之後粉碎，彷彿水花四濺的海嘯。

「……『大地巨浪(Earth Surge)』。看來不但利用技能擴大範圍，還使用職業技能……」

飛鼠佩服地低聲唸唸有詞。在納薩力克裡，只有一個人會使用這個魔法。

「真不愧是馬雷。看來將牆壁的隱藏工作交給他就沒問題了。」

「是的，只不過除了馬雷，也派了不會疲勞的不死者和哥雷姆加以協助。但是進度相當緩慢，不甚理想。移動土地之後周遭會出現凹陷，所以必須種植植物加以掩飾。這麼一來馬雷的工作量也會增加……」

「……要隱藏納薩力克這麼長的牆壁，本來就需要花費很多時間，問題是施工時可能會被發現。那麼周圍的警戒情況又是如何？」

「初期的警戒網已經建構完畢。五公里內若是有智慧生物入侵，可以在入侵者毫無察覺的狀況下立刻發現。」

「做得很好。不過……這個警戒網也是動員僕役完成的吧？」

得到迪米烏哥斯的肯定回答，為了以防萬一，飛鼠覺得再建構一個警戒網比較妥當。

「……關於建構警戒網，我也有個想法。就依這個方法去做。」

「遵命。和雅兒貝德商量後，再將彼此融合在一起。對了，黑暗戰士大人──」
「──可以了，迪米烏哥斯。叫我飛鼠就好。」
「知道了……可以詢問飛鼠大人接下來的預定嗎？」
「我打算到完美執行命令的馬雷那裡探望一下。也想當面送他適當的獎勵……」
迪米烏哥斯臉上浮現笑容。那是一點也不像邪惡惡魔會有的溫柔笑容。
「光是得到飛鼠大人的親口慰勞，就已經是極大的獎勵……這是……十分抱歉，我突然想起來有事要辦。至於馬雷那裡……」
「沒問題的。去吧，迪米烏哥斯。」
「十分感謝，飛鼠大人。」
就在迪米烏哥斯展翅飛行時，飛鼠也看準地上的一點下降，並在中途戴上頭盔。
位於目的地的黑暗精靈似乎發現什麼，抬頭望向天空──看到飛鼠立刻一臉吃驚。
等到飛鼠降落地面後，馬雷立刻急急忙忙跑來。身上的裙子也隨之飛舞。
有點若隱若現的感覺。不，飛鼠一點也不想看，只是有點好奇底下穿了什麼。
「飛、飛鼠大人，歡、歡迎大駕光臨。」
「嗯……馬雷可以不用那麼害怕，慢慢來就好。如果你不太擅長，也可以不用這麼畢恭畢敬……當然只有私底下的時候。」

「這、這件事做不到，怎麼可以不對無上至尊使用敬語……其實就連姊姊也不應該如此。那、那樣太失禮了。」

雖然不喜歡小孩子對自己這麼恭敬……

「這樣啊，馬雷。如果你如此堅持，那麼我也沒意見。不過我要你知道，我沒有強迫你這麼做。」

「是、是的！……話、話說回來，飛鼠大人為什麼會來這裡？難、難到是我做錯了什麼事嗎……」

「沒這回事，馬雷。我是來犒賞你的。」

馬雷的臉上，從可能會挨罵的擔心害怕變成吃驚。

「馬雷現在做的事非常重要。因為這個世界的居民可能連普通人的等級都超過一百級。如果有那種等級的對手，那麼即使建構警戒網，也必須隱藏納薩力克地下大墳墓以免遭到發現。這是最重要的一件事。」

馬雷不斷點頭表示贊同。

「所以馬雷，我想讓你知道，你完美的工作成果讓我有多麼滿意。還有把這件事交給你處理，讓我有多麼放心。」

飛鼠在現實社會體驗的鐵則之一，就是優秀的上司必須好好稱讚努力工作的下屬。

守護者們給予飛鼠過高的評價，相對的，為了讓他們能繼續對自己效忠，飛鼠也得表現出合乎高評價的應對才行。

如果讓這些公會成員共同創造的守護者等ＮＰＣ，對維持至今的黃金紀錄感到失望或遭到背叛，等於是在飛鼠身上烙下公會長失格的烙印。因此飛鼠隨時都要留意，必須抱持至尊統治者的態度面對他們。

「……你能體會我的想法嗎，馬雷？」

「是的！飛鼠大人！」

雖然身上是女裝打扮，但是從馬雷緊張的臉龐，還是可以清楚看出他是男生。

「很好，那麼對於你的工作表現，我要給你獎勵。」

「怎、怎麼可以！這只是我應盡的職責！」

「……根據你的工作表現，給予獎勵是理所當然的事。」

「不、不是的！我們全都是為了侍奉無上至尊們而存在，所以努力做好工作是理所當然的事！」

你來我往了一陣子，兩人的意見始終沒有交集，所以飛鼠想出折衷的辦法：

「那麼這樣吧。給予的這份獎勵，也包含希望你今後能繼續為我效忠的意思，這樣就沒問題了吧。」

「真、真的沒問題嗎？」

飛鼠以強硬的態度拿出獎勵——那是一個戒指。

「飛、飛鼠大人……您拿錯東西了吧！」

「沒——」

「——拿錯了！那是安茲．烏爾．恭之戒，只有無上至尊才能持有的至寶之一！我不能收下這種獎勵。」

出乎意料的獎勵令馬雷嚇得不斷發抖，飛鼠也為馬雷的模樣感到驚訝。

的確，這個戒指是公會成員專用，總數只有一百個的特別道具。這些戒指已經分配給四十一個人，所以還沒確定使用者的戒指剩五十九個——不，五十八個。以此來說確實相當珍貴，不過這次會給予這個獎勵，還有希望道具能被妥善利用的想法。

為了讓想逃走的馬雷安心，飛鼠鄭重地告訴馬雷：

「冷靜一點，馬雷。」

「沒、沒、沒辦法！怎麼可能收下無上至尊才能擁有的寶貴戒指——」

「——冷靜思考，馬雷。在這座納薩力克地下大墳墓中，無法利用傳送方式移動會有很多不便。」

聽到這句話，馬雷才慢慢恢復平靜。

「我希望在敵人進攻時，各階層守護者能擔任各樓層的指揮官抵禦外侮。屆時如果因為無法瞬間移動而無法順利逃走，那也太不像樣了。所以才想把這個戒指送給你。」

飛鼠將放在手上的戒指高高舉起。在月光的照射下，戒指璀璨生輝。

「馬雷，對於你的忠心，我感到非常高興。也很了解身為臣下的立場，你為什麼不願意收下這個代表我們的戒指。不過如果你了解我的心意，就接受我的命令收下這個戒指。」

「可、可是，為什麼是我……該不會是所有守護者都收到了吧……？」

「雖然也打算送給他們，不過你是第一個。因為我對你的工作相當滿意，如果隨便送給沒有功勞的人，那麼這個戒指也沒什麼獎勵價值。難道你要我降低戒指的價值嗎？」

「不、不敢！」

「那麼就收下吧，馬雷。收下戒指後，繼續為納薩力克還有我貢獻心力吧。」

馬雷戰戰兢兢伸出顫抖的手，慢慢收下戒指。

看到馬雷的動作，飛鼠的心裡感到有些罪惡。因為會想贈送戒指，其實還有一個私心。那就是以後在瞬移時，比較不會被人輕易拆穿瞬移的人就是自己。

當馬雷戴上安茲．烏爾．恭之戒時，戒指立刻改變尺寸，變成合乎馬雷纖細手指的大小。馬雷目不轉睛注視手指上的戒指，放鬆似地嘆了一口氣。然後對飛鼠深深鞠躬：

「飛……飛鼠大人，謝、謝謝送我這份大禮……今、今後一定會更加努力，絕對不會辜負飛鼠大人的期待。」

「那就麻煩你了，馬雷。」

「是！」

馬雷斬釘截鐵地回應，臉上浮現少年的堅毅表情。

設計馬雷這個角色的泡泡茶壺桑，為什麼要將馬雷打扮成這副模樣呢？是為了和亞烏菈的裝扮走相反方向，還是有其他理由？

正當飛鼠思考這個問題時，馬雷提出疑問：

「請、請問飛鼠大人……為什麼打扮成那樣呢？」

「……嗯，這個嘛……」

因為想要開溜——當然不能這樣回答。

馬雷露出閃閃亮亮的期待眼神，抬頭注視傷腦筋的飛鼠。到底該怎麼矇混過去呢？如果在此失敗，之前扮演威嚴上司的演技或許會就此白費。世界上沒有哪個下屬會認同想要開溜的上司吧。

飛鼠努力想要逃進越困擾就會變得越平靜的心境，這時後面突然傳來解圍的聲音：

「很簡單喔，馬雷。」

回頭的飛鼠立刻被對方吸引。

一名可說是美的化身的女子佇立在月光下。藍色月光的照射讓她閃閃發亮，那副模樣就算說是女神下凡也不為過。黑翼揮舞，颳起一陣風。

是雅兒貝德。

雖然後面跟著迪米烏哥斯，但是雅兒貝德的美，讓飛鼠的視野瞬間沒有捕捉到迪米烏哥斯的身影。

「飛鼠大人會穿著鎧甲，之前還隱瞞名諱，都是因為不想妨礙大家的工作。看到飛鼠大人駕到，大家理所當然會停下手邊的工作，行禮表示尊敬。不過飛鼠大人不希望妨礙大家，所以才會扮成黑暗戰士，讓大家不用為了表示敬意而停下手邊的工作。」

是這樣沒錯吧，飛鼠大人？聽到雅兒貝德的反問，飛鼠立刻不斷點頭：

「真、真不愧是雅兒貝德，可以看出我的真正用意。」

「身為守護者總管，這是理所當然的事。不，即使不是守護者總管，我也有自信能夠洞察飛鼠大人的內心。」

在面帶微笑，深深鞠躬的雅兒貝德後面，迪米烏哥斯露出複雜的表情。雖然有點在意，他也沒辦法對出手相助的人說些什麼。

「原、原來如此……」

馬雷露出恍然大悟的表情如此說道。將視線移向馬雷，飛鼠見到不可置信的景象。雅兒貝德的眼睛突然張得老大，眼珠幾乎快要掉下來，還以如同變色龍的奇怪動作，指向馬雷的手指。

正當飛鼠還在思考時，雅兒貝德的臉已經恢復美麗的樣貌，感覺剛才看到的景象好像是一場幻覺。

「……怎麼了嗎？」

「啊，不，沒什麼事……好了，那麼馬雷，不好意思打擾了。休息之後接著進行掩蔽工作吧。」

「是、是的！那麼飛鼠大人，我先行告退了。」

在隨意點頭的飛鼠面前，馬雷一邊摩擦戴在手上的戒指一邊離開。

「話說回來，雅兒貝德為什麼會來這裡？」

「是的，因為聽到迪米烏哥斯說飛鼠大人在這裡，所以想來打個招呼。只是讓您看到這身髒兮兮的模樣，真的很抱歉。」

聽到髒兮兮這幾個字，飛鼠看著雅兒貝德，不過倒不覺得髒。身上的衣服的確有些灰塵等髒污，不過完全無損雅兒貝德的美貌。

「沒有這回事，雅兒貝德，妳的美貌絕對不會因為這點髒污就失去光彩。的確，讓妳這麼美麗的女子四處奔波，我也覺得很不對。然而現在情況緊急，所以很抱歉，還要請妳繼續在納薩力克努力一陣子。」
「只要是為了飛鼠大人，無論再怎麼辛苦都沒有問題！」
「謝謝妳的赤膽忠心。對了……雅兒貝德，我有個東西要給妳。」
「……是什麼……東西呢？」
微微低頭的雅兒貝德以毫無抑揚頓挫的平淡語氣詢問，飛鼠拿出一個戒指。那當然是安茲．烏爾．恭之戒。
「身為守護者總管的妳，也很需要這個道具。」
「……非常感謝。」
她的反應和馬雷截然不同，讓飛鼠稍感失望。不過他立刻發現自己誤會了。
雅兒貝德的嘴角痙攣，拚命忍住不讓臉上的表情變形。翅膀還不斷抖動，那是因為極力忍耐不揮翅膀的結果吧。收下戒指的手——不知何時已經緊緊握住，然後張開不停發抖。就算是再怎麼笨的人，都可以看出她內心的激動。
「繼續效忠吧。至於迪米烏哥斯……下次再說吧。」
「遵命，飛鼠大人。今後一定繼續努力，期望能夠得到如此偉大的戒指。」
「這樣啊。那麼我要處理的事也告一段落，在還沒挨罵之前先回九層吧。」
看到雅兒貝德和迪米烏哥斯低頭回應，飛鼠發動安茲．烏爾．恭之戒的瞬間移動效果。

就在眼前的景象改變的剎那，好像聽到女生發出「太棒了！」的聲音，因為不覺得雅兒貝德會發出如此粗俗的聲音，因此飛鼠認為是自己聽錯了。

2

離郊外越來越近。

奔跑的安莉聽到後面傳來嘈雜的金屬聲。那是非常有規律的聲響。

帶著祈禱往後一瞥——果然是最壞的結果。一個騎士正在後面追趕安莉姊妹。

明明只差一點。

安莉拚命忍住想要抱怨的心情。因為已經沒有多餘的體力可以浪費。

不斷急促呼吸，心跳的速度令人感覺心臟快要破裂，雙腳也不斷顫抖。或許再過不久就會精疲力竭、倒地不起吧。

如果只有自己一個人，可能會自暴自棄，失去逃跑的力氣。

但是手上牽著的妹妹，成為安莉不斷逃跑的動力。

沒錯，只因為強烈想要拯救妹妹，安莉才能持續逃到現在。

奔跑的同時，再次往後瞄了一眼。

彼此的距離幾乎沒有改變。即使穿著鎧甲，對方的速度還是沒有變慢。這就是訓練有素的騎士和普通村姑的明顯差距。

冷汗直流的安莉感覺身體發冷。這樣下去……絕對無法帶著妹妹逃出生天。

——放手。

這句話傳進安莉的耳裡。

——一個人或許可以平安逃走。

——難道想死在這裡嗎？

——分開逃跑說不定會比較安全。

「住口、住口、住口！」

隨著咬牙切齒的高喊，安莉氣喘吁吁地責備自己。

自己是最差勁的姊姊。

雖然妹妹看起來快哭了，但是為什麼忍住不哭呢？

因為她相信自己的姊姊。相信姊姊一定會救自己。

握著妹妹的手——那隻給予自己逃跑力量與戰鬥勇氣的手，安莉堅定自己的信念。

絕對不能拋下這個妹妹。

「啊！」

不只安莉精疲力盡，年幼的妹妹也消耗了不少體力。所以她突然腳步踉蹌，發出哀號，差點就此跌倒。

兩人之所以沒有跌倒，是因為彼此緊握的手。只是被妹妹拉扯的安莉也差點失去平衡。

「趕快！」

「嗯、嗯！」

雖然打算繼續奔跑，可是妹妹的腳已經抽筋，跑不太動。安莉急忙想要抱起妹妹，但是金屬聲停在自己的身邊，令安莉驚嚇不已。

站在身邊的騎士手握沾血的劍。不僅如此，身上的鎧甲與頭盔也有被血濺到的痕跡。

安莉將妹妹藏在後方，狠狠地瞪著騎士。

「別做無謂的掙扎。」

這句話毫無半點體貼，充滿嘲笑的意味。話中帶著即使逃走還是不免一死的語氣。

安莉心裡的激情瞬間爆發，心想他在說什麼啊。

騎士對著停下動作的安莉慢慢舉起手上的劍。正當高舉的劍即將砍向安莉的瞬間——

「別太小看人了！」

「咕嗚！」

——安莉奮力揮拳擊中鐵頭盔。那一拳帶著渾身的怒氣與非得保護妹妹的意念，一點也不怕揮拳攻擊金屬。那是用盡所有力氣的一拳。

聽到類似骨頭碎裂的聲音響起，不久一陣劇烈的疼痛蔓延至安莉的全身。騎士挨了這麼一拳，身體劇烈搖晃。

「快逃！」

「嗯！」

安莉忍著痛苦想要再次奔跑——這時背上突然傳來灼熱感。

「——嗚！」

「這個臭丫頭！」

被村姑瞧不起並且擊中頭部，騎士才會如此大發雷霆吧。

騎士失去冷靜胡亂揮劍，因此沒有砍到安莉的要害，但是之後就沒有那麼幸運了。因為安莉受了傷，騎士也怒氣衝天，那麼下一劍就是致命的一擊吧。

安莉以銳利的眼神瞪視在眼前高舉的長劍。

一臉擔心的安莉看著發出不祥光芒的利劍，明白了兩件事。

第一是再過幾秒自己就會命喪黃泉。第二是身為普通村姑的自己，完全沒有辦法抵抗。

劍尖沾著一點自己的血液。那讓自己感覺隨著心臟跳動，從背部擴散到全身的劇痛，還有受傷時的灼熱感。

不曾體驗的疼痛不但造成心理恐懼，也讓她不禁想吐。

嘔吐或許可以消除反胃的感覺吧。

可是安莉正在尋找活命的方法，沒有時間嘔吐。

雖然心中想要放棄，但是安莉直到現在還不願放手的理由只有一個。那就是溫暖胸口的體溫——自己的年幼妹妹。

至少要讓妹妹活下去。

這個想法讓安莉不願選擇放棄。

然而擋在眼前的鎧甲騎士，彷彿是在嘲笑安莉的決心。

高舉長劍，作勢揮下。

不知道是全神貫注的原因，還是生死關頭的危險激發腦部運轉，安莉覺得時間變得好長，拚命思考解救妹妹的方法。

可是想不到什麼好方法。頂多只有以自己的身體為盾，讓劍刺進自己的身體，盡量多爭取一點時間讓妹妹逃走這個最後手段。

只要還有力氣，不管是對方的身體還是刺入己身的劍，絕對都要緊抓不放，直到生命之火燃燒殆盡。

如果只能這麼做，那就認命接受這個命運。

安莉有如殉教者一般，露出微笑。

身為姊姊只能為妹妹做這種事。這個想法讓安莉不禁微笑。

不知道妹妹獨自一人是否可以逃離彷彿地獄的村莊。

即使逃進大森林，也可能會遇到巡邏的士兵。但是只要能夠在此活命，就有逃出生天的可能。為了讓妹妹活下去的僅存機會，安莉賭上自己的性命——不，是賭上所有一切。

即使如此，還是對即將來臨的疼痛感到恐懼，不由得閉上雙眼。在漆黑的世界中，作好面對疼痛的心理準備——

3

飛鼠坐在椅子上，望著前面的鏡子。直徑大約一公尺的鏡子並非映出飛鼠的模樣，而是一片草原。那面鏡子就像電視機，正在播放陌生草原的景象。

鏡子裡的小草隨風搖擺，證明這不是靜止畫面。

隨著時間的流逝，太陽漸漸升起，驅走草原的黑暗。眼前這副詩情畫意的鄉村光景，和過去的納薩力克地下大墳墓所在地，赫爾海姆那種絕望的景色大異其趣。

飛鼠伸手指向鏡子，輕輕向右一揮。映照在鏡子裡的光景立刻隨之轉換。

遠端透視鏡（Mirror of Remote Viewing）。

這是用來顯示指定地點的道具，對於專門獵殺玩家的ＰＫ（Play Killer），或者獵殺ＰＫ的ＰＫＫ（Play Killer Killer）來說都很方便。不過只要使用低階的反情搜魔法，就能輕鬆躲避。不僅如此，還容易遭到攻性防壁的反擊，因此算是不上不下的道具。

不過可以輕鬆顯示外面的景色，對現況來說算是相當好用的道具。

欣賞眼前有如電影景色的草原，鏡子裡的光景持續變化。

「揮手的動作可以捲動影像，那麼這樣就能夠以不同的角度觀察同一個地方囉。」

飛鼠在空中畫圓，讓景色出現角度變化。雖然不斷嘗試錯誤，變化手勢觀察鏡子裡的景色，希望可以看到人，但是到目前為止還沒有發現任何智慧生物——最好是人類。

一直默默重複單調的作業，但是出現的影像幾乎都是毫無變化的草原景色，看久了也感覺有些無趣，因此飛鼠瞄了一眼房裡的另一個人。

「怎麼了嗎，飛鼠大人？如果有事還請儘管吩咐。」

「不，沒什麼事，塞巴斯。」

房裡的另一個人，也就是塞巴斯雖然露出微笑，但是說出的話語似乎別有含意。雖然塞巴斯是絕對服從，但是對於先前沒帶隨從便外出的舉動，似乎頗有微詞。
剛才從地面回來之後，被塞巴斯抓住抱怨了一頓。
「實在拿他沒輒。」
飛鼠說出心裡的想法。
和塞巴斯相處時，總會聯想到過去的公會同伴塔其米桑。畢竟設計塞巴斯角色設定的人，就是塔其米桑。
不過也不需要設計得那麼像自己吧，連生氣的模樣都一樣可怕。
在心裡發過牢騷之後，飛鼠再次看向鏡子。
飛鼠想把剛才花了不少工夫才學會的鏡子操控法，教給迪米烏哥斯。這正是之前飛鼠對迪米烏哥斯說過，關於建構另一個警戒網的想法。
雖然交給屬下負責會比較輕鬆，飛鼠還是想親自處理這個工作。其實飛鼠還有一個目的，就是希望這種確實的工作態度，可以讓屬下見了之後感到佩服。因此絕對不能因為厭倦就半途而廢。為什麼沒辦法從更高的地方俯瞰，如果有說明書就好了——飛鼠帶著苦澀的心情，不斷重複無聊的操控試驗。
不知道過了多少。
可能沒有多久，然而若是沒有成果，感覺時間只是白白浪費。

飛鼠以空虛的表情隨意動手，視野突然越變越大。

「喔！」

驚訝、歡喜、驕傲，飛鼠帶著這些情緒發出驚呼。在束手無策時隨便改變手勢，畫面竟然如願變化。這就像是加班八小時的程式設計師發出的歡呼。

像是在回應這道歡呼，掌聲接著響起。聲音的來源當然是塞巴斯。

「恭喜您，飛鼠大人。塞巴斯實在太佩服了！」

雖然是不斷進行嘗試錯誤才得到的成果，也不需要那麼大驚小怪地稱讚吧。飛鼠雖然如此心想，不過看到塞巴斯的表情還是有些高興，因此坦率接受他的讚美：

「謝謝你，塞巴斯。不過讓你陪了我這麼久，真是抱歉。」

「您在說什麼，隨侍在飛鼠大人身邊，聽從命令，就是身為管家的存在意義。根本不需要感到抱歉……不過，倒是真的花了不少時間。飛鼠大人要不要先稍事休息一下呢？」

「不了，沒那個必要。對於不死者的我來說，不會有疲勞這種負面狀態。如果你累了的話，可以去休息沒關係。」

「謝謝您的體貼心意，但是天底下哪有主人在工作，管家卻在休息的事。藉由道具的幫助，我也不曉得什麼是身體疲勞，還請讓我在飛鼠大人身邊隨侍到最後。」

飛鼠從對話之中發現一件事。就是他們會若無其事地說出遊戲用語。例如特殊技能、職業、道具、等級、損傷、負面狀態等……帶著認真的表情說出遊戲用語，感覺有點奇怪。不過如果不在意這部分，遊戲用語也能通用的話，在下達指示方面也會比較方便。

飛鼠同意塞巴斯的請求後，繼續專心研究鏡子的操控方式。接下來重複幾次類似的動作，終於找到調整俯瞰高度的方法。

露出滿意微笑的飛鼠，開始著手尋找有人的地方。

終於在鏡子上看到類似村莊的景象。

位置是距離納薩力克大墳墓約十公里的西南方。附近有座森林，村莊的四周有麥田，是個充滿鄉間風情的村莊。乍看之下，村莊的開化程度應該不高。

飛鼠擴大村莊的風景，感到有些奇怪。

「……是在舉辦慶典嗎？」

一大早就有人不斷進出房屋，感覺好像很慌張。

「不，這不是慶典。」

來到身旁的塞巴斯用犀利的眼神注視鏡中景象，以有如鋼鐵的聲音回答。

塞巴斯的堅定語氣帶著厭惡的情緒，將俯瞰畫面擴大之後，飛鼠也皺起眉頭。

裝備全身鎧甲的騎士舉起手中的長劍，朝著身穿粗鄙服裝的村民揮下。

這是屠殺。

騎士每揮出一劍，就有一名村民倒下。村民似乎毫無招架之力，只能拚命逃竄。騎士們不斷追殺逃跑的村民。在麥田裡可以看到馬在吃麥子，那應該是騎士的馬。

「嘖！」

飛鼠嘖了一下，想要立刻轉換畫面。這個村莊已經沒有任何價值。如果獲得更多的資訊，或許可以從中找出前往救援的意義，但是就現狀來看，這個村莊沒有解救的價值。

應該要見死不救。

做出如此冷酷判斷的飛鼠，對自己的想法感到疑惑。眼前明明是屠殺的惡行，心裡想的卻只是納薩力克的利益。心中完全沒有浮現憐憫、憤怒、焦急這些身為人應有的基本情感。感覺像是看著電視播放動物和昆蟲的弱肉強食世界。

難道是身為不死者的自己，已經不把人類當成自己的同類。

不，怎麼可能。

飛鼠拚命尋找藉口，想把自己的想法正當化。

自己並非正義的使者。

自己的等級雖然是一百級，但是如同他對馬雷說的，這個世界的普通人等級或許就有一百級。因此不能輕易進入有此可能的未知世界。雖說看起來像是騎士單方的殺戮，但是其中或許有著不為人知的理由。生病、犯罪、殺雞儆猴等各種理由陸續湧現腦海。而且如果插手擊退騎士，或許會與騎士所屬的國家為敵。

飛鼠伸出白骨的手——摸著自己的頭蓋骨思考。變成不怕任何精神效果的不死者之後，對於這樣的光景就變得毫無感覺嗎？絕對不是。

再次揮手，映照出村莊的其他角落。

出現的影像是兩名騎士正要把垂死掙扎的村民從騎士身上拉開。村民遭到強行拉開，雙手也被抓住，站在原地無法動彈。村民就在飛鼠的眼前被劍刺入。劍貫穿他的身體，從另一邊刺出。應該是致命一擊吧，不過長劍依然沒有停止。一劍、兩劍、三劍——像在發洩怒氣般不斷揮砍村民。

最後被騎士踢飛的村民，一邊噴出鮮血一邊倒地。

——村民與飛鼠對看一眼。這或許只是自己的錯覺。

這當然只是偶然。

除了反情搜魔法，一般的方法無法察覺這個鏡子的監視。

村民的嘴角冒出血泡，拚命張開嘴巴。他的眼神焦點模糊不清，不知看向何方，即使如此還是垂死掙扎，開口說出最後一句話：

——救救我的女兒——

「您打算怎麼做呢？」

塞巴斯像是看準時機靜靜開口。
答案只有一個。飛鼠冷靜地回答：
「見死不救。沒有前往解救的理由、價值和利益。」
「——遵命。」
飛鼠若無其事地看向塞巴斯——在他的身後看到過去同伴的幻影。
「這……塔其米桑……」
就在此時，飛鼠想起一句話。

——路見不平，當然要拔刀相助。

在飛鼠剛開始玩ＹＧＧＤＲＡＳＩＬ這款遊戲時，獵殺異形類種族的行為相當流行，選擇異形類種族的飛鼠還記得自己不斷遭到追殺。就在打算離開ＹＧＧＤＲＡＳＩＬ時，那個人的一句話救了自己。
如果沒有那句話，飛鼠現在就不會在這裡。
飛鼠輕輕嘆了一口氣，接著露出無奈的笑容。既然想起這個記憶，那就不得不去救人。
「做人必須知恩圖報……反正遲早也得確認自己在這個世界的戰鬥能力。」

飛鼠向不在此地的老朋友說完之後，擴大村莊的影像直到一覽無遺的程度。接著以專注的眼神想要找出倖存的村民。

「塞巴斯，將納薩力克的戒備等級提升到最高程度。我先走一步，你幫我通知在隔壁待命的雅兒貝德，要她全副武裝隨後過來。不過不准攜帶『地獄深淵(Ginnungagap)』。然後還要準備後援部隊。考慮到可能發生突發狀況，以致於我無法撤退，所以派遣幾名擅長隱藏，或者具有透明能力的手下到這個村莊。」

「遵命，不過保護飛鼠大人的任務請交給我負責。」

「這樣該由誰來下達命令。那些騎士在這個村莊燒殺擄掠，就表示納薩力克附近也可能有騎士入侵。所以你要留下來。」

畫面為之一變，一名少女把騎士打飛的光景映入眼簾。少女帶著一名年紀比她更小的女孩企圖逃走，似乎是她的妹妹。飛鼠立刻打開道具箱，取出安茲．烏爾．恭之杖。

就在少女企圖逃跑時，背部遭到砍傷。時間相當緊迫，飛鼠瞬間說出魔法名稱：

「傳送門。」

沒有距離限制，傳送失敗率0％。

飛鼠使用在ＹＧＧＤＲＡＳＩＬ中，最為確實的瞬移魔法。

眼前的景象瞬間改變。

對方沒有使用阻礙傳送的魔法，讓飛鼠鬆了一口氣。要不然沒有救到人反而被人搶到先機就不妙了。

眼前的景象和剛才所見的一樣。

兩名感到恐懼的少女正在眼前。

看起來像是姊姊的少女，一頭及胸的栗色頭髮綁成麻花辮。經常日曬的健康肌膚因為強烈的恐懼而毫無血色，黑色眼瞳帶著滿溢的淚水。

妹妹——幼小的少女將臉埋在姊姊的腰間，害怕得全身發抖。

飛鼠以冷冽的眼神注視站在兩名少女面前的騎士。

不知道是否因為飛鼠的突然現身感到吃驚，騎士望著飛鼠，忘記揮下手中的長劍。

飛鼠從小到大過著與暴力無緣的生活。對於目前身處的這個世界，也認為並非虛擬世界而是真實世界。即使如此，面對眼前的持劍騎士卻一點都不感到害怕。

這份冷靜讓他作出冷酷的判斷。

飛鼠伸出空無一物的手，立刻發動魔法：

「心臟掌握。」

這個魔法會捏碎敵人的心臟，在一到十級的魔法當中，也是高居九級的即死魔法。在飛鼠擅長的死靈系魔法裡，很多都有即死的效果，這個魔法就是其中之一。

一出手就選擇這個魔法是因為如果遭到抵抗，這個魔法還有讓敵人產生朦朧狀態的追加效果。

如果遭到抵抗，他打算帶著兩名少女一起跳進依然開啟的「傳送門」。在尚未摸清對手底細前，就要事先想好退路和後續方案。

只是完全用不到備案。

隨著飛鼠手中傳來捏碎柔軟物體的感覺，騎士無聲無息癱軟倒地。

飛鼠冷冷地俯瞰倒在地上的騎士。

心裡早有預感，即使殺了人也不會出現什麼感受……

內心沒有任何罪惡感、恐懼感和混亂感，彷彿平靜無波的湖面。這是為什麼呢？

「原來如此……看來不只是肉體，連內心也不再是人類了嗎……」

飛鼠邁步向前。

經過兩名少女旁邊時，可能是對騎士的死感到害怕，姊姊有些疑惑地發出聲音。

飛鼠很明顯是前來救她的。即使如此，少女還是對於飛鼠突如其來的舉動感到奇怪，她到底在想什麼呢？

雖然對此感到懷疑，不過飛鼠現在沒有時間多問。稍微確認姊姊身上的破舊衣服還有背部滲血的傷口之後，飛鼠將兩名少女藏在自己的後面，以犀利的眼神注視從附近房屋現身的另一名騎士。

騎士也看到飛鼠，似乎感到害怕地後退一步。

「……敢追捕少女，卻不敢面對強敵嗎？」

飛鼠面對散發懼意的騎士，選擇接著要發動的魔法。

剛才飛鼠第一招就使出自己會的魔法當中相當高階的「心臟掌握」。這類魔法算是飛鼠的擅長領域。因為飛鼠的常駐型特殊技能造成即死機率上升，和死靈魔法強化都加強「心臟掌握」的效果。不過這麼一來就無法得知那名騎士原本有多強。

所以應該對這名騎士使用其他的魔法，不要讓騎士立刻死亡。這樣一來可以判斷這個世界的強度，也可以當作確認自己實力的機會。

「——既然特地過來，當然要找個實驗的對象。你就陪我做個實驗吧。」

飛鼠的死靈系魔法雖然有所強化，但是單純的攻擊魔法造成的傷害不高。此外金屬鎧甲比較怕電擊系魔法，因此在ＹＧＧＤＲＡＳＩＬ裡，通常都會在鎧甲加入電擊抗性。正因為如此，飛鼠特意選用電擊系魔法攻擊對方，藉以計算損傷。

因為目的並非想要殺死對方，所以不必使用特殊技能強化效果。

「『龍雷（Dragon Lightning）』。」

一道有如飛龍的白色電擊出現，在飛鼠的手上和肩膀激烈奔騰。瞬間白色電擊像是落雷發出耀眼的光芒，往飛鼠指示的騎士飛出。

無法躲避，也無法防禦。

遭到龍形電擊命中的騎士身體瞬間發出耀眼白光，雖然有些諷刺，但是看起來很美。

耀眼的光芒一瞬即逝，騎士有如斷線的人偶癱倒在地。鎧甲底下的身體已經燒焦，同時發出異臭。

原本還想追擊的飛鼠，對於騎士的脆弱程度感到有些傻眼。

「真弱……竟然這樣就死了……」

對飛鼠來說，五級的魔法「龍雷」算是很弱的魔法。在適合一百級玩家的練功場所，飛鼠通常會使用八級以上的魔法。五級魔法幾乎沒有派上用場的機會。

知道騎士這麼脆弱，只要用五級魔法就能消滅之後，飛鼠的緊張感瞬間消失得無影無蹤。當然也有可能是這兩名騎士特別弱，即使如此，還是感到放鬆不少。不過利用傳送魔法撤退的計畫依然沒變。

對方也可能是特別強化攻擊力的騎士。而且在ＹＧＧＤＲＡＳＩＬ裡擊中脖子算是致命一擊，只會大幅增加損傷，但是在現實世界裡可是會致命。

不再緊張的飛鼠反而提高戒心。如果因為不小心而喪命，那就太蠢了。

接下來應該繼續試驗自己的力量。

飛鼠發動自己的特殊技能。

——創造中階不死者，死亡騎士（Death Knight）——

這是飛鼠的特殊技能之一，可以創造各種不死者魔物。其中的死亡騎士是飛鼠愛用的不死者魔物，作為防盾相當好用。

等級大約三十五級，攻擊力只和二十五級魔物相當，但是防禦力相當不錯，約有四十級魔物的水準。這種等級的魔物對飛鼠來說沒什麼用。

不過死亡騎士有兩個非常重要的特殊技能。

一個是可以完全吸引敵人的攻擊。另外一個是僅限一次，不管受到什麼攻擊都能以HP剩1的方式抵擋。因為有這兩項特殊技能，所以飛鼠經常把死亡騎士當作防盾。

這次也同樣期待它能發揮防盾效果加以創造。

在YGGDRASIL時，只要使用創造不死者這個特殊技能，不死者就會從空中冒出，出現在召喚者的四周。不過這個世界好像不一樣。

一陣黑霧憑空出現，立刻往心臟被捏碎的騎士身體飛去，然後加以覆蓋。

黑霧慢慢膨脹——融入騎士的身體。接著騎士有如殭屍左搖右晃慢慢站起。「噫！」雖然聽到少女們發出驚呼，不過飛鼠無暇理會。因為飛鼠也對眼前的光景感到吃驚。

隨著噗嚕噗嚕的聲音，幾道黑色液體從騎士頭盔的縫隙中流出，應該是從騎士口中噴出來的吧。

黑色液體彷彿無窮無盡不斷冒出，將騎士的身體加以包覆。看起來就像是遭到史萊姆吞噬的人類。被液體完全包裹的騎士開始扭曲變形。

經過數秒鐘，黑色液體退去，眼前出現不折不扣的死亡騎士。

身高增加到兩百三十公分，體型也跟著變大，已經不像人類，說是野獸還比較適合。

左手拿著擋住四分之三身體的巨大盾牌——塔盾，右手拿著波紋劍。這把將近一百三十公分的巨劍，原本需要雙手才能拿起，但是巨大的死亡騎士卻以單手輕鬆舉起。波浪劍身瀰漫駭人的紅黑霧氣，有如心跳不斷鼓動。

巨大身軀上的全身鎧甲是由黑色金屬製成，上面布有看似血管的紅色紋路。鎧甲上到處可見銳利尖刺，簡直就是暴力的化身。頭盔冒出惡魔犄角，可以看到底下的臉。那是腐爛不堪的可怕面貌，空洞的眼窩閃爍充滿恨意與殺意的紅色光芒。

破爛不堪的黑色披風隨風飄揚，死亡騎士正在等待飛鼠的命令。那副模樣就是名符其實的不死者騎士。

和召喚根源火元素、月光狼時一樣，飛鼠利用與召喚獸之間的精神連結，指著遭到「龍雷」擊斃的騎士屍體下令：

「將襲擊這個村莊的騎士——全部消滅。」

「喔喔喔啊啊啊啊啊啊啊啊啊——！」

震耳欲聾的咆哮聲響起。

令聞者起雞皮疙瘩的叫聲充滿殺氣，連空氣也為之震動。

死亡騎士開始狂奔，動作快如閃電，有如知道獵物藏身處的獵犬，毫不遲疑地向前奔去。有著不死者對生命充滿怨恨，想要趕盡殺絕的敏銳。

身影轉眼間越來越小的死亡騎士背影，令飛鼠明顯地感受到和在YGGDRASIL時明顯不同的差異。

那就是「自由度」。

本來死亡騎士只會待在召喚者的飛鼠身邊待命，伺機攻擊來襲的敵人。不會聽從那樣的命令，主動發動攻擊。這個差異在這個充滿未知的狀況，或許會招來致命的危險。

飛鼠如今覺得有些失策，不斷搔頭嘆息：

「竟然跑掉了……防盾怎麼可以拋下保護對象啊。雖然下令的人是我……」

飛鼠責備自己的失策。

雖然還能夠創造不少死亡騎士，不過在尚未掌握敵人實力和身邊狀況的現在，還是要盡量節省使用次數有限的技能。不過飛鼠是後衛的魔法角色，在沒有前鋒防盾的現在，飛鼠等於是沒穿衣服一樣危險。

因此需要再創造一隻防盾角色。這次來做個實驗，看看不用屍體是否也能創造。

就在飛鼠如此思考的同時，一個人影從尚未關閉的「傳送門」現身。同一時間，效果時間結束的「傳送門」也慢慢消失無蹤。

一名全身穿著黑色鎧甲的人物就此現身。

那副鎧甲看起來就像惡魔。長滿尖刺的漆黑鎧甲包覆全身，沒有露出半點肌膚。戴著長有爪子的金屬手套，一隻手拿著黑色鳶盾，另一隻手輕鬆拿著發出綠色光芒的巨斧。血紅色的披風隨風飛揚，裡面的罩衫也是相得益彰的血紅色。

「準備花了一些時間，十分抱歉。」

雅兒貝德悅耳的聲音，從有角全罩頭盔底下傳來。

雅兒貝德的等級，分配在擅長防禦的黑暗騎士等類似邪惡騎士的職業。因此在納薩力克中等級一百級的三名戰士系NPC——塞巴斯、科塞特斯和雅兒貝德裡，雅兒貝德擁有最強的防禦力。

也就是說，她是納薩力克的最強防盾。

「不，沒關係，來得正好。」

「謝謝。那麼……要怎麼處置這些苟延殘喘的下等生物呢？如果不想弄髒飛鼠大人尊貴的雙手，就由我來代勞吧。」

「……塞巴斯是怎麼跟妳說的？」

雅兒貝德沒有回應。

「原來妳沒有仔細聽啊……我要拯救這個村莊。眼前的敵人是倒在地上那些身穿鎧甲的騎士們。」

看到雅兒貝德點頭表示了解，飛鼠移動目光。

「那麼……」

兩名少女在飛鼠目不轉睛的注視下，不斷縮起身子，想要盡量隱藏自己的身體。身體不斷顫抖，不知是因為看到死亡騎士，還是那聲咆哮，又或是聽到雅兒貝德的發言。

或許全部都是。

覺得應該先表現善意的飛鼠，向姊姊伸手想幫她療傷，但是姊妹兩人卻會錯意。

姊姊的胯下先濕了一片，就連妹妹也一起失禁——

「…………」

一股氨氣的臭味在四周擴散，令飛鼠湧現感覺不到的強烈疲勞感。雖然不知該如何是好，向雅兒貝德求助也沒什麼用，因此飛鼠決定繼續表達善意：

「……妳好像受傷了。」

身為社會人的飛鼠，早已將視若無睹的能力鍛鍊到一定的等級。

假裝沒看到的飛鼠打開道具箱，從裡面拿出一個背包。雖然這個背包稱為無限背袋（Infinity Haversack），不過可放的重量最多只有五百公斤。

因為這個背包裡的道具可以設定在控制介面的快捷鍵，因此ＹＧＧＤＲＡＳＩＬ的玩家都會把想要立刻使用的道具放入這個背包裡。

在好幾個無限背袋裡翻找，好不容易找出一瓶紅色藥水。

這瓶低階治療藥（Minor healing Potion）可以恢復五十點ＨＰ，在ＹＧＧＤＲＡＳＩＬ的初期經常會用到。不過對於現在的飛鼠來說，完全不需要這個道具。因為這瓶藥水屬於正能量的治療，對於不死者的飛鼠來說，等於會受到損傷的毒藥。不過公會成員並非全都是不死者，所以飛鼠才會留著這些道具。

「喝吧。」

飛鼠隨手遞出紅色藥水。姊姊嚇得臉色蒼白：

「我、我喝！但是請放過我妹妹——」

「姊姊！」

帶著哭泣表情想要阻止姊姊的妹妹，還有向妹妹道歉伸手接過藥水的姊姊。看著兩人如此互動的飛鼠感到一頭霧水。

自己明明在緊要關頭救了她們，還親切地拿出藥水，為什麼要在自己的面前表現出姊妹的親情。這到底是怎麼回事。

完全不被信任。雖然一開始想見死不救，但是就結果來說也算是她們的救命恩人，應該痛哭流涕抱著我感謝才對吧。漫畫和電影不是經常出現這種場景嗎？不過目前的狀況卻是完全相反。

到底是哪裡做錯了？果然還是要美形角色才有那樣的特權嗎？

飛鼠無肉無皮的臉上浮現疑問神情，一道溫柔的聲音突然響起：

「……飛鼠大人好意賜藥給妳們，沒想到妳們竟然不肯接受……區區的下等生物……實在是罪該萬死。」

雅兒貝德很自然地舉起長柄戰斧，打算當場將兩人斬首。

冒著危險前來解救卻受到這種對待，飛鼠可以體會雅兒貝德的心情，不過如果放任雅兒貝德殺害兩人，就失去前來搭救的意義。

「等、等等，不要衝動。事情有輕重緩急之分，放下武器。」

「……遵命，飛鼠大人。」

雅兒貝德溫柔地回應，收起長柄戰斧。

不過雅兒貝德發出的強烈殺氣，已經足以令兩名少女害怕到牙齒發抖，也讓飛鼠不存在的胃感到抽痛。

總之立刻離開這裡吧。

繼續留在這裡，不知道還會發生多少不幸的事。

飛鼠再次遞出藥水：

「這是治療的藥，沒有什麼危險。快點喝吧。」

飛鼠以溫柔的語氣與強烈的意志如此說道。同時帶著不快點喝會被殺的言外之意。

聽到這句話的姊姊睜大眼睛，急忙接過藥水一口氣喝光。然後露出驚訝的表情：

「不會吧……」

摸摸自己的背，無法置信地扭動身體，撫摸、拍打自己的背部。

「已經不痛了嗎？」

「是、是的。」

彷彿愣住的姊姊點頭表示不痛。

看來她身上的小傷，只要使用低階治療藥就已足夠。

感到認同的飛鼠於是發問。這是絕對無法避免的問題，根據這個問題的回答，將會對今後的行動有所影響。

「妳們知道魔法嗎？」

「知、知道。偶爾過來我們村莊的藥師……我的朋友會使用魔法。」

「……這樣啊，那麼事情就好解釋了。我是魔法吟唱者。」

飛鼠語畢吟唱魔法：

「拒絕生命之繭（Antilife Cocoon）。」

「擋箭之牆（Wall Of Protection From Arrows）。」

以姊妹為中心，出現半徑三公尺的防護光罩。第二個魔法雖然沒有肉眼可見的效果，不過空氣的流動有了些許變化。本來只要再使用對付魔法的魔法就更萬無一失，但是不知道這個世界有什麼魔法，所以暫時不使用。若是敵人裡有魔法吟唱者，只能算她們運氣不好。

「我替妳們施加生物無法通過的保護魔法，還有減弱射擊攻擊的魔法。妳們只要待在這裡，應該就可以平安無事——為了保險起見，再給妳們這個東西。」

簡單地對目瞪口呆的姊妹兩人說明魔法效果，飛鼠取出兩個其貌不揚的號角扔去。

號角似乎不在阻擋對象裡，直接穿過擋箭之牆落在姊妹的身邊。

「這個道具叫哥布林將軍之號角，只要吹響這個號角，哥布林——小型魔物就會出現在妳的面前。命令牠們保護自己吧。」

在ＹＧＧＤＲＡＳＩＬ裡，除了部分消耗道具之外，大部分的道具都可以裝入電腦數據水晶，隨心所欲組成各種原創道具。此外還有無法用來組裝的工藝品道具，只是固定的電腦數據，這個號角就是這類道具的低階類型之一。

飛鼠曾經用過這個號角，當時可以召喚十二隻多少有點能力的哥布林、兩隻哥布林弓兵（Goblin Archer）、一隻哥布林魔法師（Goblin Mage）、一隻哥布林祭司（Goblin Cleric）、兩隻哥布林騎兵&狼（Goblin Rider & Wolf）和一隻哥布林指揮官（Goblin Leader）。

雖然號稱哥布林軍隊，不過人數不多，而且很弱。

對飛鼠來說算是垃圾道具，沒有把它丟掉才是不可思議。如今竟然可以有效利用這個垃圾道具，飛鼠覺得自己真是聰明。

而且這個道具還有一個優點，那就是召喚出來的哥布林，一直到死亡為止才會消失，不會隨著時間經過而消滅。至少可以用來爭取時間。

如此說完的飛鼠轉身離開，一邊回想這個村莊的現狀，一邊帶著雅兒貝德前進。不過只走了幾步，後面就有兩道聲音傳來。

「那、那個——謝、謝謝您救了我們！」

「謝謝您！」

這兩句話讓飛鼠停下腳步，回頭看了一眼熱淚盈眶道謝的兩名少女。他只是簡短地回了一句：

「……別放在心上。」

「還、還有雖然覺得有點厚臉皮，不、不過我們能夠依賴的人也只有您了。拜託、拜託！還請救救我們的父母！」

「知道了。如果還活著，我會救他們。」

飛鼠隨口答應之後，姊姊睜大雙眼，不敢置信地露出驚訝的表情，不久之後才回過神來低頭道謝：

「謝、謝謝！謝謝您，真的非常感謝！還、還有，請問您的……」少女支支吾吾地發問：「請問您的大名是……？」

飛鼠不經意就要脫口而出，不過最後沒有說出自己的名字。

飛鼠這個名字是過去的安茲．烏爾．恭公會長的名字。那麼現在的自己該叫什麼？最後一位留在納薩力克地下大墳墓的自己的名字……

——啊啊，對了。

「……記住我的名字。我的名字叫——安茲．烏爾．恭。」

4

「喔喔喔喔啊啊啊啊啊啊！」

大氣隨著咆哮劇烈震動。

這是從屠殺轉變成另一個屠殺的信號。

獵殺者搖身一變——變成獵物。

隆德斯・迪・葛蘭普不知道咒罵過自己信仰的神幾次。大概在這幾十秒鐘，已經罵了超過一輩子的次數吧。如果神真的存在，現在就應該現身打倒邪惡的存在。為什麼對虔誠的信徒隆德斯見死不救呢？

神並不存在。

一直以來，總是看不起說這些傻話不信神的人——如果不信神，那麼神官施行的魔法又是如何成立——然而真正愚蠢的人其實是自己吧。

眼前的魔物——暫時稱為「死亡騎士」吧——一步一步逼近。

反射性地退後兩步，拉開距離。

身上的鎧甲不斷抖動發出刺耳的聲音，雙手握住的劍尖也晃個不停。不只一個人，包圍死亡騎士的十八名同伴的劍尖都一樣。

雖然身體受到恐懼支配，卻沒有人逃走。不過這並非勇敢，從牙齒發出喀喀作響的聲音就可以證明，如果能夠逃走，他們絕對會拚命逃走。

——因為他們知道逃不掉。

隆德斯稍微移動目光，尋求救助。

這裡是村莊的中央，當作廣場使用的這個場所周圍，聚集了六十幾名被隆德斯他們抓來的村民，露出恐懼的表情望向隆德斯一行人。一群小孩躲在稍高的木製台座後面。

幾個小孩拿著棍棒，不過沒有擺出戰鬥架勢，因為光是不讓棍棒掉落就已經用盡全力。

隆德斯攻擊這個村莊時，從四面八方將村民趕到中央廣場。搜過房子之後，為了防止有人躲在秘密地下室裡，預定淋上鍊金術油加以燒毀。

四名騎馬騎士在村莊周圍持弓戒備，即使有人逃到村外，也能確實射殺。這個方式已經試過好幾次，可以說是萬無一失。

雖然屠殺花了一些時間，不過還算順利，也將倖存的村民集中到一個地方。然後適當地讓幾個村民逃走。

原本應該是如此，不過——

隆德斯還記得那個瞬間。

在比較晚逃進廣場的村民後面，負責善後的另一名同伴艾利恩飛在空中的畫面。

由於太過不可思議，沒人知道是怎麼回事。身上穿著全身鎧甲——雖然利用魔法減輕重量，還是有一定的重量——受過鍛鍊的成年男子，竟然像球一樣飛在空中，又有誰可以理解這是怎麼回事。

艾利恩飛了七公尺以上的距離，這才落地發出震耳欲聾的巨響，再也無法動彈。

在艾利恩原來的位置，有個更加難以置信的異形——令人毛骨悚然的不死者「死亡騎士」，慢慢地放下擊飛艾利恩的大盾站在眼前。

一切的絕望就此拉開序幕。

「呀啊啊啊啊！」

脫序的尖叫聲響徹雲霄。圍成圓陣的一名同伴忍受不住駭人的恐怖，發出哀號逃跑。

在這個極限狀態下，好不容易維持平衡的線突然斷掉的話，緊繃的緊張感就會瞬間瓦解。不過圍成圓陣的同伴，沒有人跟著一起逃亡。原因很快得到證明。

在艾利恩的視野角落，出現一陣黑色旋風。

「死亡騎士」的龐大軀體雖然大幅超越人類的平均身高，但是敏捷的程度超乎想像。

逃走的同伴只跑了三步。

要跨出第四步時，白銀的光輝立刻輕鬆將軀體一刀兩斷。分成左右兩半的身體分別往兩旁倒下。周圍立刻傳來帶著酸氣的臭味，粉紅色內臟從斷面四散。

「咕嗚嗚嗚——」

揮舞波紋劍，身上濺滿鮮血的「死亡騎士」高聲吼叫。

那是喜悅的吶喊——

即使是令人無法直視的腐爛臉龐，還是看得出喜悅之情。「死亡騎士」以絕對優勢的殺戮者角色，享受人類的不堪一擊、恐怖與絕望。

即使手拿著劍，也沒有任何人發動攻擊。

一開始雖然害怕，還是嘗試發動攻擊。不過即使用劍閃過對方的防禦幸運擊中，也無法對「死亡騎士」身上的鎧甲造成半點損傷。

相反的，「死亡騎士」沒有用劍，光是用盾牌就把隆德斯撞飛。而且力量不至於致死。會故意放水，不外乎是想要「戲弄」。明顯可以看出「死亡騎士」想要欣賞脆弱人類垂死掙扎的模樣。

這樣的「死亡騎士」只有在騎士想逃跑的時候，才會認真地使出致命一擊。

最先逃跑的騎士是利利克。脾氣好但喝了酒之後會發酒瘋的男子，頭瞬間就與四肢分家。只要看過兩次，大家即使不願意也都心知肚明，所以誰也不敢逃走。

攻擊無效，打算逃亡就會被殺。

這麼一來只剩下一條路。那就是被玩到死。

雖然大家都戴著全罩頭盔，無法看到底下的表情，但是每個人應該都知道自己的命運了吧。周圍響起成年男子有如小孩的哭泣聲。一直以來恃強凌弱的人，沒有自己也會落到這種下場的覺悟。

「神啊，請救救我……」

「神啊……」

聽到幾個人哽咽求神保佑。隆德斯也差點無力跪下，放聲咒罵或是求神保佑。

「你、你們這些傢伙！快點擋住那個怪物！」

領悟命運的騎士開口祈禱時，有如走音聖歌的刺耳聲響起。

說出這句話的人是位在「死亡騎士」身旁的騎士。為了想要盡量遠離一分為二的同伴屍體，墊起腳尖不斷發抖的模樣實在有夠滑稽。

隆德斯看著那副狼狽的模樣皺起眉頭。因為戴著全罩頭盔，看不見臉，聲音又因為害怕而變調，很難判斷是誰發出的聲音。不過會用那種口氣說話的人只有一個。

……貝留斯隊長。

隆德斯的表情為之扭曲。

他為了下流的慾望侵犯村女，與對方的父親起了衝突之後尋求幫忙。把他拉開之後又到處遷怒，朝對方的父親不停揮劍──他就是這種人。不過他在國家裡算是有錢的資產家，為了鍍金才會加入部隊。

就是讓這種男人當隊長，這次才會這麼不吉利。

「我不是可以隨便死在這裡的人！你們快點幫我爭取時間！以身為盾保護我！」

沒有人行動。雖然美其名為隊長，但是一點聲望也沒有，誰會為了這種男人犧牲性命。

只有「死亡騎士」對於巨大音量有了反應，慢慢轉向貝留斯。

「噫————！」

站在「死亡騎士」旁邊還可以叫得那麼大聲，只有這點算是很了不起。

對這種奇怪地方感到佩服的隆德斯，再次聽到貝留斯發出恐懼的尖銳聲響：

「錢，我給你們錢。兩百金幣！不，五百金幣！」

他提出的賞金是很高的金額，不過在這個時候，簡直像是從五百公尺的斷崖跳下去還能存活，就給予賞金一樣。

雖然沒有人動作，不過有一個人——不，應該說是半個人動了起來，像是想要回答。

「喔噗噗喔喔喔喔喔喔……」

身體被砍成兩半的騎士右半身抓住貝留斯的腳踝。嘴巴吐著血發出不像是說話的聲音。

「——喔呀啊啊啊！」

貝留斯高聲尖叫，周圍的騎士還有一旁見狀的村民們，全都不禁身體僵硬、毛骨悚然。

在YGGDRASIL裡，當死亡騎士殺死對象之後，就會在殺害地點出現與對象相同等級的不死者。死亡騎士的劍下亡魂將永遠成為隨從，這是遊戲裡的設定。

貝留斯停止哀號，像個斷線的人偶仰天倒地。大概已經失去意識了吧。「死亡騎士」靠近毫無防備的男子，刺出手中的波紋劍。

貝留斯的身體動了一下──

「嗚、嗚喔喔喔喔喔喔喔！」

──痛到醒來的貝留斯發出震耳欲聾的尖叫：

「放、放了偶！啾啾你！要偶揍什麼都尋！」

貝留斯雙手抓住刺入身體的波紋劍，不過「死亡騎士」視若無睹，有如鋸子一般上下移動波紋劍，身體連同鎧甲遭到殘忍鋸斷，鮮血四處飛濺。

「呀──偶、偶給你錢，放、放了偶──」

貝留斯的身體抖了幾次，終於嚥下最後一口氣。這時「死亡騎士」才滿意地離開貝留斯的屍體。

「……不、不要、不要。」

「神啊！」

因為眼前光景而錯亂的同伴發出哀號。只要逃跑立刻就會喪命，可是待在這裡的下場比死更慘。雖然心知肚明依然無計可施，身體動彈不得。

「──冷靜一點！」

隆德斯的咆哮制止了哀號。現場瞬間鴉雀無聲，時間像是停止轉動。

「──撤退！快點發出暗號，呼叫馬匹和弓騎兵過來！剩下的人在吹響號角之前，盡量爭取時間！我可不想遭遇那種死法，開始行動！」

所有人瞬間行動。

不見剛才的手足無措，大家默契十足地開始行動，氣勢如同飛濺而下的瀑布。

機械式地聽從命令，停止思考造成有如奇蹟的狀況。如此一絲不亂的動作，應該不可能出現第二次吧。

騎士們互相確認該做的事。必須保護那名負責吹響號角，進行聯絡的騎士才行。

退後數步的騎士把劍放下，從背包裡取出號角。

「喔喔喔喔啊啊啊啊啊啊！」

似乎是對取出號角的動作所所反應，「死亡騎士」開始奔跑。目標是拿出號角的騎士，每個人心中都涼了一半，對方是想摧毀逃亡方法，徹底趕盡殺絕嗎？

漆黑濁流不斷逼近，大家都很清楚只要上前阻擋，下場只有死路一條。不過騎士們還是前仆後繼地擋在對方的面前築起防波堤。以更強烈的恐懼抹煞掉眼前的恐懼，挺身阻擋。

盾牌只要一有動作，就有騎士遭到擊飛。

劍光一閃，騎士的上半身與下半身便就此分家。

「狄茲！摩列特！快把死於劍下的人頭砍掉。不快一點他們就會變成殭屍！」

被點到名的騎士急忙奔向慘遭殺害的同伴。

盾牌再次揮動，騎士飛在空中，身體被接連揮出的波紋劍一刀兩斷。

轉瞬間已有四個同伴喪命。隆德斯雖然心存恐懼，依然持劍面對漆黑暴風的來臨，就像準備慷慨赴義的殉教者。

「喔喔喔喔喔喔！」

就算毫無勝算，隆德斯也不打算坐以待斃，開口發出戰嚎，全力向迎面而來的「死亡騎士」揮下手中的長劍。

不知是否因為這個極限舞台，讓隆德斯的肌力突破限界，揮出連自己都感到驚訝的一劍，也是人生中最棒的一劍。

「死亡騎士」也揮出波紋劍。

一閃過後，隆德斯的眼前天旋地轉——

只看見自己失去頭顱的軀體癱倒在地。隆德斯的劍畫過空無一物的空間。

就在同一時間，號角的聲音震天響起──

●

村莊的方向傳來號角的聲音，飛鼠──安茲抬起頭來。

地上是在村莊周圍警戒的騎士屍體。身處濃烈的血腥味中，安茲心無旁騖地不斷進行實驗，這時忍不住暗罵自己搞錯優先順序。

安茲拋下手中的劍。原本屬於騎士的劍掉在地上，磨利的劍身沾上泥土。

「……以前明明說過羨慕可以減輕物理損傷，或是永久減少傷害的能力。」

「安茲．烏爾．恭大人。」

「……叫我安茲就好了，雅兒貝德。」

聽到安茲要求簡稱，雅兒貝德顯得有些混亂：

「咕、咕呼──！可、可以嗎？以簡稱呼喚四十一位無上至尊，如今是納薩力克統治者們的名號，這、這未免太不敬了！」

安茲覺得這沒有什麼大不了。

不過她會這麼想，就表示對安茲．烏爾．恭這個名字感到尊敬，安茲倒是覺得滿高興的。因此他的語氣變得更加溫柔：

「沒關係喔，雅兒貝德。在我過去的同伴出現之前，這個名字就是我的名字。所以我允許妳這麼稱呼。」

「遵命，不、不過請讓我加上敬稱。那、那麼……我的主人安、茲大人，呵呵呵……對、對了……」

雅兒貝德害羞地扭動身體。

不過現在的雅兒貝德穿著全身鎧甲，看不到她的美麗容貌。因此安茲只是覺得她的模樣十分異常。

「該、該不會，呵呵呵……只有我、我比較特別，可以這樣稱呼……」

「不，每次都以這麼長的名字稱呼也有點彆扭，所以我想統一讓大家都這麼稱呼。」

「……這樣啊——是啊——說得也是——」

面對心情瞬間跌到谷底的雅兒貝德，安茲帶著些許的不安發問：

「……雅兒貝德，關於我自稱這個名字，妳有什麼看法？」

「我覺得這個名字非常適合您。和我愛的——咳咳，整合無上至尊的您非常相稱。」

「……這個名字原本是代表我們四十一人，也包括創造妳的翠玉錄桑。不過我卻無視妳的其他主人，擅自拿來當作自己的名字，關於這點妳覺得他們會怎麼想呢？」

「……雖然可能惹您生氣……不過請恕我斗膽說一句。如果令安茲大人感到不悅，就命令我自盡吧……由陪伴我們至今的飛鼠大人使用那個名號，拋棄我們的那些至尊或許多少會有意見吧。不過在那些至尊不見蹤影的現在，由留到最後的飛鼠大人使用這個名號，我只感覺得到高興。」

語畢的雅兒貝德低下頭，安茲沒有開口。

只有「拋棄我們」這句話一直在腦中盤旋不去。

過去的同伴都有各自的理由才會離去。ＹＧＧＤＲＡＳＩＬ只不過是一款遊戲，沒辦法為了遊戲拋棄現實生活。對「飛鼠」來說也是如此。可是難以拋棄安茲．烏爾．恭，還有納薩力克地下大墳墓的自己，難道沒有對過去的同伴抱持一向壓抑的憤怒嗎？

竟然拋下我一個人。

「……或許是那樣，也或許不是那樣。人的情緒相當複雜……沒有正確答案……把頭抬起來，雅兒貝德。我了解妳的想法了。決定了……這就是我的名字。在我的同伴提出異議之前，安茲．烏爾．恭就是我一個人的名字。」

「遵命。我們至尊無上的主人……而且由我最愛的人擁有這個尊貴的名號，實在太令人高興了。」

最愛的人……啊。

不安的安茲暫時不理會這個問題。

「……是嗎。那就多謝了。」

「那麼安茲大人，要不要在這裡消磨一下時間呢？雖然我只要陪在安茲大人身旁就心滿意足，不過……對了，散步一下應該也不錯。」

這可不行。因為安茲是來解救這個村莊。

那對姊妹拜託解救的父母，先前確認已經身亡。

想起他們的屍體，安茲搔起自己的頭。

看到兩人的屍體時，安茲的心情就像看到死在路旁的小蟲屍體，沒有出現任何可憐、哀傷與憤怒的情緒。

「……嗯，姑且不論散步，現在確實沒有什麼急事。死亡騎士似乎也很盡忠職守。」

「真不愧是安茲大人創造的不死者，完美執行工作的模樣令人佩服。」

安茲利用魔法和特殊技能創造的不死者魔物，透過安茲的特殊技能，會比一般魔物更強大。剛才的死亡騎士當然也比一般還要強。不過頂多只是三十五級的魔物，和必須消耗安茲的經驗值才能創造的死之統治者賢者（Overlord Wiseman）、具現化死神（Grim Reaper Thanatos）相比，並不是什麼大不了的魔物。那麼弱小的不死者魔物竟然戰鬥到現在，就表示敵人不怎麼強。

也就是說沒有危險。

這個事實讓他想要做出喜悅的姿勢，但是需要扮演威嚴主人的安茲還是壓抑心中的情感。只是長袍底下的手倒是緊緊握住。

「只是襲擊這個村莊的敵人太弱了。那麼我們也去確認一下這個村莊的倖存者吧。」

安茲在移動之前，想起在這之前還有該做的事。

首先是解除安茲．烏爾．恭之杖的效果。瀰漫的邪惡靈氣就像被風吹過的燭火消失得無影無蹤。

接下來安茲從道具箱取出一個可以將整個頭全部遮住的面具。上面有著過度的裝飾，不像在哭也不像在生氣，而是十分難以形容的表情。和岩里島上的讓特或巴龍的面具倒是有些相似。

雖然這個面具看起來詭異，不過倒是沒有隱藏任何力量。只是一個連電腦數據都無法安裝的活動道具。

必須在聖誕夜的十九點到二十二點這段時間，登入ＹＧＧＤＲＡＳＩＬ兩小時以上才能得到——不，只要那段時間裡待在遊戲中兩小時，一定可以得到。可說是受詛咒的道具。

面具的名稱是嫉妒者們的面具，簡稱嫉妒面具。

安茲戴上這個曾經讓某個大型留言網站的ＹＧＧＤＲＡＳＩＬ討論區充斥「營運公司瘋

了嗎？」、「我們就在等這個。」、「我們公會裡有人沒有這個面具，可以ＰＫ他嗎？」、「我不當人了喔喔喔！」等訊息的面具。

接著再拿出金屬手套。外表是隨處可見的粗製濫造鐵護手，沒有什麼特色。

這個道具名叫鐵手套，是安茲・烏爾・恭成員做來玩的外裝護手。唯一的能力是可以提升肌力。

裝備這些道具，將自己的骷髏外表全部掩蓋。

事到如今還要掩飾外表，當然有他的理由。因為安茲發現自己犯下致命的錯誤。

已經習慣ＹＧＧＤＲＡＳＩＬ這款遊戲的安茲，對於自己的骷髏外表並不覺得可怕。不過對這個世界的人來說，安茲的外表等於是恐怖的代名詞。不管是差點喪命的兩名少女，還是全副武裝的騎士都感到害怕。

總之先利用道具將外表從邪惡的怪物降級成邪惡的魔法吟唱者——應該吧。最後不知道該怎麼處置法杖，不過還是決定帶在身上。反正也不太麻煩。

「事到如今才在求神保佑，早知如此當初就不該殺人。」

安茲拋出一句無神論者才會說的台詞，從手指交握擺出祈禱動作的屍體身上移開目光，接著發動魔法。

「飛行。」

安茲輕飄飄地飛上天空。不久雅兒貝德也跟著飄浮起來。

『——死亡騎士，如果還有騎士活著就別再殺了。他們還有利用價值。』

對安茲的意念產生反應，死亡騎士接受命令的回應傳來。到底遠方的死亡騎士在什麼狀況傳達什麼樣的想法過來，那種感覺相當難以形容。

高速往號角響起的方向飛去。風不斷吹拂身體，在YGGDRASIL時不曾如此快速飛行。緊貼身體的長袍有點不舒服，不過這樣的時間相當短暫。

很快抵達村莊上空，安茲從上空俯瞰整個村莊。

安茲發現廣場的部分地面像是吸了水一樣變黑。裡面有好幾具屍體和幾名搖搖晃晃的騎士，還有站在地上的死亡騎士。

安茲數著奄奄一息，連動都懶得動的倖存騎士——總共有四人。比需要數量還多，不過多一點也無所謂。

「死亡騎士，到此為止。」

這道聲音在這個地方有點格格不入，就像在商店裡向老闆告知想買的東西那樣隨便。對安茲來說，這個情況確實有如到商店買東西一樣輕鬆。

安茲在雅兒貝德的陪伴下，緩緩降落地面。

彷彿虛脫的騎士全都目瞪口呆地望著安茲兩人。明明在等待救援，來的卻是最不想見到的當事者，希望完全破滅。

「各位騎士，初次見面，我叫安茲．烏爾．恭。」

沒人回應。

「棄械投降可以保全性命。若是還想再戰——」

一把劍立刻被拋下。接著共有四把劍亂七八糟丟在地上。這段時間沒有任何人開口。

「……看來似乎很累啊。不過在死亡騎士的主人面前，你們的頭倒是抬得很高。」

騎士們聞言立刻默默地下跪，垂下頭來。

那副模樣不像是跪拜的臣子，更像等待斬首的囚犯。

「……我會讓你們活著回去。然後替我向你們的主人——飼主轉達。」

安茲利用「飛行」接近其中一名騎士身邊，用拿著法杖的手將跪在地上的騎士頭盔輕鬆拿下，注視對方精疲力竭的眼睛。彼此的眼神隔著面具交會。

「別在附近生事。如果不聽忠告，下一次連同你們的國家也會一起死。」

發抖的騎士不斷點頭，努力的模樣看起來很滑稽。

「滾吧。記得確實轉告你們的主人。」

下巴動了一下，騎士們便落荒而逃。

「……演得真累。」

安茲看著漸行漸遠的騎士背影，輕聲抱怨。

如果沒有村民在場，他甚至想轉轉肩膀。雖然在納薩力克地下大墳墓時也是一樣，不過對於只是普通上班族的安茲來說，扮演充滿威嚴的人物還是很有壓力。然而他要演的戲尚未完全落幕，必須戴上另一個面具。

安茲忍住嘆息，走向村民。雅兒貝德跟在後面，發出金屬鎧甲的碰撞聲。

——收拾一下隨從殭屍。

在腦中對死亡騎士下達指示，隨著安茲的距離越來越近，越可清楚看見村民的臉上露出的混亂與不安神色。

沒有因為放了騎士而感到不滿，是因為眼前的人更加可怕。

安茲終於察覺這件事——自己是強者，比那些騎士更強，因此沒有以弱者的立場思考。

安茲帶著反省，稍微沉思了一下。

如果靠得太近，反而會適得其反吧。所以安茲與他們保持一段距離停下腳步，帶著溫和的語氣開口：

「你們已經得救了。放心吧。」

「您、您是……」

一名像是村民代表的人如此說道。就算是此時，對方的眼睛也不肯離開死亡騎士。

「我看到有人襲擊這個村莊，所以特地前來相助。」

「喔喔……」

隨著一陣嘈雜的聲音，眾人面露安心的神色。不過即使如此，聚集在這裡的村民還是沒有完全放心。

真是沒辦法。只好改變方式了嗎？

安茲決定使用自己不太喜歡的方式。

「……話雖如此，這一切並非免費。有多少村民活下來，我就要收取相當於那些人價值的酬勞喔？」

村民們個個面面相覷，看起來是對金錢感到不安。但是安茲看得出來，村民們的懷疑神色漸漸變淡。為了錢才會出手拯救的世俗發言，讓他們稍微消除一些懷疑。

「以、以村莊的現狀——」

安茲舉手阻止對方繼續說下去：

「這件事之後再說吧。我來到這裡之前，救了一對姊妹。我先去帶她們兩人過來，可以等我一下嗎？」

必須請那兩名姊妹保密，不能讓她們洩漏自己的真面目。

不等村民的反應，安茲逕自緩緩走去。同時心想應該可以利用魔法改變記憶吧。

第四章 衝突

Chapter 4 | Duel

村長家就在廣場附近，一進房屋就有一片空地，大小足以用來工作，旁邊有一個廚房。在空地的正中央擺著一張破舊的桌子和數張椅子。

安茲坐在其中一張椅子上觀察室內。

從格子拉門照進來的陽光，照亮室內的每個角落，因此不使用「夜視」也可以看清整個環境。觀察對象是站在廚房的女子，還有放在室內的農具。

到處都看不到機械器具。

認為這個世界的科技應該不怎麼發達的安茲，立刻覺得自己的想法有些膚淺。因為有魔法的世界，科學技術不見得會有多發展。

為了避開日曬，安茲輕輕移動放在破舊桌上的手。金屬手套不算重，不過做工簡陋的桌子卻因此搖晃。椅子也對安茲的體重有明顯反應，發出嘎吱嘎吱的刺耳聲音。

真是名副其實的貧窮。

為了避免礙事，安茲將法杖靠在桌上。法杖反射陽光，發出璀璨的光芒，雖然人在村莊的破房子中，卻有身處在神話世界的幻覺。他回想起村民浮現的驚訝表情。

村民們對於這把和同伴共同創造的最高級法杖表現出來的驚訝表情，讓安茲感到非常驕傲。不過這個浮躁的心情，立刻回到普通喜悅的程度，讓安茲皺起本來就沒有的眉毛。

安茲實在不喜歡這個強制冷靜的效果。雖說如此，不過如果太過浮躁，無法解決今後的難關也是事實。如此思考的安茲準備面對接下來的問題。

那就是和村長談判救援的酬勞。

當然了，安茲的目的是想要獲取資訊，而非金錢的報酬。不過如果直接要求對方提供資訊，也可能讓對方產生懷疑。

雖然這樣的小村莊大概沒什麼問題，不過要是當權者之類的人知道這件事，紛紛前來和安茲接觸，到時候卻發現安茲對這個世界一無所知，那麼很有可能會被人利用。

這樣會不會太過小心謹慎呢？

安茲認為這就好像跑步過馬路，隨時都有遭遇致命危險的可能。

這個致命危險就是遇到這個世界的強者。

強弱是相對的。

到目前為止，安茲比在這個村莊遇到的任何人都要強，不過無法保證比這個世界上的任何人都強。而且現在的安茲是不死者，從少女們的恐懼反應來看，可以清楚了解不死者在這個世界的地位。要有自知之明，自己受到人類討厭，可能會遭到攻擊，所以才要小心謹慎。

「讓您久等了。」

——村長在對面的位子坐下。後面站著村長夫人。

村長是一個肌膚黝黑，滿臉皺紋的男子。

身體非常健壯，一眼就可看出是平時的重勞動鍛鍊出來的身體。白髮蒼蒼，幾乎有一半以上的頭髮都已染白。

雖然粗鄙的綿衣被泥土弄髒，不過倒是沒有發臭。

從臉上帶著強烈疲勞的模樣推估大概超過四十五歲，不過實際年紀難以判斷。因為過去幾十分鐘的事，他好像變得更老了。

村長夫人的年紀好像也差不多。

雖然還有昔日纖細美女的風韻，不過可能是因為長年的辛苦農事，原本的美貌幾乎已不復見。臉上到處都是雀斑，現在只是一名纖瘦的大嬸。

及肩的黑髮受損凌亂，即使在陽光的照射下依然顯得暗沉。

「請用。」

村長夫人把一個粗陋的杯子放在桌上。沒有雅兒貝德的份是因為要她在村裡散步，不在這裡的緣故。

安茲舉起手，婉拒這杯冒著熱氣的白開水。

根本不覺得口渴，也不能脫下這個面具。不過既然看到她的辛苦，就應該早點婉拒。

所謂的辛苦指的是燒開水這件事。

從用打火石製作火種開始。在小小的火種上靈巧放上薄薄的木屑，讓火變得更大，然後將火移至爐灶才算生火完畢。等到煮好熱開水，已經花了很長的時間。

不使用電，而是用手生火燒水的這件事，對安茲來說，倒是第一次看到，覺得頗感興趣。在安茲原來的世界，過去也是用瓦斯烹煮，所以也是差不多這麼辛苦吧。

關於技術方面，安茲也想趁這個機會收集一些資訊。如此心想的安茲重新面對村長：

「雖然特意為我準備開水，不過真是抱歉。」

「您、您太客氣了。您不需要道歉。」

輕輕低頭道歉的安茲令村長夫婦一起感到惶恐。似乎無法想像剛才使喚「死亡騎士」的人竟然會對自己低頭道歉。

不過這對安茲來說一點也不奇怪。對討論對象展現友好態度，絕對是一件好事。

當然，也可以像對付那對姊妹一樣，利用「迷惑人類（Charm Person）」等魔法探聽資訊之後，再用最高階魔法來修改記憶。不過這應該當成最後的手段。因為消耗的ＭＰ實在太多了。

安茲回想起消耗ＭＰ的感覺，身體會出現異樣的疲勞感，像是失去了什麼。

體內依然深刻殘留那份感受。只是修改一開始到戴上面具和金屬手套的數十秒記憶，就耗了不少的ＭＰ，可以說是損失慘重。

「……那麼就開門見山，直接討論酬勞吧。」

「是的。不過在交涉之前……十分感謝您！」

村長低頭道謝，頭差點就要撞到桌子。接著後方的村長夫人也跟著低頭道謝：

「如果沒有您前來解救，所有村民早就沒命了。實在非常感謝！」

受到如此發自內心的感謝，令安茲有些驚訝。

回顧以往的人生，不曾受到如此的感謝，不，剛才也受到兩名少女這樣感謝。只是以前不曾救過人，會有這種感覺也是理所當然。

這是過去還是人類時——鈴木悟這個人的遺物。受到如此誠摯的感謝，雖然覺得不好意思，但也絕對不討厭。

「請抬起頭來。剛才我也說過了，請不用這麼在意。因為我並非免費幫助你們。」

「我們當然知道，不過還是請讓我們說聲謝謝。因為您的相助使許多村民得以活命。」

「……那麼只要付多點酬勞就好了。總之先來討論酬勞吧。村長應該也很忙吧。」

「沒有什麼時間比花在救命恩人身上的時間更重要，不過我也恭敬不如從命。」

村長緩緩抬頭，安茲開始快速轉動不存在的腦袋。

不想依靠魔法，而是在對話當中取得必要的資訊。

——真是麻煩。

自己過去累積的業務員技巧，到底可以發揮多大的效果？希望至少能夠發揮一半以上的技巧。作好自暴自棄的心理準備，安茲終於開口：

「……那麼我就開門見山直接問了，你們可以付給我多少呢？」

「對於救命恩人，我們實在不敢相瞞。關於銅幣和銀幣，如果沒有向大家徵收，實在不知道有多少，不過銅幣的話大該有三千枚吧。」

這樣還是不知道有多少價值。

安茲在心中對自己吐槽。

提問的方式根本是致命的錯誤，應該以不同的方式慢慢帶入。反正我本來就是沒用的業務員，業務技巧也很差勁。

雖然數量感覺很多，但是不知道金錢價值就無法判斷這樣的金額是否恰當。必須避免收下過低的金額或是提出太高的金額，否則會暴露自己的無知。

不，他沒有說要給四頭牛就應該先鬆一口氣了。

情緒即將陷入沮喪，精神立刻安定下來。安茲自我安慰，真是多虧自己這副不死者的身體，同時又學到一件事。

那就是銅幣和銀幣是這個村莊的基本流通貨幣。

同時也想了解這兩種貨幣以上和以下的貨幣，但是沒什麼自信可以套出資訊。

必須先知道銅幣的金錢價值。不知道這個基本價值，之後會很麻煩吧。但是不懂貨幣價值，很有可能會被懷疑。

在不了解這個世界之前，安茲想要盡可能低調行動。

所以才會不斷動腦筋，避免出現更大的失敗。

「這種小額硬幣很難攜帶，可以的話，希望換成大面額的。」

「非常抱歉，如果可以用金幣支付就好了。不過……基本上我們村莊不使用金幣……」

安茲壓抑想要發出鬆了一口氣的聲音的心情。

對方的回答果然按照預期的方向發展。因此飛鼠更加認真地思考接下來的問題：

「那麼這麼辦吧。我想以合理的金額購買這個村莊的東西，所以你們只要給我一些用來支付的硬幣就可以了。」

安茲在長袍底下的手偷偷打開道具箱，拿出兩枚ＹＧＧＤＲＡＳＩＬ的金幣。其中一枚金幣的圖案是女性的側臉，另一枚是男性的側臉。前者是從超大型遊戲改版「女武神的失勢」之後開始使用，後者則是之前使用的舊金幣。

雖然價值相同，不過對安茲來說意義大不相同。

舊金幣是從安茲開始玩YGGDRASIL到組成安茲．烏爾．恭公會，一直伴隨安茲的金幣。而在公會最鼎盛時期進行的遊戲改版，因為身上的裝備幾乎都已完備，所以新金幣只是拿來放在道具箱裡。

成為骷髏魔法師，以魔法打倒地圖上的魔物，獲得浮在空中的金幣。單獨進入迷宮，擊敗兇猛的魔物，好不容易得到堆積如山的金幣。公會成員一起攻略迷宮後，賣出獲得的電腦數據水晶，得到這些象徵光輝歷史的金幣——

不過安茲甩開這些懷念的記憶。

將舊金幣收起來，拿起新金幣。

「……如果以這個金幣來買東西，大概可以買到什麼樣的東西？」

將金幣放在桌上，村長和夫人一起睜大雙眼。

「這、這是！」

「這是在很遠很遠的地方使用的貨幣。這裡不能用嗎？」

「應該可以用……請稍等一下。」

聽到可以用讓安茲鬆了一口氣，接著看到村長離開座位，從房間裡面拿出一個曾經在歷史課本看過的東西。

那是稱為兌換天秤的東西。

接下來是夫人的工作，她把收下的金幣和一個圓形的東西相比，好像在比較大小。看夠了之後才將金幣放在天秤的一邊，另一邊則放上秤錘。

聽說這好像叫作秤量貨幣。

安茲開始回溯記憶，推敲夫人所作所為的含意。一開始應該是和這個國家的金幣比較大小，接著是確認金含量。

看起來是金幣比較重，秤錘那一邊上升。夫人再放上一個秤錘，讓兩邊平衡。

「大約是兩個通用金幣的重量……請、請問表面部分可以稍微刮……」

「老、老伴，妳太失禮了！真的很抱歉，內人竟然說出這麼失禮的話……」

原來如此，她似乎認為那是鍍金。不過安茲完全沒有不愉快，也沒有生氣。

「無所謂。要把它敲碎也行……不過如果是純金，你們可要照價收購喔？」

「不、不用了，真的很抱歉。」

夫人低頭道歉，把金幣歸還。

「別在意，既然要交易，當然要進行確認。看過這枚金幣之後，你們覺得如何？是不是像個雕刻藝術啊？」

「是的，非常漂亮。這是哪一個國家的貨幣呢？」

「現在沒——是的，現在已經沒有那個國家了。」

「這樣啊……」

「……雖然和兩個通用金幣等值，不過再加上這樣的藝術性，這枚金幣的價值應該可以估得更高一些吧。如何呢？」

「或許確實如此……不過我們並非商人，不是很懂藝術的價值……」

「哈哈哈，這麼說也沒錯。那麼如果用這枚金幣購物，就等於兩枚通用金幣囉？」

「當、當然。」

「其實我還有幾枚這樣的金幣，你們可以賣給我什麼樣的物資？當然，我希望以正常的金額花錢購買。和街上販賣的價格一樣也沒關係。你們當然可以盡量檢查金幣。請——」

「安茲．烏爾．恭大人！」

村長突如其來的聲音，令安茲覺得沒有的心臟似乎跳了一下。村長的認真表情比起剛才更加強硬、更有氣勢。

「……叫我安茲就可以了。」

「安茲大人嗎？」村長一開始還很懷疑，不過點了幾次頭繼續說道：

「我非常了解安茲大人想要說什麼。」

安茲懷疑自己的頭上是不是浮現一個大問號。

心想村長可能有所誤會，不過實在不知道村長在說什麼，所以完全不曉得怎麼回答。

「我非常了解安茲大人不想被小看的心情，也十分體會您為了自身的風評，想要求符合期望的酬金。要雇用安茲大人如此強大的人物，一定需要很多錢吧。所以除了三千枚銅幣之外，您還要其他物資吧？」

不知道村長在說什麼的安茲頭腦一團亂，不禁慶幸自己戴著面具。安茲會拿出金幣，是想知道金幣大概可以買到什麼等級的物品，想要大致掌握標準物價。只是事情為什麼會演變成這樣呢？

沒有給安茲插嘴的餘地，村長繼續說下去：

「不過如同剛才所言，村莊拿得出來的金額，最多就是三千枚銅幣。雖然您一定會懷疑，但是對於救命恩人的安茲大人，我絕對不敢有所隱瞞。」

村長的臉上充滿誠摯的表情，看起來不像是在說謊。如果被他欺騙，只能說自己太沒有看人的眼光。

「不，像安茲大人這麼有能力的人物，一定無法滿足我們提出的金額。如果將村莊所有人的財物聚集起來，或許可以達到讓安茲大人滿意的金額。但是……我們村莊失去很多勞力，如果支付超過三千枚銅幣的金額，將無法度過接下來的季節。還有物資也是一樣。因為人手變少，一定會有很多農田變得人手不足。所以如果現在將物資交給您，將來的生活一定會變得相當嚴峻。雖然向救命恩人如此要求很不好意思，不過，可以請您……至少讓我們以分期付款的方式支付嗎？」

　咦？這可是個大好機會吧？

　像是在茂密的叢林裡，視野突然變得開闊，安茲假裝陷入思考。目的地正在眼前，接著只能祈禱能夠成功抵達。隔了幾秒鐘之後，安茲終於開口：

「了解了。我不要酬勞。」

「咦？為……為什麼？」

　村長和夫人都驚訝地瞠目結舌。安茲輕輕舉手，強調他還有話要說。套話的時候必須思考什麼事情該說什麼事不該說，這樣真的很麻煩，也不知道是否可以順利套出想要的資訊。不過他還是非做不可。

「……我是個魔法吟唱者，在名叫納薩力克的地方研究魔法，最近才來到外面。」

「果然是這樣啊。所以才會打扮成這副模樣吧。」

「啊，嗯。就是這樣。」

　安茲摸著嫉妒面具，隨口矇混過去。

　如果這個世界的魔法吟唱者都穿著如此奇怪的裝扮，街上會呈現怎麼樣的光景呢？腦裡浮現沓里島上巴龍和讓特熙來攘往的光景，開始期待不要出現這種世界的安茲，察覺另一件無法理解的事。那就是在ＹＧＧＤＲＡＳＩＬ的稱呼也說得通的理由。

魔法吟唱者這個稱呼，有著很廣泛的意義。包括神官（Priest）、祭司、森林祭司、秘術師（Arcaner）、妖術師（Sorcerer）、魔法師（Wizard）、吟遊詩人（Bard）、巫女、符術師、仙人等魔法職業，在ＹＧＧＤＲＡＳＩＬ都統稱為魔法吟唱者。如果這個世界也是如此，這種偶然未免不可思議。

安茲一邊觀察對方的反應一邊開口：

「……我雖然說了不要酬勞，不過身為魔法吟唱者會以各式各樣的事物為工具，當然也包括恐懼與知識。這些事物是所謂的賺錢工具，只是剛才我也說過，因為我一心一意專心研究魔法，以致於不太了解這附近的事，所以想從兩位這邊得知一些附近的資訊。而且希望你們不要把販賣情報這件事告訴別人。就以此來代替酬勞吧。」

當然沒有什麼都不要這種好事。甚至應該說沒有比免費更貴的。

拯救性命之後要求支付報酬的人，卻說出不要酬勞這種話，只要是稍微正常的人都會覺得奇怪吧。那麼只要讓對方有支付酬勞的感覺即可，即使那是看不見的事物也具有效果。也就是說，這個情況是讓對方覺得以賣出情報給安茲作為交易，那麼對方便不會產生懷疑，也會因此覺得安心。

實際上，村長和夫人也露出堅定的表情點點頭：

「知道了。我們絕對不會把這件事告訴任何人。」

安茲在桌子底下握緊拳頭，暗自叫好。自己的業務能力果然還是有用的。

「那真是太好了。我不想使用魔法來約束你們。我相信你們的人格。」

安茲伸出戴著金屬手套的手，村長愣了一下才恍然大悟地伸手回握。

安茲鬆了一口氣，握手這個行為在這裡果然也行得通。如果對方露出這是在做什麼的表情，那真的令人想哭。

當然，安茲並非真心相信他們。提出利益讓人閉嘴的情況，如果受到更大利益的誘惑，就可能洩漏口風。如果是以人格來約束，也可能因為多變的人性而洩漏。沒有哪一種方式比較好，安茲只是下個賭注，認為村長的人格應該不至於洩漏。如果他真的洩漏也無所謂，還可以當成下次前來這個村莊交易時的談判籌碼。

只是安茲直覺不會遭到背叛。腦中掠過對方充滿感謝的表情與充滿誠意的態度，讓自己如此認為。

「那麼……可以詳細告訴我這裡的事嗎？」

●

「……怎麼會這樣。」

「唔！怎麼了嗎？」

「不，沒什麼，我在自言自語。對不起，發出奇怪的聲音，讓你嚇了一跳……」

瞬間回神的安茲立刻展現演技。如果是人類的身體，現在一定冷汗直流吧。

村長只是說了一句「這樣啊。」沒有繼續追究。

或許在村長的腦中，已經把魔法吟唱者當成怪人。這樣反而更好……

「幫您準備飲料吧？」

「喔喔，不了，我不口渴。請不用麻煩。」

夫人已經不在房間，到外面──有很多事需要幫忙。目前屋裡只有村長和安茲。

安茲最先詢問鄰近國家，村長的口中也說出不曾聽過的國家名稱。雖然已經作好心理準備，無論聽到什麼都不會覺得奇怪，不過一旦聽到還是有些吃驚。

一開始安茲也不斷想像，以YGGDRASIL的世界觀為基礎來想像這個世界。因為可以使用YGGDRASIL的魔法，以為這裡或許和YGGDRASIL有所關連，不過卻是聽到毫無關連的地名。

鄰近國家是里．耶斯提傑王國、巴哈斯帝國和斯連教國。在以北歐神話為架構的YGGDRASIL世界觀中，不曾出現這些名字。

眼前轉個不停，身體搖搖欲墜的安茲，以戴著金屬手套的手扶著桌子勉強保持平衡。簡直像是來到陌生世界。雖然早已如此理解，也作好心理準備，還是沒辦法不感到驚訝。

衝擊比想像中還要劇烈。

變成不死者的軀體，首次感受到如此劇烈的衝擊。

安茲企圖保持冷靜，再次回想剛才聽到的那些鄰近國家與地理狀況。

首先是里．耶斯提傑王國和巴哈斯帝國。這兩個國家各自位在山脈的兩邊，而山脈的南方是一大片廣闊森林，隸屬於里．耶斯提傑王國的這個村莊和要塞都市就位於森林盡頭。鄰近的兩個國家交惡，每年幾乎都會在要塞都市附近的原野開戰。

至於南方的國家則是斯連教國。

如果簡單說明這三個國家間的關係，就是畫一個圓之後，中央放一個倒T字。雖然有點籠統，不過這樣解釋應該很容易了解。左邊是里．耶斯提傑王國，右邊是巴哈斯帝國，下面是斯連教國。似乎還有其他的國家，不過村長知道的事大概只有這些。

至於國力方面，這個小村莊的村長也不可能知道。

也就是說——

「……讓你見笑了。」

——剛才的騎士因為鎧甲上有巴哈斯帝國的國徽，所以村長認為他們是巴哈斯帝國的騎士。不過這裡位處斯連教國的邊境，因此也有可能是斯連教國偽裝的騎士。

將所有騎士全都放回去是個錯誤決定，至少應該留下一個人來拷問才對。而且現在已經為時已晚。

如果這次是斯連教國幹的好事，那麼是不是該對帝國方面採取一些行動呢。至於王國方面，已經有拯救這個村莊的人情，暫時這樣應該就可以了。

安茲陷入沉思。

只有自己來到這個世界嗎？

不可能，還有其他玩家的可能性很高。或許黑洛黑洛也來到這裡了。目前應該考慮的事，就是遇到其他玩家的情況。

如果其他玩家也來到這裡，以日本人的個性來看，應該會聚在一起。到時候一定要盡可能加入對方。只要和安茲．烏爾．恭無關，無論什麼事都可以讓步。

問題在於如果對方把自己當成眼中釘。雖然機率很小，也不是完全不可能。

安茲．烏爾．恭一直以來都是以扮演壞人角色，不斷ＰＫ至今，所以是個遭人怨恨的公會。實在沒有把握這些怨恨都已消失。說不定對方受到正義與憤慨情緒驅使而仇視自己。

為了避免遭到仇視，首先要盡量避免做出和周遭敵對的行為。如果屠殺當地居民，特別是無辜民眾的話，很可能會惹惱那些尚未失去人性的玩家。當然了，具有能讓對方滿意的理由或許另當別論。例如為了解救這個遭到襲擊的村莊而殺人等等。

總之今後的行動一定要伴隨冠冕堂皇的理由比較方便吧。也就是必須採取那種自己雖然不想做，但是迫不得已的方式。

另外，若是遇到對方對安茲．烏爾．恭懷有恨意，到時候應該免不了會戰鬥。因此也必須事先擬定這方面的對策。

以納薩力克地下大墳墓的現有戰力來看，對方如果是三十個左右的一百級玩家，應該能夠一口氣消滅吧。而且能夠利用世界級道具的納薩力克大墳墓，可說是難以攻陷的要塞。應該能夠像過去那樣擊退敵人吧。

但是也不難想像，毫無援軍的守城戰是非常不利的。而且安茲．烏爾．恭的殺手鐧世界級道具，每次要解放最大力量時，都會讓安茲的等級下降。如果遭到一連串的攻擊，總有一天會被逼到無法使用的地步。

安茲非常明白，像是這種著眼在會發生戰鬥的思考，很容易出現偏激的想法和狹隘的眼光。但是安茲已經不是小孩子，行動之前會考慮到最壞的狀況。這只不過是在發生問題之前，先想好應付的方法。

如果只想苟延殘喘地活下去，就不需要想那麼多，和野獸一樣在深山裡生活即可。但是身上擁有的強大力量和引以為傲的名號，不允許自己這麼做。

若是只想和平相處，那麼只要隨機應變即可。

因此今後的重要課題之一就是要正視戰鬥這件事，好好擴充戰力。接著要盡量收集這個世界的相關資訊，包括其他玩家的消息。

「……這樣應該沒錯吧。」

「怎麼了嗎？」

「沒有，沒什麼事。只是因為和預測有點不同，才會有點失態。對了，可以再說一些其他的事給我聽嗎？」

「好、好的，我知道了。」

村長的話題轉到魔物身上。

這裡似乎和ＹＧＧＤＲＡＳＩＬ一樣，也有魔物存在。在森林中也有魔獸，特別是還有名為「森林賢王」的存在。也有矮人、森林精靈等人種，與哥布林、半獸人、食人魔等亞人種族。似乎也有亞人建立的國家。

至於收取報酬驅逐這些魔物的人稱為冒險者，其中好像也有很多魔法吟唱者。聽說這些冒險者在大都市建立公會。

除此之外，也聽到附近的要塞都市耶．蘭提爾的相關訊息。

根據村長表示，雖然不清楚人口有多少，不過耶．蘭提爾似乎是附近最大的都市。如果想要收集情報，那裡應該是最佳場所。

村長說的內容雖然有所幫助，但是很多地方都很籠統。所以與其在這裡問個清楚，還不如直接派人過去打探比較快。

最後是語言部分。這個有如異界的地方，竟然說日語也能通，實在很不可思議。因此安茲仔細觀察村長的嘴形，發現這裡的人並非是說日語。

說話的嘴形和傳來的聲音，都不像是日語。

之後也做了幾次的實驗。

結論是這個世界會吃一種名叫翻譯蒟蒻的食物。只是不曉得是誰給他們吃的。

這個世界的語言會經過自動翻譯之後，再傳達給對方。

如果可以知道對方說的話，那麼也可以和人類以外的生物溝通吧。比方說狗和貓。問題是不知道是誰為了什麼目的這麼做。還有村長對這件事並不覺得奇怪。

彷彿是天經地義一般。

——也就是說，這是世界的共通法則。冷靜想想，這裡可是魔法世界，或許這個世界是根據完全不同的法則運轉也不奇怪。

自己在過去人生當中學到的常識，和這裡的常識並不相同。這是個致命的問題。

如果沒有常識，就可能犯下致命的錯誤。像是「沒有常識」這個形容詞，絕對是不好的意思一樣。

現在的安茲正處於欠缺常識的狀態。必須想辦法解決，但是完全想不到什麼好辦法，難道要隨便找個人過來，要他把知道的常識全部告訴自己嗎？根本不可能。

這麼一來，只有一個辦法。

「……看來有必要住在城裡一陣子了。」

學習常識這件事，需要大量用來當作模範的事物。而且也必須了解這個世界的魔法，還有太多需要知道的事。

如此思考的安茲聽到薄木門外傳來輕輕的走路聲。雖然腳步聲的間隔有些大，不過並非快步前進。那是不疾不徐的男性腳步聲。

正當安茲把臉轉向門的方向時，敲門聲同時響起。村長忍不住觀察安茲的臉色。因為正為了支付救命之恩的代價而在說明事情，所以不敢擅自行動吧。

「請便請便。我也剛好想要休息一下，如果想出去也沒關係。」

「真的非常抱歉。」

輕輕點頭道歉的村長站了起來，往門的方向走去。開門之後出現一個村民，他的目光先是看向村長，接著移向安茲身上：

「村長，很抱歉打擾您和客人談話，不過葬禮已經準備好了……」

「喔喔……」

村長移動目光，像是在請求安茲同意。

「無所謂。不用管我沒關係。」
「謝謝。那麼轉告大家我馬上就到。」

2

葬禮在村莊近郊的共同墓地進行。墓地是在一個由破舊柵欄圍起來的空地，裡面豎著好幾個刻有名字的圓形石碑。

村長在墓地唸出撫慰亡靈的祭詞，口中說著不曾在ＹＧＧＤＲＡＳＩＬ聽過的神之名號，祈禱亡靈能夠安息。

似乎因為人手不足無法安葬所有遺體，所以先安葬一部分。以安茲的立場來看，去世當天便埋葬似乎有點心急，不過這個世界沒有他知道的宗教，或許這麼做很正常。

聚集在墓地的村民裡，也有看到那兩名獲救的姊妹——安莉・艾默特和妮姆・艾默特。安茲確認過屍體的兩人雙親，好像也是在今天埋葬。

站在距離村民不遠處眺望的安茲，撫摸著長袍底下約三十公分的短杖。那把短杖翅由象牙製成，前端部分飾有黃金，握把的地方刻著符文，充滿神聖的氣息。

名為復活短杖（Wand Of Resurrection）。

這是具有死者復活魔法的道具。安茲當然不是只有這一把，多到讓這個村莊的所有死者全都復活還綽綽有餘吧。

根據村長的說法，這個世界的魔法沒有讓死者復活的能力。這樣一來如果使用復活短杖，就可以在這個村莊創造奇蹟。不過在祈禱儀式結束，葬禮進入尾聲時，安茲慢慢將短杖收進道具箱。

可以讓死者復活，但是卻沒有這麼做。並非因為死者靈魂是神之領域這個宗教因素，只是單純覺得沒有什麼好處。

可以讓人死亡的魔法吟唱者和可以讓人復活的魔法吟唱者。哪種人比較容易被捲入麻煩事，一點也不難想像。即使加上不准將復活的事告訴其他人的這個條件，確實守住秘密的可能性也很低。

能夠抗拒死亡的能力，應該是每個人都渴望獲得的力量吧。

如果狀況改變，或許可以使用復活能力，但是現在資訊不足，不應該在此使用。

「光是拯救村莊，就該覺得滿足了。」

安茲低聲唸唸有詞，注視站在身後的死亡騎士。

這個死亡騎士也是充滿疑點。

如果是在YGGDRASIL，除了使用特殊方法，召喚出來的魔物都有時間限制。不是使用特殊方法召喚的死亡騎士理應過了召喚時間，但是現在依然沒有消失。

雖然做了很多推測，然而在資訊不足的現在，無法找到答案。在如此思考的安茲旁邊出現兩個身影。

那是雅兒貝德和體型與人類差不多，外表類似身穿忍者裝的黑色蜘蛛的魔物。八隻腳長著銳利的刀刃。

「八肢刀暗殺蟲（Eight Edge Assassin）？雅兒貝德，這是……」

安茲環視一下四周，村民們似乎都沒有注意這裡。雅兒貝德就算了，但是有這麼一隻魔物在場，即使是在葬禮當中也會成為注目的焦點吧。

這時安茲突然想起，八肢刀暗殺蟲是種能夠隱形的魔物。

「因為他想拜見安茲大人，才會帶他過來。」

「見到飛鼠大人如此神清氣爽——」

「——客套話就免了。你是後援部隊嗎？」

「是的，除了我之外，已經準備四百名僕役，隨時可以襲擊這個村莊。」

襲擊？怎麼會變成這樣？如此心想的安茲忍不住自言自語：塞巴斯真是沒有什麼傳話的才能。

「……不需要襲擊，問題已經解決了。指揮你們的人是誰？」

「是亞烏菈大人和馬雷大人。迪米烏哥斯大人和夏提雅大人在納薩力克警戒，科塞特斯大人則在納薩力克周圍戒備。」

「這樣啊……數量太多也只是礙事，除了亞烏菈和馬雷之外，其他人全部撤退。你們八肢刀暗殺蟲這次總共來了多少？」

「總共十五名。」

「那麼你們也和亞烏菈、馬雷一起留下來待命吧。」

看到八肢刀暗殺蟲點頭表示了解之後，安茲再次將目光移向葬禮。這時剛好要把泥土覆蓋墓穴，兩名少女哭個不停。

覺得葬禮似乎沒有那麼快結束的安茲，緩緩地邁向通往村莊的道路。後面跟著雅兒貝德與死亡騎士。

雖然被葬禮打斷，不過安茲也花了不少時間學習附近事物與此處的常識，離開村長家之後，夕陽已經掛在天空。

看來這齣回報舊友恩情的英雄救美戲碼，意外地花時間。

但是這些時間也不是白費，尤其是越了解這個世界之後，不懂的事反而變得越多。能夠知道這件事就已經十分足夠。

安茲一邊望著美麗的夕陽，同時思考該做的事。

在不了解這個世界的狀態下行動，是非常危險的事。最好的辦法是在收集完整資訊前，隱蔽身分秘密行動。不過拯救這個村莊之後，已經無法隱蔽身分了。

即使將騎士全部消滅，騎士所屬的國家也會找出真相吧。如同在過去的世界裡，科學辦案相當發達一樣，這個世界或許有不同的調查方法相當發達。

即使沒有任何發達的調查方法，只要有村民倖存，總有一天一定會查到安茲這裡吧。為了避免情報走漏，也可以將村民帶到納薩力克地下大墳墓，不過這些村民所屬的王國肯定不會默不出聲，就算被當成綁架事件處理也不奇怪。

所以才要報上姓名，放騎士逃走。

這麼做有兩個目的。

第一個目的是只要安茲不躲進納薩力克地下大墳墓，關於安茲的訊息，不久之後就會慢慢傳開。那麼由自己放出消息來主導應該比較好。

第二個目的是想要放出有安茲．烏爾．恭的人拯救村民，殺了騎士的這個消息。主要的目的當然是想要讓ＹＧＧＤＲＡＳＩＬ的玩家知道這個消息。

安茲想要在王國、帝國、教國其中之一安身。

如果有其他玩家在這些國家，一定會出現什麼蛛絲馬跡。相反的，如果安茲動員納薩力克的組織去收集這些情報，不但要花不少工夫，風險也很高。對雅兒貝德這種性格的人下錯命令，甚至可能引來無謂的敵人。

從收集情報這點來看，加入其中一個國家有很大的好處。

而且為了保護納薩力克地下大墳墓的自治權，能夠有其中一方的勢力當作後盾也比較穩當。只是還不了解這些國家的實力，就不能輕忽他們。尤其是還不知道這個世界最強的人物是誰時，更加不能掉以輕心。因為在這三個國家裡，或許會有實力比安茲更強的人物。

成為其中一個國家的成員雖然有很多缺點，但是優點也很多吧。問題是應該以怎麼樣的身分成為國家的成員。

奴隸的身分可是敬謝不敏。像黑洛黑洛那種黑心企業的員工也不考慮。所以才要向各方勢力宣傳自己的存在，看清楚各方的立場與待遇之後，前往最理想的一方。

這是跳槽的基本重點吧。

那麼該在什麼時候展開移民行動呢。在缺乏資訊的情況下，或許會暴露自己的缺點。

想到這裡的安茲甩甩頭，似乎有些疲倦。在這幾個小時裡，已經用腦過度了。不想繼續動腦下去。

「唉……到此為止吧。該做的事都做完了，雅兒貝德，撤退吧。」
「知道了。」
雅兒貝德回答的語氣顯得十分緊張。在毫無危險的這個村莊裡，應該沒有讓雅兒貝德如此戒備的理由。
這麼說來，唯一想得到的理由只有一個。安茲低聲詢問雅兒貝德：
「……妳討厭人類嗎？」
「不喜歡。人類是脆弱又下等的生物。如果像蟲子一樣踩扁一定很漂亮吧……不過有個女孩例外。」
雅兒貝德的語氣雖然有如蜂蜜一般甜膩，內容卻非常殘酷。
想起雅兒貝德女神般的溫柔美貌，安茲覺得這句話太不符合她的印象，於是開口告誡：
「是嗎……我了解妳的感覺。不過我希望妳在這時冷靜一點。因為演技也很重要。」
雅兒貝德用力點頭。看著眼前的雅兒貝德，安茲開始煩惱。
現階段雅兒貝德的好惡還不會有什麼問題，不過將來就不見得了。
了解部下的喜好也是必要事項之一。
安茲注意到這一點之後，開始尋找村長。因為基於禮貌，離開之前想與對方告別。
馬上就發現村長。他帶著嚴肅的表情，在廣場角落和幾位村民說話。不過看起來感覺有點不尋常。村長的表情充滿緊迫感。

又發生什麼麻煩事了嗎？

安茲壓抑嘖舌的衝動，帶著救人救到底的心情靠近村長：

「……怎麼了嗎，村長大人？」

村長的臉有如得到一線希望般亮了起來。

「喔喔，安茲大人。其實好像有騎著馬，外表好像戰士的人正在接近……」

「原來如此……」

村長帶著擔心的表情看向安茲，在場的其他村民也一樣。

見狀的安茲輕輕舉手，表現出讓大家放心的模樣：

「交給我吧。立刻將倖存的所有村民集合到村長大人家中，我和村長大人留在這裡。」

鐘聲響起，村民開始集合。另一方面，死亡騎士也到村長家附近戒備，雅兒貝德則是留在自己的身後待命。

安茲為了消除村長的不安情緒，以開朗的聲音開口：

「請放心，這次特別破例免費幫助。」

村長不再繼續發抖，而是露出苦笑。或許已經作好豁出去的心理準備。

過了不久，終於在連接村莊的道路發現數名騎兵。騎兵列隊緩緩進入廣場。

「……武裝沒有統一，由每個人各自搭配……不是正規部隊嗎？」

觀察騎兵的安茲，對於他們的武裝有些疑問。

之前鎧甲上有帝國國徽的騎士們，身上的武裝是完全統一的重裝備。但是這次的騎兵雖然也有穿戴鎧甲，卻是自由搭配不同的裝備。有些穿著皮鎧，有些則沒有套上鎧甲，露出裡面的鎖鍊衣。

有人戴上頭盔，也有人沒戴。要說共通點，就是每個人都露出臉來。雖然每個人都帶著相同造型的劍，不過除此之外，甚至還裝備了弓箭、單手槍、釘頭錘等備用武器。

說好聽一點是沙場老將的戰士集團。說得不好聽一點，就是一盤散沙的傭兵集團。

騎兵隊伍終於騎馬進入廣場。人數大約二十人，雖然提防死亡騎士，不過還是在村長和安茲面前排列地相當整齊。隊伍中的一名男子騎馬離開隊伍。

他似乎是騎兵的隊長，在眾人當中有著最搶眼的剽悍外型。

隊長的眼神輕輕瞄過村長，停留在死亡騎士身上之後，轉向雅兒貝德。接著目不轉睛地注視了好一陣子。不過在確認對方一動也不動的模樣之後，立刻以銳利的目光看向安茲。

即使以暴力維生的對方投來眼神，安茲依然若無其事地不為所動。光是這種程度的眼神，無法令安茲的內心起任何漣漪。

並非安茲原本就不怕這種眼神，只是單純因為這副身體的關係吧。或許也是因為能夠使用ＹＧＧＤＲＡＳＩＬ的能力而充滿自信。

似乎已經看夠了，隊長充滿氣勢地開口：

「——我是里・耶斯提傑王國的戰士長葛傑夫・史托羅諾夫。奉國王之令，為了征討在附近作亂的帝國騎士，前往各個村莊巡邏。」

平穩深沉的聲音在廣場響起，安茲身後的村長家也傳來喧囂聲。

「王國戰士長……」

在告訴我的情報裡沒有這個人喔——安茲帶著輕微的責備向低語的村長發問：

「……他是個怎麼樣的人？」

「根據商人的說法，他是過去曾在國王的御前比武大會，技冠群雄的人，目前負責指揮直屬國王的精銳士兵。」

「眼前這個人真的有那麼厲害嗎……？」

「……不知道。我也只是聽說。」

安茲仔細看了一眼，騎兵的胸口果然都有相同的徽章。看來和村長曾經提過的王國徽章真的有點像。雖說如此，由於目前的情報還不足夠，無法完全確信。

葛傑夫的眼神看向村長：

「你是這裡的村長吧。可以告訴我旁邊的人是誰嗎？」

「不用麻煩了。你好，王國的戰士長閣下，我叫安茲．烏爾．恭，是個魔法吟唱者。因為這個村莊遭到騎士攻擊，所以前來解救。」

阻止想要開口的村長，安茲輕輕行禮之後，開始自我介紹。

葛傑夫聞言立刻下馬，身上的金屬鎧甲發出喀啦喀啦的碰撞聲，站在地上深深低頭：

「謝謝你救了這個村莊，大恩大德實在無以為報。」

空氣跟著微微震動。

身為戰士長，恐怕也屬於特權階級，竟然會對身分不明的安茲如此尊敬，在這個明顯有階級差異的世界裡，應該非常值得驚訝吧。話說在這個國家，甚至是整個世界，人權都尚未完全確立。在幾年前甚至還有販賣奴隸的國家。

即使兩人的地位不對等，葛傑夫依然特地下馬向安茲低頭行禮，由此可以清楚看出葛傑夫的人格。

身為王國戰士長的身分應該絕非虛假。安茲如此判斷。

「……別那麼客氣。其實我的目的也是為了酬勞，所以不用道謝。」

「喔，酬勞啊。這麼說來，你是冒險者囉？」

「很接近。」

「唔……原來如此。看起來像是個了不起的冒險者……不過還恕我孤陋寡聞，沒有聽過恭閣下的名號。」

「我正在旅途之中，只是剛好路過，不是什麼有名的人物。」

「……正在旅行啊。雖然耽誤這位優秀冒險者的時間有點抱歉，不過可否告知關於襲擊村莊那些惡徒的事嗎？」

「樂意之至，戰士長閣下。襲擊這個村莊的騎士大部分都已經喪命，應該暫時無法作亂。還需要繼續說明嗎？」

「……喪命……是恭閣下出手制裁的嗎？」

聽到葛傑夫的稱呼，安茲發現這世界的稱呼方式屬於西式而非日式。也就是順序是名＋姓，而非姓＋名。終於解開之前要村長稱呼自己為安茲時，村長露出異樣表情之謎了。彼此還不熟就要別人稱呼自己的名字，的確會出現那種表情。

安茲發現自己的失誤，不過還是帶著社會人的厚臉皮加以掩飾：

「……這麼說也對，也可以說不對。」

敏銳地察覺話中含意，葛傑夫移動目光看向死亡騎士。大概是聞到身上散發的淡淡血腥味吧。

「有兩件事想請教一下……那位是？」

「他是我創造的僕役。」

葛傑夫發出讚嘆聲，以犀利的目光從頭到腳仔細打量安茲。

「那麼……這副面具呢？」

「因為身為魔法吟唱者的某些理由戴上的。」

「可以拿下來嗎？」

「還恕我拒絕。如果那傢伙——」伸手指向死亡騎士。「失控的話就麻煩了。」知道死亡騎士實力的村長，還有待在村長家裡，可以聽到說話聲的村民們都浮現吃驚的表情。可能是感受到村長表情和現場氣氛的激烈變化，葛傑夫重重點頭：

「原來如此，那麼還是不要拿下來比較好。」

「謝謝。」

「那麼——」

「在此之前，雖然不好開口，不過這個村莊剛被帝國的騎士入侵，如果各位攜帶武器進入，可能會讓村民再次想起可怕的回憶。可不可以請各位先將武器放在廣場的角落，讓村民們安心呢？」

「……恭閣下說得十分正確。不過這把劍是國王賜予的武器，沒有國王的命令絕對無法取下。」

「——安茲大人，我們不要緊的。」

「是嗎？村長大人……還請戰士長閣下原諒我的無理要求。」

「恭閣下的想法非常正確，如果這把劍不是國王親賜的武器，我一定樂意放下。那麼能否坐下來，讓我聽聽詳情呢？要是不在意，時間也不早了，我想在這個村莊休息一晚……」

「知道了。那麼一起到我的家──」

就在村長回答到一半時，一名騎兵匆忙跑進廣場。從他氣喘吁吁的模樣，感覺得到他有要事稟報。

騎兵高聲說出緊急狀況：

「戰士長！周圍出現好幾個人影。他們圍著村莊漸漸逼近！」

3

「所有人聽命。」

一道沉穩平靜的聲音傳進所有人耳裡。

「獵物已經進入牢籠。」

說話的人是一名男子。

五官平凡沒有什麼特徵，即使身處人群之中也不會特別顯眼。不過感覺不到任何感情，有如人造物的黑色眼瞳與臉上的傷痕除外。

「將汝等的信仰奉獻給神吧。」

所有人開始默禱。這是向神祈禱的簡化版。

就連在他國境內執行任務，還要花時間禱告。這並非游刃有餘，而是代表他們有著堅定的深厚信仰。

將一切奉獻給斯連教國和神的他們，比一般教國民眾有著更深厚的信仰。所以才能毫不遲疑地做出冷酷的行為，也不會因此感到罪惡。

禱告完畢之後，所有人的眼睛全都變成有如玻璃珠一般冰冷。

「開始行動。」

僅僅一句話。

所有人一絲不亂地包圍村莊，讓人感覺這是訓練有素的成果。

他們是一群在斯連教國專門從事非法行動，只聞其名不見其人，如同影子的部隊。斯連教國神官直屬的特殊情報部隊六色聖典之一。基本任務是負責殲滅亞人村落的陽光聖典。

在斯連教國的六個特殊情報部隊裡，戰鬥機會最多的陽光聖典人數反而很少。包括預備隊在內，總數不到一百人。也就是說進入陽光聖典的門非常狹窄。

首先至少必須能夠使用第三級的信仰系魔法，也就是普通魔法吟唱者所能學會的最高等級魔法。此外還需具備優越的體能、強韌的精神，以及深厚的信仰。

總之就是一群戰鬥菁英中的菁英。

看著眼前四散的部下，男子輕輕呼出一口氣。分散完畢各就各位之後，接下來就很難掌握所有人的行動。不過他對毫無破綻的牢籠一點也不擔心。

陽光聖典隊長尼根．古立德．路因的心裡，只有任務成功在握的安心感。

他們陽光聖典不擅長隱蔽行動和野外行動，因此曾經錯過四次機會。每次追蹤葛傑夫這群王國部隊時，都非常小心謹慎，避免遭到發現。如果這次再錯失機會，這種追蹤的日子還會不斷持續下去吧。

「下次……真想請其他隊伍幫忙，交給他們負責。」

有人出聲回答尼根的牢騷。

「就是說啊，我們的擅長領域可是殲滅。」

出聲的人是留下來負責保護尼根的隊員之一。

「就這一點看來，我們這次的任務似乎有點異常。明明就是重要任務，即使獲得風花的協助也不奇怪……」

「說得沒錯，不過雖然不明白為什麼這次只有我們出動，不過也算是很好的經驗。將潛入敵陣當作訓練的一環也不錯。不，或許這就是上面的目的。」

嘴巴雖然這麼說，但是尼根很清楚，下次應該很難再有相同的任務。

這次被交付的任務是「暗殺王國最強的戰士，鄰近國家無人可以與之匹敵的葛傑夫・史托羅諾夫」。一般來說這不像陽光聖典的任務，反倒像是以英雄級實力者組成的教國最強特殊部隊，漆黑聖典的工作。不過這次沒辦法。

因為極為機密，所以無法告訴部下，不過尼根知道其中緣由。

漆黑聖典為了應付即將復活的毀滅龍王(Catastrophe Lord)，正在保護真神器「傾城傾國」，而風花聖典也正在全力追捕奪走代表巫女公主神器的叛徒，沒有餘力協助自己。

尼根不知不覺撫摸臉上的傷痕。

回想起自己過去唯一一次狼狽敗逃的經歷，腦中浮現那名拿著漆黑魔劍造成這道傷痕的女子臉龐。

原本只要利用治療魔法就可以完全治好不留痕跡，但是為了將這個慘痛的失敗教訓銘記在心，尼根刻意留下這道傷痕。

「……可惡的蒼薔薇。」

蒼薔薇和葛傑夫同樣都是王國的人。只是不能原諒的是她也是神官。除了信仰不同的神，她還阻止企圖攻擊亞人類村莊的尼根。而且還認為這是行善的愚昧之人。

「……弱者為了保護自己必須尋找各種方法。連這都不懂，真是蠢斃了。」

似乎察覺上司有如玻璃珠的眼中蘊藏怒火，屬下急忙插嘴：

「可、可是王國也很愚蠢呢。」

尼根沒有回答，不過他贊同這個說法。

葛傑夫很強，所以才需要削弱他的實力，剝奪他的武裝。

王國分成國王和貴族兩派，不斷爭奪政權。因此只要能剷除國王派裡舉足輕重的葛傑夫，貴族派很容易不經思考就付諸行動。即使是受到某國間諜的慫恿、煽動，也是不經大腦便採納這個意見。

因為原本是一介平民，只靠劍術便平步青雲的葛傑夫，受到貴族厭惡的緣故。

所以才會導致這個結果。

王國的最強王牌，即將葬送在自己人的手中。

就尼根看來，這是愚蠢至極的行為。

他們——斯連教國雖然大致分成六個派閥，不過行動時幾乎都會互相合作。一個理由是大家都尊敬彼此的神，另一個理由則是大家都知道這個世界有很多人類以外的種族和魔物，如果不團結合作便有危險。

「……所以才需要讓大家根據正確的教義，走上相同的道路。人類不該你爭我奪，應該共同攜手開創大道才對。」

葛傑夫就是為了達成這個目的的犧牲者。

「……能夠幹掉他嗎？」

尼根沒有嘲笑部下的不安。

這次的獵物是王國的戰士長——在鄰近國家之中最強的葛傑夫．史托羅諾夫。

比襲擊哥布林的巨大村落，並且將之趕盡殺絕還要困難。因此為了消弭部下的不安，尼根沉穩地回答：

「沒有問題。他現在沒有裝備獲准攜帶的王國之寶。沒有那些寶物，要殺他簡直易如反掌……不，應該說除了這個大好機會之外，根本無法解決他。」

王國戰士長葛傑夫．史托羅諾夫，是個擁有最強名號的戰士。不過他會如此厲害，除了高超劍術之外，還有其他理由。

那就是王國代代相傳的五大寶物。雖然現在只知道四樣寶物，不過這些寶物他全都獲准可以裝備。

不會疲憊的活力護手（Gauntlet Of Vitality）。能夠持續治療的不滅護符（Amulet Of Immortal）。可以避開致命一擊，以最強硬度金屬精鋼製成的守護鎧甲（Guardian）。為了追求銳利度經過魔化，就連鎧甲也可以像奶油一般輕鬆切開的魔法劍，剃刀之刃（Razor Edge）。

即使是尼根也不可能在正面對決打贏受到這些寶物的加持，攻守能力大幅強化的葛傑夫·史托羅諾夫。不，在所有人類之中，應該無人可以打敗他吧。不過在他沒有那些寶物的現在，就有十足的勝機。

「而且……我們手上還有殺手鐧。這是一場不可能失敗的戰鬥。」

尼根伸手按住自己的胸口。

在這個世界上，有三種超越規格的魔法道具。

一種是五百年前，曾經短暫統治這個世界的八欲王留下的遺物。

另一種是在被八欲王消滅之前，統治世界的龍族，其中最高等級的龍王（Dragon Lord）使用魔法創造的龍之秘寶。

最後一種是建立斯連教國的基礎，由六百年前降臨的六大神遺留下來的至寶。

就是這三種。

而收在尼根懷裡的，正是斯連教國裡也只有少數人擁有的至寶之一，也是尼根的必勝殺手鐧。

尼根確認戴在手上的鋼鐵護腕。上面浮現數字，顯示約定時間已到。

「那麼……作戰開始。」

尼根以及在場的部下發動魔法。

發動他們所能使用的最高階天使召喚魔法。

●

「這樣啊……的確有人。」

葛傑夫在屋裡暗處，窺視包圍村莊的人影。

看得到的範圍裡有三個人。三人保持等距離慢慢接近村莊。

手上沒有武器，也沒有穿戴厚重的裝備。可是這並不代表容易對付。很多魔法吟唱者不喜歡重武裝，只會使用輕型裝備。這表示他們也是那種人吧。

從飄浮在他們身邊，身上長著閃亮翅膀的魔物，就足以說明他們的職業。

天使。

天使是從異界召喚而來的魔物，很多人相信他們是神的使者。特別是在斯連教國。

雖然無法證實真偽，不過王國的神官斷定這些天使，只不過是召喚魔物。

雖然這些宗教爭論演變成國家對立的原因之一，不過葛傑夫認為天使是不是神的使者根本不重要。對葛傑夫來說，魔物的強弱才是重點。

就葛傑夫所知，天使和同階的惡魔，比使用同等魔法召喚出來的其他魔物更強一些。還具有各種特殊能力，甚至能使用魔法，在葛傑夫的綜合評價裡，天使被歸納為難纏敵人。

不過也要看是哪種天使，並非所有天使都是難以戰勝的對手。

這次的天使裝備閃亮的護胸甲，手拿火焰長劍。是葛傑夫不認識的天使。

在旁邊一起看著這個景象的安茲，向不清楚所以無法得知對方實力的葛傑夫問道：

「他們到底是何方神聖？目標又是什麼？這個村莊應該沒有什麼價值吧。」

「恭閣下沒有頭緒嗎……如果不是覬覦財物，答案只有一個吧。」

安茲和葛傑夫的目光交會。

「是對戰士長閣下的怨恨吧？」

「既然身處於戰士長這個職位，遭到怨恨也是沒辦法的事。不過……真是傷腦筋。從對方有這麼多可以召喚天使的魔法吟唱者看來，他們很可能是斯連教國的人……而且進行這樣的任務，很明顯就是特殊情報部隊……傳說中的六色聖典。無論從人數還是本領來看，都是對方比較占優勢呢。」

表示棘手的葛傑夫聳聳肩。雖然表面非常沉著，不過內心卻是十分焦慮與憤怒。

「竟然動用貴族，甚至卸下武裝，真是辛苦他們了。不過那個蛇蠍心腸的男人如果留在宮中會更麻煩，能在這裡做個了解應該算是幸運吧。只不過真是沒想到，連斯連教國也盯上我了。」

葛傑夫不屑地哼了一聲。

然而人手不足、毫無準備、無計可施，什麼都沒有。不過或許這裡還有一張王牌。

「……那是火焰大天使（Archangel Flame）？外表看起來很像，不過……為什麼會出現相同的魔物……同樣是用魔法召喚的關係嗎？這麼說來……？」

葛傑夫將目光移向喃喃自語的安茲身上，帶著一絲希望詢問：

「恭閣下，請問願不願意接受我的聘僱？」

沒有回答，不過葛傑夫可以強烈感覺到對方面具底下的眼神。

「酬金方面保證可以達到你的期望。」

「……請恕我拒絕。」

「……只是借用你召喚出來的那個騎士也可以喔。」

「……這也恕我拒絕。」

「這樣啊……那麼根據王國的法律，強制徵召如何？」

「……這是最愚蠢的選擇……我不打算說出這種話，不過如果你想行使國家權力，那麼我也會稍微抵抗。」

兩人無聲對看，先移開目光的人是葛傑夫。

「……真是可怕。還沒和斯連教國的人交手就要全滅了。」

「全滅……真是會開玩笑。不過你能理解我的想法，還是相當感激。」

葛傑夫瞇起眼睛，仔細觀察低頭道謝的安茲。

剛才說的話並非玩笑，葛傑夫的直覺強烈告訴自己，和這名魔法吟唱者為敵是件相當危險的事。

尤其是面臨生命危險時的直覺，比起差勁的想法更值得信賴。

他到底是何方神聖？

葛傑夫一邊思考，一邊注視安茲的詭異面具。面具底下的臉到底長得怎麼樣？是自己認識的人嗎？還是……

「怎麼了嗎？我的面具上有什麼東西嗎？」

「啊，沒有，只是覺得這副面具很特別。這副面具是用來控制那個魔物……那麼它應該是個非常了不起的魔法道具……對吧？」

「這個嘛，這是非常稀有的高價道具。甚至到了絕無僅有的地步。」

如果擁有高價的魔法道具，就表示那個人的能力也很高。按照這個道理，安茲應該是名本領相當高強的魔法吟唱者吧。葛傑夫對於無法獲得安茲的協助，感到有些沮喪。

不過內心也希望身為冒險者的他，至少能夠接受這個委託。

「……繼續下去也沒有意義。那麼恭閣下，還請保重。再次感謝你解救這個村莊。」

葛傑夫取下金屬手套，伸手握住安茲的手。原本安茲應該也要拿下金屬手套才合乎禮儀，不過安茲沒有這麼做。但是葛傑夫並不在意，緊緊握住安茲的手，吐露內心的想法：

「保護無辜的村民免於遭到屠殺，真的非常感謝。還有……雖然知道非常勉強，還是希望你可以再次保護這裡的村民。我現在沒有什麼東西可以給你，不過無論如何，還請你接受我的請求……拜託你了。」

「這個嘛……」

「如果你大駕光臨王都，我保證一定會如願送你想要的東西。我以葛傑夫．史托羅諾夫的名字發誓。」

放手的葛傑夫打算跪下拜託，不過安茲伸手阻止：

「……不需要做到這個地步……好吧，我一定會保護村民。以安茲．烏爾．恭這個名字發誓。」

聽到對方以姓名發誓，葛傑夫稍微鬆了一口氣：

「非常感謝你，恭閣下。這樣我就沒有後顧之憂了，可以只管勇往直前。」

「……在此之前，請帶著這個吧。」

安茲拿出一個東西，遞給感覺非常高興的葛傑夫。那是一個小小的奇怪雕刻，不像是有什麼特別之處。不過——

「只要是你的禮物，我都樂意收下。那麼恭閣下，雖然有點不捨，不過我先走了。」

「……不等夜色深沉的時候再出發嗎？」

「對方有『夜視』之類的魔法，晚上對我們不利，但是不見得會對他們不利。而且……也要讓你能夠確認我們是否敗退。」

「……原來如此，真不愧是王國的戰士長，思考得如此透徹，令人佩服。那麼祝你馬到成功，戰士長閣下。」

「我也祝恭閣下今後的旅途一路平安。」

安茲默默注視葛傑夫的背影漸漸縮小。雖然從主人散發的氣氛感受到什麼，但是雅兒貝德沒有機會開口發問。

「……唉……對第一次見面的人只能產生如同對待昆蟲的親切感……不過深入交談之後，就會湧現如同對待小動物的眷戀。」

「所以您才會以尊貴的名號立誓保證嗎？」

「說不定吧……不，應該是對勇敢赴死的決心……」

對那種和自己不同的堅定決心。
感到心神嚮往吧。

「……雅兒貝德，向周圍的僕役下令。確認伏兵狀況，一旦發現就讓他們失去意識。」
「馬上去辦……安茲大人，村長他們來了。」
安茲轉頭看向雅兒貝德，剛好看到村長帶著兩名村民過來。
氣喘吁吁地跑到安茲身邊，懷抱慌張與不安的村長一行人立刻開口，似乎連調整呼吸的時間都覺得浪費。
「安茲大人，我們該怎麼辦才好？為什麼戰士長閣下不保護我們，擅自離開村莊呢？」
村長的口氣中除了恐懼，還隱含遭到拋棄的憤怒情緒。
「……那是他應該做的事，村長大人……對方的目標是戰士長閣下，如果他留在這裡，只會讓村莊變成戰場，況且對方也不會放過你們。所以他們不留下來，是為了你們好。」
「原來戰士長閣下離開這裡是這個意思……那、那麼我們應該繼續待在這裡嗎？」
「沒有這回事。戰士長閣下之後，接下來的目標就是你們吧。只要在這個包圍網裡，應該無處可逃，不過……對方會傾全力攻擊戰士長閣下，到時候便是逃走的時機。乘機逃走吧。」

正因為如此，戰士長才會大張旗鼓逃走。目的是把自己當作誘餌，引誘敵人全力攻擊。聽出戰士長勝算不高的言外之意，村長面紅耳赤地低下頭。為了製造讓村民逃走的機會，戰士長不惜一死邁向戰場。

連這點都無法體會，沒有細想就誤會戰士長，最後還胡亂生氣。村長大概是對於這樣的自己感到慚愧吧。

「我竟然隨便猜測……誤會好人……安茲大人，我們應該怎麼做才好呢？」

「什麼意思？」

「我們雖然住在森林附近，但是並非絕對不會遭到魔物攻擊。只是幸運誤以為這裡很安全，連自衛的方法也沒想，結果不但失去親愛的鄰居，還成了累贅……」

不只是村長，連後面的村民也都露出懊悔的表情。

「這也是沒辦法的事。對方是擅長戰鬥的軍人，若是出手抵抗，在我來到這裡之前，或許你們都早已成了刀下亡魂。」

雖然安茲出言慰藉，不過完全感受不到村長等人有受到安慰。其實不管是誰出言安慰，這都是已經無法挽回的悲劇。只能祈禱時間能夠撫平一切。

「村長大人，沒有什麼時間了。為了不辜負戰士長閣下的決心，必須趕緊行動才行。」

「那、那麼……安茲大人，我們應該怎麼做才好？」

「……我會隨時留意情勢變化，然後看準時機保護大家一起逃走。」

「老是麻煩安茲大人，實在是……」

「……別在意。因為我和戰士長閣下也定下承諾……總之先讓所有村民到比較大的屋子集合，我再用魔法加以防禦吧。」

4

馬匹的激動情緒從雙腳傳來。

即使是受過訓練的軍馬——不，正因為是軍馬，更能感受即將踏入死地的感覺吧。

對手雖然只有四、五人，卻將整個村莊大大包圍，因此每個人之間的間隔都很大。不過應該利用了什麼方法，讓這個包圍網滴水不漏吧。

也就是說附近設有什麼陷阱，只要踩到就會遭遇致命的襲擊吧。

雖然如此判斷，葛傑夫還是決定強行突破。不，是以現狀來說，只有這個辦法。

遠距離戰沒有勝算。

如果身邊有擅長遠距離攻擊的弓箭手還另當別論，若是沒有，一定要避免和魔法吟唱者進行遠距離戰鬥。

防守戰更是愚昧的做法。

如果是石造房子或是堅固的城寨就算了，以木製房屋來抵擋魔法實在很不安。搞不好可能連同整間房子一起燃燒。

最後只剩下一個可說是旁門左道的方法。

就是讓村莊變成戰場，在戰鬥時將安茲·烏爾·恭也牽扯進來，強制讓他參戰。

可是如果採取這種方法，就完全喪失來到這個村莊的意義。所以葛傑夫才會行險：

「攻擊敵人之後，立刻將對方的包圍網引誘過來。之後立刻撤退，不要錯失機會了。」

聽著後方部下充滿氣勢的回應，葛傑夫皺起眉頭。

這裡面有多少人能夠生還呢？

他們並非潛力比人強，也沒有天生的超能力，只是一群在葛傑夫的訓練之下努力的人。

失去這些心血結晶，實在太過可惜。

即使知道葛傑夫採取愚昧的手段，這群部下依然甘心跟隨。想要對這些被自己牽扯進來的部下道歉的葛傑夫，回頭看見部下的表情後，立刻把想說的話吞回去。

眼前是戰士的表情。那是即使知道即將赴湯蹈火，依然在所不辭的無懼神情。

這種明知危險依然決定跟隨自己的部下，不需要任何道歉的話語。部下們個個開口向感到慚愧的葛傑夫說道：

「請不要在意，戰士長！」

「是的，我們是自願來到這裡，誓死和戰士長並肩作戰！」

「請讓我們保護國家、人民還有同伴吧！」

已經沒有別的話好說。

葛傑夫向前高聲吶喊：

「衝吧！將敵人碎屍萬段！」

「喔喔喔喔喔喔喔喔喔喔喔！」

策馬向前奔馳，部下們也跟在葛傑夫後面。全力奔馳的快馬，在草地畫出一條有如弓箭射過的痕跡。

葛傑夫騎在馬上取弓搭箭。

即使不停晃動，他依然從容地拉弓射箭。

利箭不偏不倚命中目標，利箭射穿前方一名魔法吟唱者的頭——看起來是如此。

「啐！果然沒用啊。魔法箭或許能刺穿，不過……沒有的東西就是沒有，在這邊發牢騷也沒用。」

有如射中堅硬的頭盔，利箭被彈開了。那種超乎常理的硬度，果然是某種魔法的效果吧。就葛傑夫所知，想要射穿具有防禦射擊武器效果的魔法，就必須使用施加魔法的武器。不過沒有那種武器的葛傑夫，立刻放棄繼續射擊，收起手上的弓箭。

魔法吟唱者也開始反擊，使出魔法。

葛傑夫集中精神，全神貫注地擺出架式加以抵擋。

這時——胯下的駿馬高聲嘶鳴，前腳高高抬起，在空中猛踢雙蹄。

「喝！喝！喝！」

緊緊抓住韁繩，身體前傾抱住馬頸，靠著臨危不亂的敏捷反應，才讓葛傑夫免於從馬背上跌落。雖然這個突發狀況令自己冒出一身冷汗，但是總算壓抑焦躁的情緒。眼前還有更重要的事。

情緒激動、氣息紊亂的葛傑夫，用力鞭打馬的側腹，不過馬卻一動也不動，彷彿比起坐在背上的人，還有更重要的主人下達命令。

會出現如此異常現象的理由只有一個。

那就是精神操控系的魔法。

馬兒被施加了那種魔法。如果向葛傑夫施法或許會遭到抵抗，但是對象是非魔獸的軍馬，就不用擔心會受到抵抗。

沒有預測到這個理所當然的攻擊，令葛傑夫對自己的失策感到火大，飛身下馬。

跟在葛傑夫身後的部下紛紛避開葛傑夫。從他的兩旁奔馳而過。

「戰士長！」

隊伍最後面的部下放慢速度，伸手想要把葛傑夫拉上馬。不過從空中俯衝而下逼近的天使速度比較快。葛傑夫拔劍揮向天使。

剛劍迅捷一閃。

王國最強男人的劍光，果然帶著足以一刀兩斷的驚人氣勢。不過天使的軀體雖然受到重創，還不至於喪命。

噴出的鮮血在空中化為形成天使的魔力，就此煙消雲散。

「不需要！直接反轉進行突擊！」

葛傑夫對部下下令之後，以銳利的目光瞪向逃過一劫的天使。對方雖然身受重傷，依然充滿鬥志地尋找葛傑夫的破綻。

「原來如此啊。」

揮劍命中時，感受到異樣的觸感。

葛傑夫這才知道那是為什麼。有些魔物擁有特殊能力，只要不被非特定材質的武器命中，傷害就會大幅減輕。天使具有這種能力，所以即使挨了葛傑夫的強力一擊也沒有倒下。

如此一來——葛傑夫決定從體內聚集力量，發動武術技能「集中戰氣」，劍身發出微光。

看準這個時機，天使揮下赤焰之劍。可是——

「——太遲了。」

看在周邊國家最強戰士的葛傑夫眼裡，天使的動作實在太慢了。

葛傑夫的劍動了。

比起剛才那招的威力更強，葛傑夫的劍輕鬆斬斷天使的軀體。

主體遭到破壞的天使，有如融化一般消失在空中。閃閃發亮的翅膀四散之後瞬間消失，如夢似幻的光景令人著迷。

如果不是在這種充滿血腥味的絕望狀況，葛傑夫一定會出聲讚嘆吧。不過如今早已沒有那種閒情逸致。

葛傑夫環視四周，確認接踵而至的敵方攻擊——臉上露出一抹輕笑。

數量增加了。才稍微一轉眼，敵人就增加兵力。隨從的天使也增加了。

葛傑夫非常清楚，這並非尋常的增援。

「……靠著魔法什麼事都辦得到嗎？可惡。」

口中罵著這些輕易做出戰士絕對辦不到的事的魔法吟唱者，葛傑夫冷靜地計算人數，確認這些人就是包圍村莊的所有人。
這麼一來，村莊的包圍網就解除了。
「那麼恭閣下，接下來麻煩你了……」
能夠解救倖存的村民性命，葛傑夫感到無限喜悅，不敢大意地瞪視眼前的敵人。
傳進葛傑夫耳裡的馬蹄聲越來越大。那是回頭進行衝刺攻擊的部下們。
「我說過如果包圍網解除就撤退……真是一群笨蛋……自傲到極點的傢伙。」
葛傑夫全力奔走。
恐怕這個瞬間就是在這場戰鬥之中，唯一的最佳時機吧。從騎兵的速度來看，為了阻止我方會合，對方的魔法應該會全力對付部下。抓準這個機會引發混戰。只有這個辦法。
部下的馬發出嘶鳴，和剛才的葛傑夫一樣，馬腳高高抬起，有好幾個人跟著落馬發出呻吟。天使趁機發動攻擊。
部下和天使的實力雖然相同，但是就基礎能力和特殊能力的有無，部下處於絕對的劣勢。不出所料，部下們被數量大約一半的天使逼到絕路。當然了，魔法吟唱者的魔法攻擊，更是造成如此懸殊戰局的主因。
部下們相繼倒地。
葛傑夫不忍目睹早已心知肚明的結果，向前奔馳。

目標是敵人的指揮官。

雖然知道即使殺了敵人指揮官，對方也不會撤退，不過這是大家唯一的生路。

數量超過三十的天使擋在突擊的葛傑夫面前。看到對方嚴加防備，葛傑夫一點也不高興。

「擋路————！」

葛傑夫發動隱藏殺招。

從手上散發的熱氣蔓延至全身。

葛傑夫突破肉體的極限，到達英雄的領域。不僅如此，還同時發動多種武術技能——這可以說是戰士的魔法。

葛傑夫瞪視飛在周圍的六個天使。

「六光連斬。」

有如閃光的神速武術技能。

一招就命中六個天使。

周圍的六個天使遭到一刀兩斷，成為光球就此消散。

斯連教國的援軍發出驚呼，葛傑夫的部下則是大聲喝采。

雖然使出絕招讓手為之抽痛，但是這種程度還不足以降低肌力。

像是接到蓋過喝采的命令，大批天使再次襲來。其中之一向葛傑夫揮下赤焰劍。

「即刻反射。」

在天使揮劍的同時，葛傑夫立刻發動武術技能，身體有如霧霞瞬間閃開。

天使在砍中之前，早已挨了葛傑夫的劍招。一招就讓天使化為光球。

葛傑夫的攻擊沒有就此結束。

「流水加速。」

以行雲流水般的動作，將襲來的天使一一解決。

使出絕招繼續打倒兩個天使。如此有如神技的光景，讓頑強抵抗的葛傑夫部下產生一絲獲勝的希望。

但是教國方面不允許這種事發生，用嘲諷的聲音抹煞戰士的一絲希望。

「很精彩。不過……到此為止了。失去天使的神官再次召喚新的天使，全力對史托羅諾夫發出魔法。」

熱血沸騰的情緒瞬間冷卻。

「不太妙啊。」

低聲唸唸有詞的葛傑夫隨手解決一個天使。看來即使葛傑夫繼續打倒天使，也不會再有喝采了。部下們個個面帶焦慮地揮劍迎敵。

不管在人數、武裝、訓練程度還是個體的能力。

幾乎都處於劣勢的葛傑夫部隊，唯一的武器——獲得勝利的希望也消失了。

反射性地躲開襲來的武器，葛傑夫加以反擊。雖然一劍就確實消滅天使，但是主要的敵人依然很遠。

雖然期望部下有所作為，還是必須用魔法武器才能突破天使的防禦能力。沒有像葛傑夫那樣的武術技能「集中戰氣」也沒有魔法武器的部下，即使能夠讓天使受傷，也很難造成致命傷。

束手無策。

葛傑夫咬著嘴唇，只能不斷揮劍。

連續展現好幾次一擊必殺的招式，絕招「六光連斬」的連續使用紀錄也不斷更新。

像葛傑夫這樣的戰士，可以同時使用的武術技能是六種，用上隱藏殺招的現在，可以同時發動七種武術技能。

目前發動的武術技能為肉體強化、精神強化、魔法抵抗強化、暫時魔法武器化，還有攻擊時使用的武術技能等五種。

沒有發動極限的七種，是因為強力的武術技能會消耗許多集中力。

尤其是「六光連斬」需要三倍的集中力。

即使是葛傑夫，也只有兩種如此強力的絕招——需要用上全部集中力和四倍集中力的武術技能。

如果能用這些武術技能，可以輕鬆打倒天使。可是即使打倒天使，還是會繼續召喚。只要沒有打倒召喚者，就會面對再次召喚的天使。等待對方的魔力耗盡也是種方法，不過恐怕在那之前，葛傑夫就先精疲力竭了吧。

實際上，葛傑夫揮劍的手已經越來越重，心跳也隨之紊亂。

「即刻反射」是能在攻擊之後，讓失衡的姿勢強制回到攻擊前的武術技能。雖然可以立刻再次攻擊，但是會對強制變更姿勢的身體造成很大的負擔。

「流水加速」這項武術技能可使神經暫時加速，提升攻擊速度。但是會在腦中累積大量的疲勞。

再加上使用絕招「六光連斬」。

對身體的負擔真的很大，然而若是不用便沒有退路。

「無論有多少都儘管來吧！你們的天使沒什麼大不了！」

充滿氣勢的怒吼令斯連教國部隊愣了一下，不過隨即恢復冷靜加以反擊：

「別在意，那不過是籠中野獸的吼叫。不必擔心，一點一滴消耗他的體力，不過絕對不能太過靠近。猛獸的爪子可是很長的。」
葛傑夫瞪向臉上有傷痕的男子。
只要打倒那個指揮官，一定可以立刻逆轉局勢。問題是隨侍在側，與赤焰劍天使不同的那個天使。還有到不了的遙遠距離，以及層層保護的防衛網。
距離實在太過遙遠。
「猛獸想要突圍了。讓他知道什麼叫不可能吧。」
男子的冷靜聲音令葛傑夫為之焦躁。
即使踏入英雄領域，但是只有修煉強化肉搏戰武技的葛傑夫幾乎毫無勝算。
可是——那又如何。如果只有這條路，也只能使盡全力突破。
目光銳利的葛傑夫開始衝刺。
不過正如他的認知，那是困難的道路。
天使接二連三刺出、揮砍手中熊熊燃燒的赤焰劍，迴避的同時加以反擊，將天使陸續消滅的葛傑夫突然感覺到劇痛。那是腹部遭到強烈撞擊的疼痛。
往那個方向望去，看到一群使用某種魔法的魔法吟唱者。
「既然身為神官就該有神官的樣子，至少使用一下治癒魔法吧。」
像是要抹煞葛傑夫的諷刺，無形的衝擊波命中葛傑夫的身體。

即使是無形攻擊，只要數量不多，葛傑夫依然有自信可以根據形跡和眼神等線索加以躲避。但是面對超過數量超過三十的攻擊，根本無計可施，光是保護持劍的手以及頭就已經耗盡全力。

幾乎要令人倒地不起的疼痛遍布全身，疼痛的地方已經多到不知道是從哪裡傳來。

「嗚啊！」

喉嚨忍耐不住鐵的味道，葛傑夫吐出一口鮮血。黏稠的血液流出，沾在下巴。

遭到無形衝擊波連續命中的葛傑夫腳步踉蹌，迎面又遭到天使揮出赤焰劍。

無法躲開的劍招命中鎧甲，幸好劍被彈開了，不過衝擊力道還是穿透鎧甲深入體內。

雖然在慌亂之中對天使橫揮一劍，但是失去平衡的攻擊被天使輕鬆躲開。

氣喘吁吁的葛傑夫連持劍的手都在發抖。

充滿全身的強烈疲勞感，像是在耳邊呢喃快點躺下休息。

「已經到了狩獵的最後階段。別讓野獸休息，命令天使輪番攻擊。」

即使想要稍微喘口氣，但是聽從指揮官的命令圍在自己身邊的天使，卻毫不留情地一一發動攻擊。

千鈞一髮之際躲過來自後方的攻擊，揮劍擋開旁邊的突刺。並以鎧甲的堅固部位抵擋從上方飛來的天使突擊。

雖然葛傑夫想要反擊，不過敵人的攻擊次數是自己的數倍。

隨著累積的疲勞與力量的下降，頂多只能一招解決一個對手，幾乎沒有餘力使用武技。

部下紛紛倒地，敵人的攻擊完全集中在自己身上。無法突破敵人的包圍網，感覺死亡離自己越來越近。

稍微不留神，膝蓋一軟差點跌倒，趕緊提起精神再戰。

再次襲來的魔法衝擊波，擊中拚命支撐的葛傑夫。

眼前的景象大幅搖晃。

不妙！

葛傑夫以全身的力氣想要保持平衡。但是身體卻好像哪裡出了問題，應該挺住身體的力量就此消失無蹤。

接觸草地的刺癢感突然傳來，代表葛傑夫的身體已經倒地。

雖然努力想要爬起，卻是身不由己。這時蜂擁而至的天使之劍，代表的就是「死」。

「給他致命一擊。不過不要單獨下手，讓所有天使確實送他歸天。」

死定了。

經過訓練的手抖個不停，表示無法舉起握緊的長劍，即使如此還是無法放棄。

緊咬的牙關發出嘰嘰嘰的刺耳聲響。

葛傑夫不怕死。自己曾經奪走無數的生命，所以早有心理準備，自己也會在戰場上遭遇同樣的下場。

如同他對安茲說的話，自己遭人怨恨。怨恨會化為劍，總有一天會刺在自己的身上。

可是自己無法接受這樣的結果。

襲擊好幾個村莊，殺害毫無戰鬥能力的無辜村民，僅僅只是為了讓葛傑夫落入陷阱。絕對不允許自己死在這種無恥之輩的手中，也無法忍受自己的無能為力。

「嘎啊啊啊啊啊啊啊！別小看我——————！」

擠出全身的力量高聲吶喊。

口中流出帶血的唾液，葛傑夫緩緩站起。

發現應該無力站起的男子威風凜凜地靠近，天使們不禁紛紛後退。

「呼——————！呼——————！」

光是站起來就讓他呼吸困難，意識模糊，全身像是蓋上厚重的泥土一般沉重。但是絕對不能躺下。只要躺下一切就結束了。

並不是因為受到這些痛苦，就可以體會死去村民的痛苦。

「我是王國戰士長！是愛著這個國家、保護這個國家的人！怎麼可以輸給你們這些玷污這個國家的敗類——————！」

那位大人會保護那些村民吧。

那麼自己該做的事就是盡可能多打倒一個敵人，讓百姓們不再遭遇相同的不幸。

要保護未來的王國百姓。他只是想這麼做。

「……因為你只會說這種夢話，現在才會死在這裡。葛傑夫・史托羅諾夫。」

葛傑夫瞪視敵方的指揮官，耳裡傳來對方冷嘲熱諷的言論。

「如果你拋下這些邊境的村民，就不會落到這種下場吧。你不可能不知道，你的生命比數千條村民的性命還要寶貴吧。如果真的愛國，就該拋下村民的性命。」

「我和你……沒有交集……看招吧！」

「你那副身體還能有什麼作為？不要再做無謂掙扎，乖乖躺下吧。我會可憐你，讓你沒有痛苦地死去。」

「如果覺得……我已經沒有作為，那就過來……取下我的首級如何？我這副模樣……應該很容易吧？」

「……哼，只會耍嘴皮子。看來你似乎還想再戰，難道你有勝算嗎？」

葛傑夫只是瞪視前方，發抖的手握著劍。朦朧看向眼前的敵人，不把周圍蠢蠢欲動的天使們看在眼裡。

「……還在白費工夫。真是太蠢了。等我們殺了你之後，接下來就輪到那些倖存的村民。你的所作所為，只不過是延長他們膽顫心驚的時間。」

「哼、哼……哼哼……」

葛傑夫回以滿臉的笑容。

「……有什麼好笑的？」

「……哼，真是愚蠢。這個村莊裡……還有比我更強的人。深不可測的他，一個人就能把你們全部解決……想要殺他……保護的村民，簡直是不可能的事……」

「……比王國最強戰士的你還要厲害？你覺得這種虛張聲勢有用嗎？太愚蠢了。」

葛傑夫的臉上浮現微笑。當尼根和安茲．烏爾．恭這個深不可測的男子相遇時，會露出什麼表情呢？這應該是送給前往那個世界的自己最好的禮物吧。

「……天使們，殺了葛傑夫．史托羅諾夫。」

隨著這道冷酷的命令，無數的翅膀開始拍動。

葛傑夫帶著必死的決心打算向前奔去，旁邊傳來一道聲音。

——差不多該換手了。

葛傑夫眼前的景色為之一變，已經不是剛才那個染血的草地，而是類似房屋地面的儉樸住處一角。

四周是部下的身影，還有憂心忡忡望著自己的村民。

「這、這裡是……」

「這裡是安茲大人以魔法保護的倉庫。」

「村長嗎……恭、恭閣下好像不在這裡……」

「不，剛才還在這裡的，不過就好像和戰士長大人對調一樣，轉眼間消失無蹤。」

原來如此，腦中響起的聲音是……

葛傑夫放鬆拚命使力的身體。接下來應該沒有自己的事了吧。葛傑夫倒在地上，村民們急忙靠近。

六色聖典。連周遭國家最強戰士的葛傑夫都無法打敗的對手。

不過腦中完全不覺得安茲．烏爾．恭會輸。

第五章 死之統治者

Chapter 5 | Ruler of death

1

草原上沒有留下先前激鬥的痕跡。

血染的草原遭到夕陽餘暉掩飾，血腥味也在強風的恣意吹拂下飄散。

草原上出現兩個原本不存在的身影。

斯連教國特殊情報部隊陽光聖典隊長尼根，以詫異的眼神看向兩人。

其中一人是魔力系魔法吟唱者的打扮。戴著詭異的面具掩飾面貌，手上還戴著金屬手套。身穿看起來十分昂貴的漆黑長袍，似乎代表他尊貴的身分。

另外一人則是裝備漆黑全身鎧甲。那也是相當不得了的鎧甲，絕非隨處可得的廉價品。光從外觀就可知道是一流的魔法道具。

被逼到絕路的葛傑夫和他的部下不見蹤影，反倒是出現這兩個神祕人物。這是某種傳送魔法的傑作吧，但是完全不知道是什麼魔法。使用未知魔法的神祕人物，必須小心戒備。

尼根先讓天使全部撤退，維持一定的距離守護在我方的周圍。毫不鬆懈地觀察對方舉動，眼前的魔法吟唱者往前跨出一步：

「大家好，斯連教國的各位。我的名字是安茲．烏爾．恭。如果能親切地稱呼我安茲，那就是我的榮幸。」

雖然距離有點遠，但是在風的吹拂之下，聲音非常清晰。

尼根沒有回應，這時自稱安茲的神祕人物繼續說道：

「身後的這位名叫雅兒貝德。我想跟大家做個交易，不知可否耽誤一點時間？」

在腦中搜尋安茲．烏爾．恭這個人名，不過完全想不出來，很有可能是假名。看來還是暫且聽對方說些什麼，從中蒐集情報比較好。如此判斷的尼根抬起下巴要安茲說下去。

「太棒了……感謝你願意抽空聽我說話。那麼我有一件事必須先向各位說明，那就是你們是打不贏我的。」

從斬釘截鐵的語氣，可以聽出絕對的自信。絕對不是虛張聲勢或是毫無根據的傻話，那是安茲這號人物，打從心底如此相信的語氣。

尼根稍微皺起眉頭。

在斯連教國裡，沒有人敢對上位者說這種話。

「無知真是悲哀。你的愚蠢將會付出代價。」

「……這個嘛，事實又是如何呢。我仔細觀察這次的戰鬥，所以我會來到這裡就代表有必勝的自信。你們不覺得如果我沒有必勝的把握，應該會對那個男人見死不救嗎？」

完全沒錯。

如果是魔力系魔法吟唱者，比較適合採用別的方法。秘術師、妖術師和魔法師，基本上只會裝備輕型鎧甲。大多會盡量避免肉搏戰，利用「飛行」魔法在遠處連續發射「火球」等魔法，勝算比較高。但是安茲卻選擇正面迎擊，一定藏有什麼招式。

不知對方是怎麼面對這段沉默。安茲繼續說道：

「如果你能理解，我有個問題想要請教一下。你們帶來的天使應該是使用三級魔法召喚出來的火焰大天使，不知道對不對呢？」

簡直是明知故問。

不理會尼根不屑的表情，安茲繼續說下去：

「你們召喚的魔物似乎和ＹＧＧＤＲＡＳＩＬ相同，所以我有點好奇是不是連名稱也一樣。ＹＧＧＤＲＡＳＩＬ的魔物名稱很多都是來自神話……天使系和惡魔系的魔物應該很多都和神話有關。那些天使與惡魔最常出現在天主教的相關事物。但是在沒有天主教的這個世界中，竟然會有稱為大天使的天使，實在很不自然。這就表示在這個世界裡，也有類似我這種人。」

完全不知道對方在說什麼，感到火大的尼根反問：

「你的自言自語可以結束了，趕快招出你把葛傑夫．史托羅諾夫弄到哪裡去了？」

「傳送到村莊裡了。」

「……什麼？」

沒想到對方會回答的尼根不解反問，接著立刻想到對方會如此回答的理由：

「蠢斃了。即使你說謊，只要搜索一下村莊馬上就——」

「——我可沒有說謊，只是有問必答……其實我會老實回答，還有一個理由。」

「……難道是想求饒嗎？如果可以讓我們節省時間，倒是可以考慮。」

「不不不……其實……我聽到你和戰士長的對話……真是有膽量啊。」

安茲的口吻與氣勢為之一變，看向面露嘲諷表情的尼根：

「你們竟敢大言不慚地說要殺掉我安茲．烏爾．恭好不容易才救回來的村民。沒有比這更讓人不悅的事。」

風激烈吹動安茲身上的長袍，這股風就這麼吹過尼根一行人的身邊。

只不過是草原上的風剛好從安茲的方向吹來，但是置身冷風中的尼根趕緊甩開浮現腦中的錯覺。

不，感覺風裡充滿死亡氣息肯定是錯覺。

「……說、說什麼不悅啊，魔法吟唱者。那又怎麼樣？」

雖然遭到恐嚇，尼根還是不改冷嘲熱諷的態度。

身為斯連教國王牌之一的陽光聖典指揮官尼根，怎麼可以聽到區區一名男子的恐嚇就感到害怕。絕對不行。

不過——

「剛才我有提到交易，內容是希望你們乖乖交出性命，如此一來也可以免受皮肉之苦。相反地，如果想要抵抗，那麼愚蠢的你，將會付出在絕望與痛苦之中死去的代價。」

安茲僅僅跨出一步。

雖然只有一步，安茲的身影看起來卻相當巨大。陽光聖典的所有人都因此退了一步。

「啊啊……」

尼根的周遭傳來好幾道嘶啞的聲音。

這個聲音代表恐懼。

充滿令人難以置信的強者氣勢。尼根還是第一次感受到如此強烈的氣勢。所以可以理解部下的恐懼。

身經百戰，不知在生死邊緣遊走多少次，奪走多少生命的強者尼根，也能感受安茲這名神祕魔法吟唱者，散發出令人透不過氣的強大壓力。部下們的感受應該更加強烈。

他到底是何方神聖！

這個魔法吟唱者的真面目、面具底下的身分到底是誰？

無視尼根的焦慮，安茲以無比冰冷的語氣放話：

「這就是我沒有說謊，老實回答的理由。因為沒有必要對即將死亡的人說謊。」

安茲慢慢張開雙手，再次向前跨出一步。看起來像是想要擁抱，不過詭異彎曲的手指，彷彿即將襲來的魔獸。

一股冷顫從尼根的腳底竄到頭頂。曾經在無數次的生死邊緣感受過的這股感覺，是死亡的預感。

「讓天使突擊！別讓對方靠近！」

尼根放開嗓門，發出有如哀號的嘶啞聲音下令。

並非想要鼓舞士氣，單純只是對進逼的安茲．烏爾．恭感到害怕。

兩個火焰大天使接受尼根的命令發動攻擊。拍動翅膀破風而來。

一直線飛到安茲面前的天使，毫不遲疑地刺出手中的赤焰劍。

身後的雅兒貝德應該會上前抵擋吧。如此預測的所有人，全都不敢相信眼前的景象。並非發生什麼驚人的事，而是剛好相反。

完全沒發生任何事。

沒錯——安茲這號人物沒有採取任何行動，只是讓天使的劍刺入自己的身體。魔法、閃避、防禦，或是由隨從抵擋，什麼事都沒發生。

驚訝變成嘲笑。

什麼強者的氣勢，全都只是虛張聲勢。雅兒貝德也不是不想抵擋，而是來不及反應天使的高速攻擊吧。知道真相之後，其實也沒什麼大不了。

部下安心吐出一口氣。先前莫名感到焦慮，如今覺得不好意思的尼根看向雅兒貝德：

「太不像樣了。竟然虛張聲勢想要嚇唬我們……」

這時突然有個疑問。

為什麼安茲的屍體沒有倒下？

「……你們在幹什麼？快點讓天使退下。身上刺著劍才不會倒地吧？」

「可、可是我們已經下令了。」

部下充滿疑惑的聲音讓尼根為之一驚，再次看向安茲。

天使的翅膀奮力拍動，像是被蜘蛛網纏住的蝴蝶。

兩隻天使慢慢往兩旁移動，不過動作非常奇怪，像是被人強行拉開。

接著原本被天使擋住的安茲，再次從空隙之中現身眼前。

「……我不是說過了？你們打不贏我的。坦率地聽從別人的忠告才對喔。」

平靜的聲音傳入尼根的耳裡。

眼前的光景讓尼根感到不解。

即使胸部和腹部被劍刺穿，安茲依然若無其事地站著。

「不會吧……」

一位部下的呻吟道出尼根的心聲。從劍的刺入位置與角度來推測，那確實是致命傷。即使如此，安茲卻是完全沒有痛苦的樣子。

令人吃驚的地方當然不僅如此。

安茲的雙手掐住兩隻天使的喉嚨，掐住不斷掙扎的天使不放。

「不可能……」

不知道是誰在喃喃自語。由魔法召喚的天使，軀體是由召喚者的魔力所形成，即使如此，體重也絕對不輕。不但比成年男子稍重，如果連身上的鎧甲也算進去，絕對不是可以單手輕易抓起的重量。

的確，如果受過嚴格訓練，肌肉強壯的戰士或許可以做到。不過眼前的安茲應該是比起肌肉，更加專心鑽研提升智慧與魔力的魔法吟唱者。即使是以魔法強化，如果基本數值不高，根本沒什麼效果。

但是為什麼會有這種事。而且即使被劍刺穿，也是一副不痛不癢的樣子。

「……這其中一定有什麼騙人的花招。」

「啊，一定是這樣！被劍刺穿怎麼可能沒事！」

斯連教國的特殊部隊狼狽地大叫。雖然大家都是歷經各種危險，身經百戰的戰士，卻不曾看過這種情景。即使是尼根等人所召喚的天使也辦不到。

像是沒有半點痛苦的平淡聲音，傳進滿是疑問的尼根等人耳裡。

「這是高階物理無效化的常駐型特殊技能，可以讓資料量少的武器和低階魔物的攻擊完全無效。最多只能讓六十級的攻擊無效，也就是說超過六十級還是會受傷。算是一種不是零就是一的能力……沒想到真的發揮效用。那麼……這些天使很真礙事。」

雙手各抓著一個天使，安茲以驚人的速度往地面揮拳。隨著一聲巨響，大地似乎也跟著晃動——就是如此超乎常理的力量。

天使一命嗚呼，變成無數的光球消散。當然，也連同刺在安茲身上的劍。

「……如果知道天使名稱的由來，就可以掌握你們為什麼可以使用ＹＧＧＤＲＡＳＩＬ的魔法……不過這件事先暫且擱在一旁。」

緩緩起身的安茲，發言還是一樣令人不解。

不過這也讓人對他的神祕力量感到更加害怕。

尼根咕嘟吞下一口口水。

「好了，無聊的遊戲到此為止，玩夠了嗎？看來你們是不願接受我的交易，那麼接下來輪到我出手了。」

解決天使的安茲擺出姿勢，慢慢張開雙手。那個姿勢好像在證明手裡什麼也沒有。

令人毛骨悚然的寧靜中，安茲的聲音清楚傳進耳裡。

「我要上了——全部殺光。」

有如冰柱刺在背上的懼意，令人感到想吐。身經百戰的屠殺者尼根感覺到不曾體驗的莫名感受。

必須撤退。在沒有必勝方法的現在，和安茲戰鬥相當危險。

不過尼根努力甩掉這個直覺。已經將葛傑夫這個獵物逼到絕境，怎麼可以眼睜睜地看著他逃走。

不理會內心深處響起的警告，尼根大聲下令：

「所有天使發動攻擊！動作快！」

所有火焰大天使有如子彈襲向安茲。

「真是一群貪玩的傢伙……雅兒貝德，退下。」

尼根的耳裡傳來即使遭到天使襲擊，依然沉著的冷靜聲音。明明是被天使團團包圍看不到任何縫隙，卻完全感覺不到一絲焦急。

看來像是會被亂劍刺穿——不過在此之前，安茲早已發動魔法。

「負向爆裂（Negative Burst）。」

空氣劇烈震動。

像是發光的相反，黑光波動從四周一口氣往安茲的方向聚集。那是只有一瞬間的事。不過卻留下明顯的成果。

「……不、不可能……」

不知是誰的疑問隨風傳來。眼前的景象就是如此令人不敢相信。

總數超過四十的天使就這麼遭到黑色波動消滅。

對方並非使用對抗的魔法來解除召喚魔法。被黑色波動擊飛的天使，看起來像是受到傷害。簡單來說，就是安茲施展威力強大的魔法，將天使們一掃而盡。

尼根不禁毛骨悚然。腦裡回想起王國最強戰士，葛傑夫·史托羅諾夫說過的話。

『……哼，真是愚蠢。這個村莊裡……還有比我更強的人。深不可測的他，一個人就能把你們全部解決……想要殺他……保護的村民，簡直是不可能的事……』

眼前的光景印證這句話。

不可能！

尼根甩掉腦中浮現的話語，拚命說服自己。

就尼根所知，最強組織的漆黑聖典成員，也可以解決這麼多天使。也就是說只要將安茲當成那種對手來交戰即可。即使實力和漆黑聖典一樣堅強，人數如此眾多的我們，理當還是能夠獲勝。

不過漆黑聖典那些成員，可以只靠一招魔法就把所有天使全部解決嗎？

尼根搖頭甩掉疑問。不可以想這個問題。如果得到答案，那就真的束手無策。所以尼根把手伸進懷裡，從收在那裡的魔法道具獲得勇氣。

堅信只要有這個道具，一切都沒問題。

不過對於沒有內心支柱的部下，只好使用別的方法。

「嗚、嗚啊——！」

「這是怎麼回事！」

「怪物嗎！」

發現天使派不上用場的部下一邊慘叫，一邊始接連發動自己相信的魔法。

「迷惑人類」、「正義鐵鎚（Iron Hammer Of Righteousness）」、「束縛（Hold）」、「火焰之雨（Fire Rain）」、「綠玉石棺（Emerald Sarcophagus）」、「神聖雷射（Holy Ray）」、

「衝擊波（Shock Wave）」、「混亂（Confusion）」、「石筍突擊（Charge Of Stalagmite）」、「開放性創傷（Open Wounds）」、「中毒（Poison）」、「恐怖（Fear）」、「詛咒（Word Of Curse）」、

「盲目化（Blindness）」……

各式各樣的魔法命中安茲。

即使面對魔法如狂風暴雨襲來，安茲依然神情自若。

「果然都是熟悉的魔法……是誰教你們這些魔法的？斯連教國的人嗎？還是另有他人？想打聽的資訊越來越多了。」

不僅可以一招殺死召喚出來的天使，連魔法也無法造成傷害。

尼根感覺自己彷彿被困在惡夢的世界裡。

「噫————！」

因為魔法毫無效果而發狂的一名部下發出奇怪的慘叫，拿出投石器投擲鐵球。雖然尼根覺得連天使之劍都毫無作用，投擲鐵球又有什麼用，還是沒有阻止部下的舉動。

能夠輕易擊碎人骨的沉重鐵球，準確地往安茲的方向飛去。

有如爆炸的聲音突然響起。

瞬間。

事情真的發生在轉瞬之間。

既然身在戰鬥之中，眼睛的視線當然不可能離開目標。但是理應待在目標後方的雅兒貝德突然擋在安茲面前。剛才她所站立的地面因為強烈的踢擊而隆起，這便是巨響的真相。

雅兒貝德以快到看不清楚的速度，揮動手上的長柄戰斧。畫出美麗的枯綠色殘影。

接著是投擲鐵球的部下癱軟倒地。

「……啥？」

沒人知道眼前到底發生什麼事。應該是我們發動攻擊才對，然而結果卻完全相反，是攻擊的我方倒地。

跑過去的部下觀察死亡的同伴之後大叫：

「頭、頭被鐵球打碎了！」

「……什麼？鐵球……該不會是投擲過去的鐵球吧！」

為什麼會被自己投擲的鐵球砸死呢？

這時一道聲音隨風傳進感到疑問的尼根耳裡。

「抱歉，好像是我的部下使用導彈防盾和反擊箭這兩個特殊技能反擊回去。你們好像施加了抵抗飛行武器的防禦魔法，不過只要受到超過防禦力的反擊還是會被突破吧？應該不需要那樣大驚小怪。」

出聲解釋的安茲完全不理尼根等人，轉頭看向雅兒貝德：

「不過雅兒貝德，妳應該知道那種飛行武器根本傷不到我。可以不需要——」

「——請等一下，安茲大人。想要和無上至尊戰鬥，至少也要有一定程度的戰力。像是那種鐵球攻擊……未免太失禮了。」

「哈哈，這麼說來尼根他們沒什麼資格吧，是不是啊？」

「唔！哼！監視權天使（Principality Of Observation）！上吧！」

聽從尼根走音的命令，剛才只是輕微拍動的天使翅膀有了大動作。

監視權天使是穿著全身鎧甲的天使。一隻手拿著巨大釘頭錘，另一隻手則是拿著圓盾。有如長裙的衣襬把雙腳全部遮住。

實力比大天使更強的天使，至今都沒出動的原因在於他的特殊能力。監視權天使正如其名，有著提升視野範圍裡的我方防禦力的特殊能力。這在移動之後就會失去效果，因此讓監視權天使待命才是明智之舉。

即使如此依然下令出動，這證明尼根已經無計可施。只要有一線生機，就算是一根稻草也要拚命抓住。

「退下，雅兒貝德。」

接受命令的天使一口氣來到安茲面前，就這麼揮出閃亮的釘頭錘。安茲不耐煩地伸出戴著金屬手套的左手迎擊。

雖然是打碎手骨也不奇怪的一擊，不過安茲的手安然無恙，就這樣若無其事地承受天使接二連三的攻擊。

「哎呀哎呀……換我反擊吧。『地獄之火(Hell Flame)』。」

安茲伸出的右手手指發出一道輕輕搖晃，好像一吹就會熄滅的黑色火焰，附著在監視權天使的身上。在閃閃發亮的天使身上，那道火焰小得有點可笑。

不過——

監視權天使的身體瞬間被黑色火焰吞沒，火勢強到連距離很遠的尼根都可以感受到熱氣，幾乎連眼睛都無法睜開。

在氣勢沖天的黑色火焰中，天使的身體就此融化消失，絲毫沒有抵抗能力。將目標燃燒殆盡的黑色火焰也隨之消失。

現場沒有留下任何痕跡。剛才的景象——攻擊的天使和燃燒的黑色火焰，就像是不曾出現的幻影。

「怎、怎麼可能。」

「只要一招……」

「噫！」

「太、太誇張了啊啊啊啊！」

在一團混亂之中，響起尼根的怒吼。

尼根不知道自己在大叫。他只是把心中想法轉換成語言脫口而出，不覺得那是吶喊。

監視權天使是高階天使，而且攻防能力值的比率為三：七。在使用高階魔法召喚的權天使之中，也是防禦力最佳的一種。

而且尼根與生具來的異能「強化召喚魔物」，可以提升尼根所召喚的魔物能力。因此很少人能夠打倒尼根召喚的監視權天使。

尼根這輩子，還不曾遇過有人只用一招魔法就能辦到。即便是尼根所知的，幾乎達到人類極限的漆黑聖典成員也辦不到。也就是說安茲．烏爾．恭的實力超越人類的等級。

「不可能有這種事！太誇張了！沒有人能夠只用一招魔法就消滅高階天使！你到底是何方神聖！安茲．烏爾．恭！像你這種人不可能至今都默默無聞！你的真名到底是什麼！」

已經完全看不到任何冷靜，只是不願承認事實地吼叫。

安茲緩緩張開雙手。在夕陽的照射下，像是沾滿血的一雙手。

「……為什麼你會覺得不可能？這只不過是你的無知吧？還是說這個世界就是如此？只有一件事我可以回答你。」

在等待回答的期間，四周鴉雀無聲。只有安茲的聲音異常嘹亮地響起：

「我的名字是安茲．烏爾．恭。這個名字絕對不是假名。」

雖然不是想要的答案，不過從安茲話中蘊含的自傲與喜悅，令尼根無法開口反駁。從真相不明的人口中聽到真相不明的答案，就是這種情況吧。

尼根對自己的急促呼吸感到心煩。

吹拂草原的風聲也相當煩。自己體內的心跳聲聽起來特別大聲。紊亂的氣息，像是全力衝刺了很久。

腦中雖然浮現幾句可以安慰自己的話。不過剛才劍刺入對方身體的光景，還有一招魔法便消滅眾多大天使的景象，在在都是告訴尼根。

——那是超乎想像的怪物。自己絕對不是對手。

「隊、隊長，我、我們該怎麼辦才好……」

「這種事自己看著辦！我可不是你媽！」

放聲怒吼的尼根看到部下的恐懼表情之後，這才回過神來。

在這種未知的怪物面前驚慌失措，可是相當不妙的事。

太陽漸漸西下，黑暗即將吞噬整個世界。感覺像是「死亡」正在張開嘴巴，準備將所有一切全部吞噬。努力壓抑這種恐懼的尼根下令：

「保護我！想活命的人就替我爭取時間！」

尼根用發抖的手從懷中取出水晶。原本身手矯捷的部下，全身都被恐怖的鎖鍊束縛，動作變得相當遲鈍。被下令要求以身為盾抵擋這種魔物，即使是不怕死的部下也會猶豫不決吧。不過還是非得讓他們替自己爭取時間。

封印在水晶裡的魔法，可以召喚最強的天使。這個天使曾經獨自消滅一個在兩百年前，將大陸鬧到天翻地覆的魔神。

可以輕鬆毀滅城市的最高階天使。

再次召喚這個天使的魔法，究竟需要耗費多少錢與勞力，實在無法估計。不過安茲．烏爾．恭這個神祕人物，值得召喚這個天使加以解決。更重要的是如果沒有召喚反而被奪走，那就更加糟糕了。尼根如此說服自己。

尼根掩飾內心的恐怖，害怕自己會像那些死在自己手裡的人一樣，變成一團肉塊。

「我要召喚最高階天使，快點替我爭取時間！」

現實的狀況令部下的動作明顯加快。

眾人燃起希望之火這件事，對陣的安茲應該更有感覺吧。不過看不到他有任何舉動，只是自顧自地說些莫名其妙的話：

「……那個莫非是封印魔法的水晶……而且從閃亮程度來看，應該是封印著超位魔法以外的東西吧？也有這種YGGDRASIL的道具啊……如此一來，召喚出來的最高階天使……是熾天使級？雅兒貝德，使用特殊技能保護我。雖然不至於出現恆星天熾天使(Seraph Sphere)，不過若是出現至高天熾天使(Seraph The Empyrean)，就必須全力應戰。不……說不定是這個世界特有的魔物？」

就在安茲呆立原地之時，尼根以規定的使用方式破壞手中的水晶——發出閃亮的光芒。

彷彿隱藏的太陽出現在大地，草原瞬間染成耀眼白色，還有淡淡的芳香飄進鼻腔。

傳說中的天使降臨，讓尼根興奮歡呼：

「看啊！這就是最高階天使的尊容！威光主天使（Dominion Authority）！」

那是閃亮翅膀的集合體，在眾多翅膀之中雖然有拿著象徵王權的笏板的手，但是除此之外看不到頭和腳。雖然外表非常詭異，不過任何人都可以感覺到那是神聖的生命體。因為打從現身的瞬間，四周的空氣就變得相當清淨。

至高無上的善良化身，讓現場響起瘋狂的喝采。部下們個個變得熱血沸騰。

這下子一定可以殺死安茲．烏爾．恭。

這次輪到他恐懼了。

就讓他在神的力量面前，知道自己有多愚蠢吧。

面對歡欣鼓舞的激昂情緒，安茲好不容易才能擠出一句話：

「就……就是這個？這個天使……？就是用來對付我的最強殺招？」

看到安茲如此驚訝，剛才還相當不安的尼根鬆了一口氣，甚至感到心情愉快：

「沒錯！你會害怕也是沒辦法的，這就是最高階天使的模樣。本來將他用在這種地方有點浪費，不過我判斷你有那個價值。」

「怎麼會這樣……」

安茲慢慢舉起手，放在面具上遮住臉。看在尼根眼裡，只會覺得這是代表絕望的舉動。

「安茲．烏爾．恭。老實說，可以讓我召喚最高階天使的你，確實值得尊敬。你是擁有恐怖力量的魔法吟唱者，感到驕傲吧！」

尼根接著重重點頭：

「以個人而言，很想讓你成為我們的同胞。如果你的實力真的這麼高強……不過原諒我，這次的任務不允許我這麼做。至少我們會記住你。記住你這個讓我決定召喚最高階天使的魔法吟唱者。」

不過回應尼根稱讚的，卻是一道非常冰冷的聲音：

「真是……無聊透頂。」

「什麼？」

尼根無法理解對方在說什麼。對尼根來說，面對人類絕對無法戰勝的最高階天使，現在的安茲不過是個祭品。但是他的態度也未免太過游刃有餘。

「我竟然會如此戒備這種幼稚的遊戲……真是抱歉啊，雅兒貝德。還讓妳特意使用特殊技能。」

「千萬別這麼說，安茲大人。因為不知道會召喚出什麼超乎想像的魔物，所以當然要盡量降低受傷的可能性。」

「是嗎……？不，妳說得沒錯。只有沒想到只有這種程度，太出乎意料了。」

發現兩人滿是輕視的反應，令尼根的思考有些跟不上：

「在最高階天使的面前，你們竟然還能擺出這種態度！」

和雅兒貝德悠閒對話，完全不把最高階天使看在眼裡的安茲，令尼根忍不住大吼。

那種像是占有絕對優勢的從容不迫態度，讓尼根剛湧現的喜悅之情，立刻消失得無影無蹤，再度感到不安與恐懼。

難道安茲．烏爾．恭比最高階天使還要強大？

「不！不可能！絕對沒有這種事！不可能會有人比最高階天使還要強！這可是連魔神都能打敗的存在！面對人類無法勝過的對手──虛張聲勢！一定是虛張聲勢！」

看來尼根已經無法壓抑自己的情緒。

絕對不承認有這種事。可以戰勝最高階天使的人，不僅是斯連教國的敵人，而且正站在自己的面前。

「發動『極度聖擊(Holy Smite)』！」

人類絕對無法到達的魔法領域，就是第七位階以上的魔法。即使在斯連教國舉行大規模儀式也無法施展，不過最高階天使威光主天使可以單獨使出，所以才會稱為最高階天使。

而尼根發號施令的魔法是第七位階的「極度聖擊」，就是這種終極魔法。

「知道了知道了。趕快出招吧，我什麼都不會做。這樣你滿意了吧？」

可是安茲的態度看起來就像讓路的行人一樣輕鬆自在。

游刃有餘的態度令尼根感到恐懼。

最高階天使曾經打倒傳說中的魔神，擁有究極的力量，可說是整個大陸最強的存在，不可能會被打倒。

如果有人可以打倒。

如果眼前這個身分不明的魔法吟唱者可以打倒。

就表示這個神祕人物的實力遠遠超越魔神。

不可能有這種超越者（Overlord）。

回應召喚者期望的最大攻擊，威光主天使手中的笏板就此粉碎。笏板碎片在威光主天使的身邊慢慢旋轉。

「原來如此，每次召喚就會利用只能使用一次的特殊能力增加魔法威力啊。主天使的能力好像和ＹＧＧＤＲＡＳＩＬ裡一樣……」

──「極度聖擊」。

魔法發動，只看得到光柱接連落下。
隨著咻咻的聲音，藍白色的神聖閃光不斷落下，將輕輕舉起一隻手像在撐傘的安茲身體加以包圍。
第七位階——人類絕對無法到達的極限級領域。
邪惡的存在絕對會被這個神聖的力量消滅，即使是善良的存在也一樣。差別只在於完全遭到消滅，或是剩下部分殘渣。超越人類領域的魔法就是如此驚人。
不，如果不是這樣才奇怪。
可是——依然健在。
安茲．烏爾．恭這個怪物，不但沒有灰飛煙滅、癱軟倒地或是粉身碎骨，依然若無其事地站著，還發出嘲諷的笑聲：
「——哈哈哈哈哈。不愧是對邪惡屬性可以發揮更大效果的魔法……這就是受傷的感覺……痛嗎？原來如此、原來如此！不過即使感到疼痛，思緒依然清晰，完全不影響行動。」
光柱消失。沒有發揮任何效果。

「太棒了。又結束一項實驗。」

聽起來好像若無其事，不，感覺比較像是心滿意足的聲音。

如此心想的尼根一行人，臉上只能浮現僵硬的笑容。

只有一個人非常生氣。

「你、你們這些低等生物！」

雅兒貝德發出劃破空氣的吶喊：

「你們這些低等生物！竟、竟敢對我們最敬愛的君主安茲大人做這種事！讓我最喜歡、打從心裡深愛的大人感到疼痛，太不知天高地厚了！我絕對不會輕饒，一定要讓你們嘗盡這個世界最大的痛苦到發狂為止！用強酸腐蝕四肢、切下性器官做成肉醬讓你自己吃！然後再用治癒魔法治好！啊啊啊啊啊啊啊！可惡！可惡可惡可惡，我的心快爆炸了！」

黑色鎧甲下的手動個不停。

感覺以此為中心的整個世界為之扭曲，一股令人聞風喪膽、天旋地轉的邪惡氣息有如暴風襲來。

黑色的全身鎧甲下有什麼東西正在蠢動，像是有巨大物體即將撐破鎧甲現身。雖然知道這件事，尼根卻完全無法可施，只能傻傻站在原地，看著即將破繭而出，侵蝕世界的怪物。

能夠制止雅兒貝德的人，在這個世界上只有一個人。安茲輕輕舉手低聲說道：

「夠了，雅兒貝德。」

只是這句話，雅兒貝德立刻停止動作。

「……可、可是安茲大人，低等生物……」

「——算了，雅兒貝德……除了天使的脆弱，一切都在我的預料之中，那麼還有什麼好生氣的？」

聞言的雅兒貝德單手舉到胸前，低頭致意：

「……真不愧是安茲大人，深謀遠慮正是最適合形容您的話。太令人敬佩了。」

「不不不，雅兒貝德如此替我擔心、生氣，我感到很高興喔。不過……還是燦爛笑容的妳更有魅力。」

「咕呼——！魅、魅力！——咳，謝謝您，安茲大人。」

「好了，讓你們久等了，抱歉。」

在敵人面前還如此從容的兩人讓尼根看傻了眼，這時終於回神大叫：

「我知道……你們的真正身分了！——魔神！你們是魔神吧。」

足以和最高階天使匹敵的智慧體，在尼根的認知中只有屈指可數的幾種。

包含尼根所信仰的神在內的六大神。

最強種族的龍族之王——龍王。

一個人就能消滅整個國家的傳說級怪物——滅國。

還有——魔神。

曾經聽說被十三英雄打倒的魔神已經遭到封印。從剛才的邪惡波動來看，那應該就是即將解除封印的魔神吧。

同時尼根也抱著微薄的希望，如果是魔神，那麼最高階天使或許有打贏的機會。

「再一次！發動『極度聖擊』！」

剛才安茲有說感到疼痛，那麼或許他已經受傷了，或許連站著都很勉強。

無數的「或許」占據尼根的腦海，如果不這麼想，一定會發狂。

不過安茲不允許對方第二次的攻擊。

「……這次該輪到我了吧……感受絕望吧。『黑洞（Black Hole）』。」

威光主天使的閃亮軀體浮現一個小點。然後慢慢成為巨大的空洞。

空洞將所有一切吸進去。

簡單到令人瞠目結舌，甚至覺得可笑，眼前已經看不到任何東西。

閃亮的威光主天使消失之後，周圍瞬間失去光彩。

只有風吹過草原，響起陣陣的窸窣聲。一道嘶啞的吶喊劃破寂靜。

「你到底是什麼人……」

尼根再次向這個不可能存在的人物發問：

「我不曾聽過安茲．烏爾．恭這個魔法吟唱者的名字……不，不可能會有一招就能消滅最高階天使的人。不應該有這樣的存在……」

尼根無力搖頭：

「我只知道你們已經遠遠超越魔神……這實在太離譜了……你們到底是……」

「……就說是安茲．烏爾．恭了。過去這個名字，可是無人不知無人不曉呢。閒話就說到這裡吧，繼續說下去也只是浪費時間。還有為了不要讓你們白費工夫，先告訴你們一聲，我的四周具有阻礙傳送魔法的效果。而且附近還有部下埋伏，所以你們無路可逃了。」

夕陽完全落下，周圍慢慢被黑暗吞沒。

尼根感覺一切都結束了，而且這是無庸置疑的事實。就在部下個個感到垂頭喪氣時，無人的空間突然開了一個大洞，彷彿像個陶壺。不過這個異象瞬間消失，恢復原來的光景。

當尼根感到困惑時，安茲開口回答：

「哎呀哎呀……你們可要感謝我。好像有人想用某種情報系魔法監視你們，不過因為我也在效果範圍內，所以抵抗情報系魔法的攻性防壁發揮作用，才沒有受到監視……唉唉，早知道有這種事，就應該事先準備高階魔法連鎖發動。」

這句話令尼根恍然大悟。

斯連教國肯定定期監視自己吧。

「加以強化，可以影響廣大範圍的『爆裂（Explosion）』或許無法讓偷窺者學乖……既然如此，遊戲到此結束吧。」

聽懂話中含意的尼根，背上竄過一陣冷顫。

一向身為加害者的尼根，如今也要變成受害者。

他感到無比害怕。害怕過去曾經奪走無數生命的自己，如今也要被人奪走生命。部下看著自己的恐懼眼神，更是令人心煩意亂。

已經快流下眼淚。

想要跪下大聲求饒，但是安茲看起來不像是個仁慈的人。因此尼根忍住淚水，努力尋找一線生機。但是不管如何思考，還是想不到任何外援。這麼一來，唯一的希望就只能寄託在眼前的安茲的慈悲心。

「等、等一下！安茲．烏爾．恭閣下……不，大人！請等一下，我們……不，我想要和您交易！保證絕對不會讓您受到損失！只要能饒我一命，我會準備您想要的金額！」

在視野的一角，可以稍微瞄到露出驚訝表情的部下，但是他們已經和自己無關。現在最重要的是自己的性命，其他什麼事都無關緊要。

而且部下可以再找，自己卻是無可取代。

不理會數不清的埋怨聲，尼根繼續說道：

「要讓您這樣偉大的魔法吟唱者滿意，應該很困難吧，但是我一定會準備您滿意的金額！我在這個國家也算是有一定的身分地位，國家一定願意不惜代價救我！當然，如果您還有其他希望，我也會一併準備！求求您！還請饒命！」

說完這些話的尼根氣喘吁吁。

「怎、怎麼樣呢？安茲．烏爾．恭大人！」

面對尼根的苦苦哀求，一道輕柔的優雅女聲響起：

「你不是拒絕了無上至尊安茲大人的慈悲提議嗎？」

「那是！」

「……我知道你想說什麼。因為即使接受提議也是死路一條，所以想要求饒是吧？」

黑色頭盔左右搖動，像是感到受不了：

「我看你是搞不清楚狀況。在納薩力克握有生殺大權的安茲大人都已經這麼說了，人類這種低等生物就應該低頭心存感謝，等待死亡的到來。」

雅兒貝德帶著堅信不移的口氣，斬釘截鐵地如此說道。

瘋了。這個女人完全瘋了。恍然大悟的尼根帶著一縷希望看向安茲。

一直默默聽著對話的安茲，知道對方正在等待自己的決定，搖搖頭開口說道：

「正是……如此。別再做無謂的掙扎，乖乖躺下來等死吧。這樣一來好歹會讓你沒有痛苦地死去。」

2

走在夜幕降臨的草原，抬頭一看，果然見到美麗的滿天星斗。

安茲讚嘆第二次見到的光景，默默走向村莊。

做得有點太過了。

只要身旁有雅兒貝德，安茲就無法表現得太沒用。身為主人必須在部下面前展現應有的態度。因此這次似乎有點過火，不過還是努力扮演主人的角色。

不知道是否合格，但是只要沒讓雅兒貝德失望就行了。

安茲看不到雅兒貝德頭盔底下「不好，安茲大人好帥。呵呵呵」的表情，不知道她在想什麼，再次回顧今天的所作所為。

「不過安茲大人，您為什麼要救葛傑夫呢？」

為什麼？安茲也無法說清楚當時的心境，因此顧左右而言他：

「這是我們自己招來的麻煩，就該盡量自己解決不是嗎？」

「那麼又是為了什麼送他道具呢？」

「這是為了將來的布局，讓他帶著那個對我們也有好處。」

送給葛傑夫的是ＹＧＧＤＲＡＳＩＬ的付費道具，安茲有很多個。雖然可能無法再次取得，不過送給他也沒有多大損失。

而且那個道具變少，安茲反倒覺得高興。

因為那是花五百元玩轉蛋的安慰獎，會讓安茲想起自己的浪費和當時的貧困生活。不僅如此，不知轉了幾次五百元轉蛋才得到的超稀有道具，過去的同伴夜舞子卻是一次就中獎，這件事的衝擊仍然在安茲心中留下很大的陰影。

不知道有多少次想把安慰獎道具丟掉，但是一想到那要五百元……就捨不得隨便丟。

「反正不管那個道具流落到誰的手中，或者要不要使用，對我都沒有什麼損失。」

「……交給我來解決應該是最好的做法吧？安茲大人實在不用親自去幫助低等生物……包圍的那些人根本沒有什麼大不了，所以我才會斗膽認為不必要由安茲大人親自出手。」

「這樣啊……」

沒有測量強度的機器的安茲只能如此回答。

在ＹＧＧＤＲＡＳＩＬ中，可以根據敵人名字的顏色，大致判斷對方的強弱。之後只能依靠同伴之間的情報系魔法以及攻略網站。

安茲不禁感到有點懷念。

稍微練一下情報系魔法就好了——安茲有些後悔。當然了，也不知道那些魔法能不能在這裡使用，不過若是可以的話，至少不用像現在這樣戰戰兢兢吧。

沒有的東西再怎麼想也沒用，安茲決定轉換心情：

「……我知道雅兒貝德的實力，也很信任妳。不過我希望妳可以拋棄這種膚淺的想法，把隨時可能會出現比我強的敵人這件事銘記在心。尤其是目前還不太了解這個世界，更需要如此……所以我才會讓葛傑夫替我們工作。」

「原來如此……也就是拿來當成判斷敵人強度的棄子吧。這種使用方法真的非常符合人類這種低等種族。」

雖然無法從戴著頭盔的臉上看出任何情感，但是聲音帶著有如盛開花朵的愉悅心情。

過去曾是人類，現為不死者的安茲從剛才就覺得雅兒貝德好像非常討厭人類。

不過對於這件事，安茲並不覺得難過，也沒有感到落寞。反倒認為身為異形類種族的納薩力克地下大墳墓的守護者總管，有這種想法是對的。

「……沒錯。不過當然不止如此。在瀕臨死亡的狀況，對方一定會更加感謝伸手援助的人。還有敵人是特殊部隊，那麼對於他們失蹤這件事，國家高層應該也不會明目張膽地追究。所以我才會介入。」

「啊……真不愧是安茲大人，竟然如此深謀遠慮才活捉那些人，真是佩服！」

聽到雅兒貝德的稱讚，安茲不由得感到驕傲。竟然能在短短時間裡就想出如此合情合理、毫不矛盾的計策，或許自己天生就有統治者的才能。這時雅兒貝德略帶陰鬱的聲音，傳進自鳴得意的安茲耳裡：

「……可是安茲大人，不需要以您尊貴的軀體迎接天使的劍吧？」

「是嗎？剛來到卡恩村時，應該已經藉由村外的那些騎士確認過高階物理無效化的效果可以正常運作了吧。」

「是的，您說得沒錯。我也親眼確認了。但是我不允許自己眼睜睜地看著下賤的天使，把劍刺進安茲大人尊貴的軀體。」

「這樣啊。妳以身為盾保護我，我卻沒有站在妳的立場著想。真是對不——」

「——而且即使知道毫髮無傷，也沒有女人可以容忍心愛的人被利刃刺入身體。」

「……啊，是。」

不知道在這種情況該如何回答的安茲只是輕輕帶過，繼續往村莊前進。雅兒貝德似乎也沒有追問答案，只是默默跟著。

安茲兩人一進入村莊，死亡騎士和村民們就圍了上來。

接受全村村民的無數感謝與稱讚，其中也看到葛傑夫．史托羅諾夫的身影。

「喔，戰士長閣下，你沒事真是太好了。應該更早去救你們的，不過交給你的那個道具需要花點時間才能發動，所以才會差點來不及，真是抱歉。」

「哪裡的話，非常感謝恭閣下。我能得救完全都是托你的福……對了，那些傢伙呢？」

發覺葛傑夫的口氣稍微改變，安茲若無其事地窺探對方。

將鎧甲脫下的葛傑夫一身輕裝，沒有裝備任何武器。

滿臉瘀青，半張臉腫起，看起來就像畸形的球。只不過雙眼依然炯炯有神。

像是看到耀眼的事物，安茲稍微移開視線，眼睛不自覺瞄到葛傑夫戴在左手無名指上的戒指。

他已經結婚了。沒讓夫人傷心落淚真是太好了，如此心想的安茲小心地發揮演技：

「嗯，已經把他們趕回去了。果然沒辦法將他們全部解決。」

這當然是謊話，所有人都被送回納薩力克地下大墳墓。葛傑夫雖然稍微瞇了一下眼睛，不過葛傑夫和安茲都沒繼續開口。只有緊張的氣氛瀰漫在兩人之間。

最後打破沉默的人是葛傑夫：

「實在厲害，恭閣下幾番相助，真不知道該如何回報這份恩情。當你來到王都時，還請務必駕臨寒舍，讓我好好歡迎你。」

「這樣嗎……那麼到時候就叨擾了。」

「……恭閣下，不知道接下來你有什麼打算，願不願意和我們同行呢？我們會在這個村莊休息一陣子。」

「這樣啊。我打算要離開了。不過還沒有決定目的地。」

「已經是夜晚了，這時旅行似乎有點……」

葛傑夫說到這裡停了一下：

「抱歉，像恭閣下這樣的強者，這是無謂的擔心。那麼來到王都時，請務必大駕光臨，寒舍大門隨時為你而開。除此之外，也非常感謝你把一套襲擊村莊的騎士裝備送給我。」

安茲點點頭，判斷在這個村莊該做的事都做完了。出乎意料的事層出不窮，感覺在這裡好像待得有點久。

「回去吧，雅兒貝德。」

安茲以只有雅兒貝德才聽得到的聲音低聲開口，她立刻滿心歡喜地點頭回應——當然，還是一樣穿著全身鎧甲。

Epilogue

安茲的房間裡擺放許多高貴華麗的家具，地上則是鋪著鮮豔的紅色地毯。在這間寬廣的房間裡，平常就籠罩一層寂靜的薄紗，今天更是安靜無聲。連原本在屋內待命的女僕也不見蹤影，只有安茲和持劍不動站在房間角落的死亡騎士。

彷彿為了不破壞房間的寧靜，蜂蜜一般甜美的輕柔嗓音從雅兒貝德的口中流出：

「報告。在村莊捕捉的斯連教國陽光聖典指揮官，已經關進冰凍監獄。今後的情報收集，將由特別情報收集官來進行。」

「尼羅斯特應該沒問題吧。不過我打算用屍體進行實驗……妳知道這件事嗎？」

「知道。另外根據報告，目前正在調查從騎士身上脫下的武裝，似乎沒有施加什麼特別魔法。調查結束之後，會將道具送至寶物殿。」

「……嗯，這樣的處置很恰當。」

「最後，為了戒備兼保護那個村莊，打算派遣兩個暗影惡魔(Shadow Daemon)過去。那麼關於葛傑夫・史托羅諾夫，要如何處置呢？」

「先不用管戰士長。比較重要的是那個村莊是成功和他建立良好關係的地方。或許今後有事需要他的協助，所以盡量避免和他交惡。」

「遵命。我一定會徹底交代下去。那麼報告大致到此結束。」

說聲「辛苦了。」的安茲看著報告完畢的雅兒貝德。臉上的微笑和平常的溫柔笑容不同，看起來心情似乎非常愉快。

原因在於右手撫摸的左手無名指上，閃閃發亮的安茲・烏爾・恭之戒。

雖然送她的戒指戴在哪裡是個人自由，但是戴在那隻手指的理由可想而知。

如果這是雅兒貝德的真正心意，身為男人應該覺得高興。不過她的心意卻是安茲隨手修改之後的結果，讓他覺得有些罪惡感。

「雅兒貝德……妳對我的愛意只是被我改變的結果，絕對不是妳的真心。所以……」

接下來該說什麼才好？使用魔法改變記憶的做法是正確的嗎？

安茲無法再說下去。這時看著安茲的雅兒貝德微笑詢問：

「在安茲大人改變之前，我是個怎麼樣的人？」

賤人。

說不出口的安茲不知該如何說明。目不轉睛地注視外表冷靜，內心十分慌亂的安茲，雅兒貝德再次開口：

「那麼我覺得現在的我也很好，安茲大人沒有必要感到難過。」

「可是……」

「可是……？可是什麼？」

安茲沒有回答，並從笑容可掬的雅兒貝德身上，感受到高深莫測的氣息。雅兒貝德繼續向默默不語的安茲說道：

「最重要的只有一件事。」

安茲等待後續發言，雅兒貝德則是表情落寞地呢喃：

「會造成您的困擾嗎？」

安茲傻傻地張開嘴巴，注視雅兒貝德的俏臉。她的話深深烙印在腦海——雖然腦袋空無一物——不過安茲理解對方想說什麼，所以急著回答：

「不、不會，怎麼可能會困擾。」

能夠得到雅兒貝德這種美女的喜愛，他沒有任何不滿。至少就目前來說。

「那麼應該可以吧？」

「……咦——」

總覺得不對。雖然如此心想，安茲卻找不到什麼推託的理由。

「那麼應該可以吧？」

一邊從再次重複的雅兒貝德身上感覺到高深莫測的神祕氣氛，安茲依然企圖最後掙扎，提出問題：

「我可是對翠玉錄桑的設定動了手腳，妳不想恢復過去的自己嗎？」
「如果是翠玉錄大人，一定會抱著送女兒出嫁的心情成全吧。」
「……是、是嗎？」
他是這種人嗎？就在安茲如此心想的時候，突然響起金屬撞擊的聲音。
看了一下聲音的來源，發現一把長劍掉在地上。原本應該拿著長劍的死亡騎士已經不見身影。消失的死亡騎士，才召喚出來不久。
「……以普通方法召喚時，經過一定的時間就會消失……從這個世界的劍掉在地上這點來看，不像是把裝備當成與這個世界連結的橋樑才留下的。這麼一來，那是因為使用屍體召喚出來，才會對這個世界依依不捨，不肯消失嗎？如果有大量屍體的話，應該可以用來強化納薩力克吧。」
「那麼要收集大量屍體嗎？」
「……不過要避免挖掘那個村莊的墳墓喔。」
「了解。不過這樣就得思考可以取得新鮮屍體的方法。好了，死亡騎士已經消失，代表大家也差不多該到齊了。還請安茲大人和塞巴斯一起駕臨王座之廳。我先行前往了。」
「這樣啊。好吧，雅兒貝德，待會兒見了。」

靜靜離開安茲房間的雅兒貝德，看到走向這裡的塞巴斯。

「塞巴斯，你來得正好。」

「雅兒貝德大人。飛鼠大人在房裡嗎？」

「嗯，是的。」

對於現在還稱呼安茲為飛鼠的塞巴斯，雅兒貝德不禁感到優越感。看到對方的表情，塞巴斯揚起單邊眉毛：

「看起來心情很好呢。有什麼好事嗎？」

「是啊。」

雅兒貝德高興的理由不是只有名字，還包括回想起剛才和安茲的對話。因為自己說出想嫁給安茲，他也沒表現出拒絕或嫌棄的樣子。也就是說……

雅兒貝德的表情，瞬間從優雅變成邪惡又淫蕩的笑容。那是絕對不會在安茲面前露出的笑容。

「呵呵呵，可以成功。不，是一定要成功。坐在那位大人身邊的一定是我。夏提雅乖乖拱手退讓吧。」

雅兒貝德忍不住身為女人，而非守護者總管的內心話，握緊拳頭。

「女淫魔的血在沸騰……」

塞巴斯有些目瞪口呆地望著雅兒貝德。

王座之廳。

塞巴斯慢慢地跟在稍晚駕臨此處的安茲後方。

這裡跪滿許多人，表現出他們的忠誠。

現場沒有人隨便亂動，安靜到連呼吸聲都聽得見。其他只有這個大廳的主人——安茲和跟隨者塞巴斯的腳步聲，還有安茲・烏爾・恭之杖的杵地聲。

安茲爬上樓梯，坐上王座。塞巴斯當然待在樓梯下方，跪在雅兒貝德後面。

坐上王座的安茲，靜靜眺望階梯底下的光景。

底下幾乎聚集所有的NPC，像這樣俯視所有人，感覺還真是氣勢磅礴，簡直像是百鬼夜行。竟然可以創造出如此多采多姿的角色，安茲再次在心裡讚嘆公會成員的想像力。放眼望去，有幾個NPC的身影沒有出現，不過這也是不得已的事。因為不能讓身為大型哥雷姆的高康大和監視第八層的威克提姆擅離崗位。

不過聚集在這裡的不只NPC，雖然不算用來取代兩人，但是這間大廳裡還有許多由各樓層守護者精挑細選，在納薩力克地下大墳墓裡也算高階的僕役。

即使如此——由於王座之廳過於寬廣，眼前的光景看起來不會顯得擁擠。雖然可以體會屬下不願讓下等僕役進入納薩力克地下大墳墓的心臟部位——王座之廳的心情，不過安茲還是覺得可以不用那麼嚴格。

算了，這件事不是當務之急。決定日後再商量此事的安茲緩緩開口：

「要所有人過來集合，在這裡先說聲抱歉。」

安茲以完全不感到愧疚的口氣道歉。這只不過是場面話，不過道歉是非常重要的事。雖然要大家集合是安茲的專斷獨行，然而這是為了讓部下知道安茲非常信賴他們。

「至於為什麼要召集大家，等一下再由雅兒貝德說明。不過有件事比較急，必須先告訴在場的各位納薩力克地下大墳墓成員——『高階道具破壞（Greater Break Item）』。」

安茲發動足以破壞一定等級的魔法道具的魔法。從天花板垂落的一面大旗掉落地面。

那面旗幟的印記代表的是「飛鼠」。

「我換名字了。今後大家稱呼我時……」安茲將手指向一個地方，此時大家全都把目光移過去。「叫我安茲．烏爾．恭——安茲即可。」

安茲指示的地方是掛在王座後方的旗幟，上面的印記是安茲．烏爾．恭這個公會。安茲拿起法杖往地面用力一敲，聚集眾人的目光。

「有異議者現在就起立告知。」

沒有人出聲反對。雅兒貝德立刻滿臉笑容附和：

「我們都得知尊姓大名。安茲．烏爾．恭大人，納薩力克地下大墳墓的所有成員誓死效忠！」

接著守護者也都一起高聲吶喊：

「安茲．烏爾．恭大人萬歲！統率我們的無上至尊安茲．烏爾．恭大人！我們一定奉獻一切，誓死效忠！」

「安茲．烏爾．恭大人萬歲！所有人都該知道擁有恐怖力量的安茲．烏爾．恭大人有多麼偉大！」

NPC和僕役呼喊萬歲與歌功頌德的聲音，在王座之廳震天響起。

沉浸在部下的讚美之中，安茲心想。

——朋友啊，大家對於我一個人獨占這個令人自豪的名號有什麼想法？是感到高興？還是不悅？如果有意見就來告訴我，告訴我這不是你一個人的名字。屆時我會爽快地換回飛鼠這個名字。

「那麼——」

安茲望向眼前的所有人。

「——接下來我要宣布大家的目標方針。」說到這裡，安茲停頓了一下。眼前的部下，每個人的表情都變得嚴肅。「讓安茲・烏爾・恭變成永恆的傳說。」

用右手緊握的安茲・烏爾・恭之杖敲擊地面。此時法杖彷彿是在回應安茲，嵌在法杖上的水晶發出五顏六色的光芒，周圍隨之搖晃。

「如果有很多英雄，那就全部取而代之，讓活在這個世界的所有人知道，安茲・烏爾・恭才是真正的大英雄！如果這個世界有更強的人，就使用武力以外的方式。遇到擁有很多部下的魔法師，也要另想辦法達成。目前只不過是準備階段，為了讓所有人都知道安茲・烏爾・恭才是最偉大的，為了這樣的未來一起奮鬥吧！」

要將這個名字傳進這個世界的所有人耳裡。過去的安茲・烏爾・恭公會成員應該都離開YGGDRASIL了，但是也有可能和安茲一樣，存在這個世界。

所以才要讓安茲・烏爾・恭之名達到傳說的領域，變成無人不知無人不曉的名字。

不管是陸海空，要讓所有的智慧生命體都知道。

將這個名字傳進或許也在這個世界的同伴耳裡。

安茲充滿霸氣的聲音氣勢驚人，不管身在王座之廳的哪個角落都能聽見。

這時聚集在王座之廳的每個人都發出聲音低下頭來。那是能稱為祈禱的崇高聲音。

主人離開之後的王座雖然空虛，但是王座之廳瀰漫熱血沸騰的興奮氣息。

接受至尊統治者的命令，一起行動的狀況，讓每個人都燃起無比的鬥志。特別是被賦予指令的人更是慷慨激昂。

「大家，抬起頭來。」

聽到雅兒貝德沉穩的聲音，剛才低頭祈禱的所有人一起抬頭。

「請各位務必遵照安茲大人的命令行事。接下來有要事宣布。」

雅兒貝德的目光一直停留在王座後方的安茲．烏爾．恭旗幟上。身後的NPC和僕役也注視著那面旗幟。

「迪米烏哥斯，把安茲大人和你說的話告訴大家。」

「遵命。」

迪米烏哥斯和在場的所有人一樣跪著。不過他的聲音依然可以讓每個人都清楚聽見。

「安茲大人仰望夜空時對我這麼說：『我會身在此處，或許就是為了取得這個不屬於任何人的珠寶箱。』接著還說：『這不是我一個人能夠獨占的東西。或許是用來點綴納薩力克地下大墳墓——我和朋友們的安茲．烏爾．恭吧。』珠寶箱指的是這個世界。安茲大人的真正心願就在這裡。」

迪米烏哥斯露出微笑，不過那個微笑絕非溫柔的笑容：

「最後安茲大人這麼說：『不過征服世界或許是件很有趣的事。』結論就是……」

所有人的眼神瞬間變得犀利。那是代表堅強決心的眼神。
雅兒貝德緩緩起身，環顧所有人的臉。
每個人都凝視雅兒貝德，像是藉此回應。同時也看著她身後的安茲・烏爾・恭旗幟。
「了解安茲大人的真正心願，進行準備，才是大家忠心的象徵、優秀部下的證明。各位一定要知道，納薩力克地下大墳墓的最終目的，就是要把珠寶箱——這個世界奉獻給安茲大人。」
雅兒貝德露出滿臉笑容，轉過身子對著旗幟輕輕一笑：
「安茲大人，我等一定會把這個世界獻給您。」
接著異口同聲的發言響徹王座之廳。
「將這個世界的一切，獻給名正言順的統治者安茲大人。」

OVERLORD
Characters

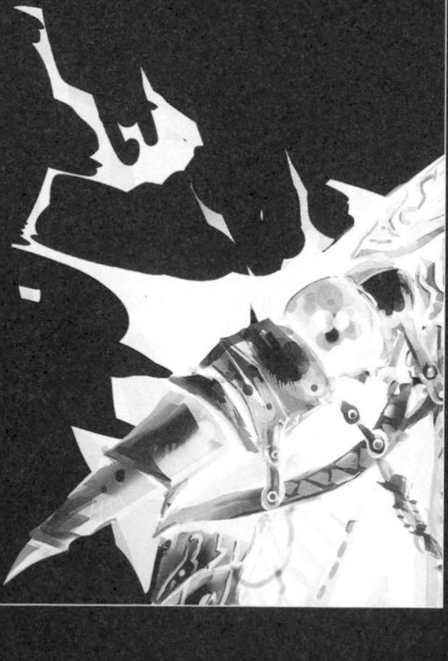

角色介紹

Character 1

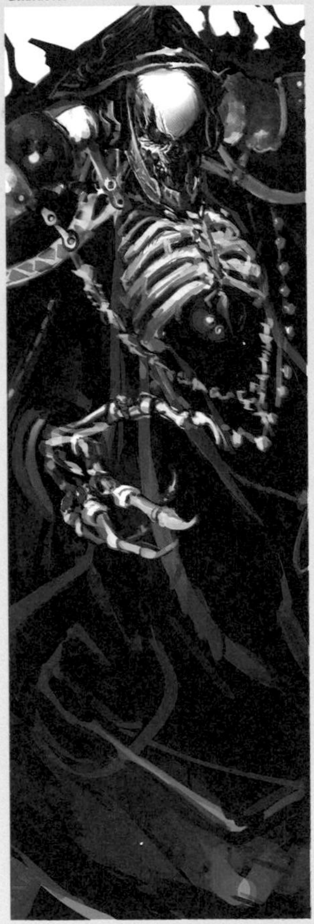

飛鼠

異形類種族

［安茲・烏爾・恭］

MOMONGA

[ainz ooal gown]

擁有骷髏外表的最強魔法吟唱者

職位——至高無上的四十一位至尊。
納薩力克地下大墳墓的統治者。

住處——納薩力克地下大墳墓
地下第九層的房間。

屬性——極惡——［正義值：-500］

種族等級 — 骷髏魔法師（Skeleton Mage）——15lv
死者大魔法師（Elder Lich）——10lv
死之統治者（Overlord）——5lv
其他

職業等級 — 死靈法師——10lv
巔峰不死者——10lv
其他

［種族等級］＋［職業等級］——合計100級
●種族等級 職業等級●
總級數40級 總級數60級

Character 2

雅兒貝德

異形類種族

albedo

溫柔體貼的
純白惡魔

職位——納薩力克地下大墳墓的守護者總管。
王妃（自稱）。

住處——王座之廳。
還有地下第九層的一個房間。

屬性——極惡——[正義值：-500]

種族等級 —小惡魔(Imp)——10lv
其他

職業等級 —守護者——10lv
黑色護衛——5lv
邪惡騎士——10lv
護衛之主——5lv
其他

[種族等級]+[職業等級]——合計100級
●種族等級 職業等級●
總級數30級 總級數70級

status

能力表

[最大值爲100時的比例]

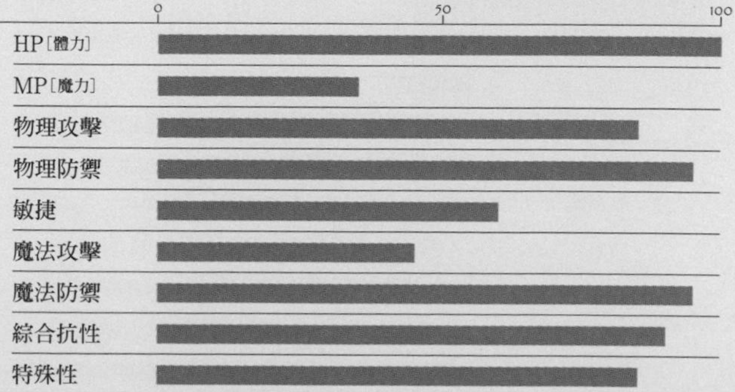

Character 3

亞烏菈・貝拉・菲歐拉

人類種族

aura bella fiora

不服輸的知名訓練師

職位——納薩力克地下大墳墓地下第六層守護者。

住處——地下第六層的大樹。

屬性——中立～惡——[正義值:-100]

種族等級－因爲是人類種族所以沒有種族等級。

職業等級－游擊兵——5lv

馴獸師——5lv

射手——5lv

狙擊手——5lv

高級馴獸師——10lv

其他

●職業等級

總級數100級

status

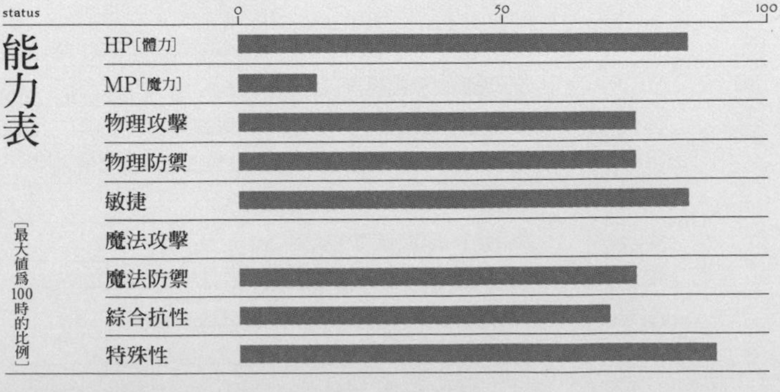

Character 4

馬雷・貝羅・菲歐雷

人類種族

mare bello fiore

不可靠的大自然使者

職位——納薩力克地下大墳墓地下第六層守護者。

住處——地下第六層的大樹。

屬性——中立～惡——[正義值:-100]

種族等級 —因爲是人類種族所以沒有種族等級。

職業等級 —森林祭司——10lv

高級森林祭司——10lv

大自然先鋒——10lv

災厄使徒——5lv

森林法師——10lv

其他

●職業等級

總級數100級

status

能力表

[最大值爲100時的比例]

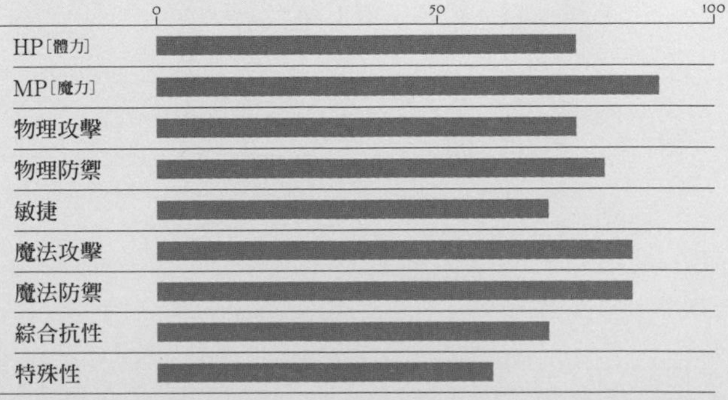

後記

Postscript

各位閱讀後記的讀者，初次見面，大家好。

我是作者丸山くがね。

本作是根據在網路上發表的「OVERLORD」改編，不但增加新的角色，也大幅增加與修正許多內容。

如果已經購買本書，我感到非常榮幸。

若是正在閱讀本書，我會用念力讓您拿到櫃臺結帳。唔～～

本書的主角是個骷髏魔法師，統率著龐大的邪惡組織，感覺很像是遊戲裡的最終頭目。不相信小說或是電影裡那種救人不求回報的主角，以自己的目的為優先才對吧！有這種想法的讀者或許很適合這本書。非常直接喔。

此外，雖然本作已經在網路上公開很長一段時間，不過書籍化時試著增加很重要的角色。如果她們也能獲得各位的青睞，那就太令人高興了。

其實我真的沒有寫過後記。接下來請讓我發表心中的感謝。

在此特別感謝被我添了許多麻煩的F田編輯，還有答應我的任性要求，畫出這些美麗插畫的so-bin大人。

此外還有替本書完成如此精美封面的Chord Design Studio。以及幫忙修改、校正很多地方的大迫大人，真的非常感謝。

還有從網路版時期開始就惠賜感想、願意閱讀的讀者。如果不是各位覺得本作有趣，根本沒有書籍化的可能吧。

也要感謝大學時代的朋友Honey協助校對，幫我修正許多前後矛盾和意義不明的地方，今後也要繼續麻煩，還請多多指教。

最後感謝購買本書的各位讀者。如果覺得《OVERLORD》有趣，那就是我最大的榮幸。

題外話，我想在第二集修改、新增更多內容與故事。感覺就像是創作新作，所以現在忍不住哭著抱怨時間不夠。

如果可以，也請繼續支持第二集。

那麼後記到此結束。

真的非常感謝。如果今後也能繼續指教，我將不勝感激。

下次再會。

二〇一二年七月　**丸山くがね**

作者簡介 Profile

丸山くがね

雖然曾經放棄寫作這個夢想，
當個普通的上班族，
不過心愛的ＴＲＰＧ時常因為其他同伴太忙，
無法如願享受這個興趣導致心煩意亂，
又想要寫出自己喜歡的最強故事，
因此在２０１０年將「ＯＶＥＲＬＯＲＤ」投稿至網站上。
很榮幸能夠獲得許多善良讀者的青睞，才得以書籍化出版。
簡直就像現代版的灰姑娘
（……雖然筆者給人的感覺像是穿著西裝的豬）！

so-bin

插畫家。
換了工作之後，因為過度忙碌導致沒時間從事興趣，
開始畫插畫之後，
原本已經夠忙的生活變得更忙碌。
現在只能靠著寵物兔撫慰心靈，一邊從事各種活動。

神祕戰士與魔法吟唱者現身要塞都市耶・蘭提爾，他們的目的為何？又是何方神聖？同一時間，還有邪惡的秘密教團也在暗地裡接近兩人。

The world is all *yours*.

第2集

Volume Two

描寫挑戰
「死之災厄」的人們。

會比網路版增加許多新內容！
……因為已經誇下海口，
這下子沒有退路了。
我會全力以赴！
———— 丸山くがね

OVERLORD 2

漆黑的戰士

OVERLORD Kugane Maruyama | illustration by so-bin

丸山くがね

illustration◉so-bin

敬請期待第2集

國家圖書館出版品預行編目資料

Overlord. 1, 不死者之王 / 丸山くがね作；
曉峰譯. -- 初版. -- 臺北市：
臺灣國際角川, 2013.07
　面；　公分. --（Kadokawa fantastic novels）

譯自：オーバーロード. 1, 不死者の王
ISBN 978-986-325-492-8（平裝）

861.57　　102010278

Kadokawa
Fantastic
Novels

OVERLORD 1
不死者之王

(原著名：オーバーロード1 不死者の王)

2013年8月29日 初版第1刷發行
2024年4月2日 初版第18刷發行

作　者：丸山くがね
插　畫：so-bin
譯　者：曉峰

發行人：台灣角川股份有限公司
總　監：呂慧君
總編輯：蔡佩芬
主　編：林秀儒
編　輯：邱璨萱
設計指導：陳晞叡
美術設計：黃永漢
印　務：李明修（主任）、張加恩（主任）、張凱棋

發行所：台灣角川股份有限公司
地　址：104台北市中山區松江路223號3樓
電　話：（02）2515-3000
傳　真：（02）2515-0033
網　址：www.kadokawa.com.tw
劃撥帳戶：台灣角川股份有限公司
劃撥帳號：19487412
法律顧問：有澤法律事務所
製　版：巨茂科技印刷有限公司
ISBN：978-986-325-492-8